Boris TZAPRENKO

I0562358

Le Visiteur

http://ilsera.com/b/le-visiteur/

ISBN :9782366251067

(008160824)

http://ilsera.com

Avertissement :

Toute ressemblance avec des personnes réelles qui
existeront sera totalement fortuite.
Il ne pourra s'agir que de pures coïncidences.

À l'auteur qui m'a ouvert les yeux
avec mon éternelle reconnaissance.

Remarque liminaire

Comparativement à la majorité de mes ouvrages (je pense notamment à la série « Il sera... »), celui-ci se concentre beaucoup plus sur le sens des péripéties que sur les aspects scientifiques et techniques. Les descriptions des phénomènes et des choses, naturelles ou artificielles, y ont une bien moins grande importance. Ainsi, à titre d'exemple : ce qui dans cette aventure ressemblait à une pomme y sera appelé « pomme » et ce qui faisait fonction de voiture y sera appelé « voiture ».

*

Quelque part dans l'espace et dans le temps, sur la planète Teruma gravitant autour de l'étoile Dénalbara.

Les yeux des dieux de la forêt

Étos était l'un des rares membres de son espèce à vivre encore à l'état sauvage sur sa planète. Il leva la tête pour perdre son regard dans les étoiles. On pouvait les voir plus aisément dans la clairière où il se trouvait en cet instant que dans l'épaisseur de la forêt, où se rassemblaient les siens pas très loin de là. Il n'avait qu'une très vague idée de ce que pouvaient être tous ces minuscules points brillants, mais les ayant souvent observés il s'était forgé quelques pensées à leur sujet.

D'abord, la grande constance de leur distribution et de leur éclat l'avait convaincu qu'elles étaient éternelles. Il en reconnaissait plusieurs. À part quelques-unes, très rares, jamais elles ne se ternissaient, jamais elles ne changeaient de position les unes par rapport aux autres.

Ensuite, il déduisait du fait que les nuages pouvaient les masquer qu'elles étaient plus hautes que ces derniers. Rien n'était au-dessus d'elles apparemment, ce qui était une seconde raison de leur témoigner de l'admiration.

Il n'eût su dire pourquoi, mais il était convaincu que quelque chose venant d'elles pouvait changer bien des destins. Ce sont peut-être les yeux des dieux de la forêt, se disait-il.

La jolie voix de Mahisa qui l'appelait le sortit de sa contemplation. Il courut la retrouver.

Il s'arrêta et se tourna vivement

Comment Akkal eût-il pu se douter que, d'un seul et infime mouvement de doigt, il était sur le point de bouleverser le cours de son existence ? Fusil en main, il marchait lentement sur le moelleux tapis de feuilles mortes. Il aimait les senteurs qui s'en dégageaient.

Ces moments de solitude lui faisaient le plus grand bien. Ils lui permettaient de vider son esprit de ses soucis routiniers. Le rendement, le rendement, le rendement... encore le rendement ! Produire toujours plus de viande et de lait à des prix toujours plus bas. Telle était son obsession quotidienne.

Ici la forêt était dense. De nombreux buissons limitaient la portée de la vue à une vingtaine de mètres au maximum. Il fallait progresser discrètement pour espérer surprendre le gibier. Et si l'on avait cette chance, encore fallait-il viser et tirer promptement, car la cible ne restait pas longtemps à découvert dans cette épaisseur végétale.

Un bruissement !

Il s'arrêta et se tourna vivement sur la droite en épaulant son arme. Mais aucun animal n'apparaissait. Il demeura un moment ainsi, le doigt sur la détente, le cœur battant, le regard fouillant les taillis. Mais, rien... Rien d'autre que les friselis de quelques souffles de vent caressant les buissons. Dépité, il reprit sa marche en prenant garde de ne pas écraser une brindille. Rentrer bredouille ne le contrarierait pas plus que ça ; ce ne serait pas la première fois. Akkal chassait plus pour se changer les idées que pour autre chose. Plus que pour le plaisir de tuer, en tout cas ! Comme il le disait à sa fille qui lui reprochait cette activité. Et comme il l'avait répété à sa sœur aussi, qui était allée jusqu'à le traiter de meurtrier !

Mais c'était surtout sa fille qui comptait. Qu'est-ce qu'elle est excessive quand elle parle de cette distraction sans conséquence ! se dit-il en se remémorant leur dernière discussion.

Un nouveau bruissement interrompit le cours de ses pensées ! S'immobilisant, il retint sa respiration. Quelque chose avait bougé à l'intérieur d'un buisson juste devant lui. Il leva son arme et attendit. Le son dans le feuillage se fit de nouveau entendre, se déplaçant vivement sur la droite. Akkal vit une ombre glisser dans cette direction. Il tira deux fois à travers la végétation. Le fourré poussa un cri rauque. Akkal le contourna rapidement prêt à refaire feu, car il savait qu'un animal blessé pouvait être dangereux. Le chasseur découvrit son gibier allongé dans l'herbe. C'était un jeune mâle. Il semblait mort, mais Akkal se garda bien de baisser sa garde pour autant. Les bovs vivaient la plupart du temps en troupeau, alors celui-ci était peut-être accompagné... Le canon toujours levé et le doigt sur la détente, le chasseur tendit l'oreille et parcourut les environs du regard. Un cri sourd et un bruit de feuillage justifièrent sa prudente vigilance.

C'est donc en restant sur ses gardes qu'Akkal s'intéressa au corps qui gisait. Du bout de son pied, il fit tourner la tête sanguinolente vers lui. Ce bov était un magnifique spécimen. Il offrirait suffisamment de viande pour un bon moment et sa tête empaillée serait du plus bel effet dans la salle à manger.

Akkal était satisfait. Il était particulièrement bien placé pour avoir autant de viande qu'il en voulait, mais pour la même raison il était tout aussi bien placé pour savoir qu'il était préférable d'éviter de consommer celle qu'il produisait dans son élevage intensif. Son fils et sa femme seraient contents. Sa fille, végétalienne, et même végane, ne ferait aucun commentaire, mais il s'attendait à lire ses reproches habituels dans son regard. Akkal espérait que son militantisme en faveur de la « libération animale », comme elle disait, était un caprice de jeunesse, une crise d'adolescence, une manière de manifester sa personnalité de nouvel adulte en se dressant contre celle de son père. Cette lubie était surtout née de la mauvaise emprise de sa tante. Espérant que cette fantaisie lui passerait un jour ou l'autre, dès qu'elle le serait vraiment, adulte, il comptait sur l'influence de son frère qui parfois se moquait de sa sensiblerie puérile pour la gent animale.

Il sortit son téléphone d'une de ses poches pour appeler ce dernier qui devait justement le rejoindre :

— Alors mon fils, où es-tu ?

— Je suis là ! En train de me garer à côté de ta camionnette. T'es loin ?

— Non. À trois cents mètres à peine. Suis le sentier du vieux moulin, tu me verras sur la droite.

— D'ac, j'arrive !

Akkal attendit Akkalo.

L'ouïe aux aguets, il braqua encore quelques ombres autour de lui. Il lui était déjà arrivé de se faire charger par un bov en fureur ; leurs morsures pouvaient être très graves. Mais les buissons alentour ne semblaient dissimuler aucun danger. Il essaya de tirer l'animal, mais ne parvint même pas à le déplacer d'un centimètre. Diablement lourd, le bestiau ! se dit-il. Il s'assit sur le corps inanimé et patienta, oreilles tendues et fusil bien en mains.

— Ouah, belle prise ! s'exclama Akkalo en voyant son père.

Ce dernier ne fit rien pour dissimuler sa fierté :

— Pas mal ! Je suis assez content, j'avoue.

— En tout cas, tu ne m'as même pas attendu. Je viens pour rien, moi.

— Si, pour m'aider à traîner cette bête jusqu'à la camionnette.

Tirant chacun une jambe du bov, ce fut non sans mal qu'ils le firent glisser sur l'herbe.

— Eh bien ! haleta Akkal, je ne sais pas si c'est moi qui prends de l'âge ou si ce lascar est particulièrement lourd, mais il n'est pas facile à transporter !

Ils durent se reposer plusieurs fois pour franchir la distance qui les séparait des voitures. Celles-ci étaient garées sur le bord du chemin qui longeait la lisière de la forêt.

Émergeant enfin de la forêt, ils lâchèrent le bov. Après avoir posé leur arme dans leur véhicule respectif, ils peinèrent pour charger le corps inerte dans la benne de la camionnette d'Akkal. Après de gros efforts, ce fut finalement fait, mais il n'eût pas fallu qu'il pesât un kilo de plus.

C'est alors qu'un bruissement les fit se retourner d'un bond. Quelque chose avait bougé dans un buisson. Akkal ouvrit son véhicule pour reprendre son arme, mais, conscient qu'il était tard et se disant que ce n'était sûrement qu'un lézard en maraude, il se mit au volant. Son fils en fit de même.

Tu en prendras soin toute seule

Accoudée sur le bord de sa fenêtre, Akkaliza fixait pensivement l'horizon en face d'elle, quand elle remarqua deux petits nuages de poussière qui s'y élevaient. Ce ne pouvait être que son père et son frère qui rentraient de la chasse. Ce qui se confirma dès que les véhicules furent visibles. Elle se promit d'essayer de ne leur adresser aucun reproche, de dominer sa colère et son amertume. J'obtiendrai de bien meilleurs résultats si j'arrive à l'amadouer, se disait-elle en pensant particulièrement à son père.

Quand elle était ainsi devant la fenêtre de sa chambre, elle s'efforçait de regarder à droite, du côté de la forêt ; elle essayait de ne pas voir l'immense bâtiment qui s'étalait sur la gauche. Haute de vingt mètres et large de deux mille deux cents, cette construction atteignait cinq kilomètres de longueur. C'était un lieu hermétiquement fermé au public. Personne n'y était le bienvenu. Surtout pas les journalistes ! Mais, en tant que fille du patron, Akkaliza avait eu l'occasion d'y entrer trois fois. Trois fois, elle en était ressortie bouleversée, abattue et déprimée ou dans une colère sourde. C'était tellement fort que son père avait décidé qu'elle n'y entrerait plus jamais. Il avait donné des instructions dans ce but à son personnel de surveillance.

Les véhicules approchaient. Quand ils s'arrêtèrent au pied de la maison, elle put voir ce que contenait la benne de la camionnette : un grand mâle. La mère d'Akkaliza sortit pour accueillir les chasseurs. Akkaliza les regarda, l'œil morne. Son frère allait encore s'exclamer, sa mère aussi et tous les deux allaient une fois de plus complimenter le tueur. Akkaliza choisit de ne pas descendre. Décidée à ne pas intervenir, elle les observa d'en haut. Comme elle l'avait prévu, sans réel mérite, car c'était trop prévisible, Akkalo, son frère, manifesta vivement son enthousiasme avec force exclamations et moult éloges. Comme à son habitude, Akkali, sa mère, fit aussi des compliments à la vue du gibier, mais on pouvait noter dans son attitude plus modérée que c'était plus pour faire plaisir que par réelle conviction. La chasse était l'affaire de son mari. Elle n'avait rien contre, bien sûr, mais son intérêt pour ce sport n'était pas plus grand que ça. Akkal prit son fusil et demanda :

— Akkaliza n'est pas là ?

— Je pense qu'elle est dans sa chambre, répondit Akkali.

Akkaliza recula pour se cacher, mais elle garda un œil derrière le rideau translucide du battant gauche entrouvert. En bas, trois têtes se levèrent brièvement.

— Akkaliza ! appela Akkalo.

— Laisse-la, fit Akkal. Elle descendra bien un jour ou l'autre, va !

Comme elle restait invisible, le chasseur et ses deux laudateurs disparurent dans la maison. Akkaliza ressortit la tête pour regarder un instant le bov que son père avait abattu. Il était plutôt grand en effet. Quel magnifique animal ! Il était tellement différent de ceux de l'élevage ! Elle l'imagina un moment, debout, en train de vivre parmi les siens.

Non, se dit-elle. Je ne ferai aucune observation désagréable. Je ne pourrais évidemment pas le complimenter, mais je ne lui adresserai aucune critique.

Ce fut au moment où elle allait refermer la fenêtre qu'elle crut remarquer quelque chose qui fit tressaillir son cœur dans sa poitrine. Avait-elle rêvé, ou le bov avait-il réellement bougé ? Elle se pencha un peu plus et l'observa avec une attention accrue. Il ne se passa rien durant les trois secondes qui suivirent, mais au bout de ce laps de temps elle vit nettement une jambe trembler puis légèrement s'étirer. Une faible plainte accompagna ce mouvement bien visible.

Akkaliza s'éjecta de sa chambre et dévala l'escalier. Dans la salle de séjour, elle se rua dehors devant ses parents et son frère. Surpris, ils la regardèrent sortir en courant comme si la maison allait exploser.

*

Akkaliza s'approcha de la camionnette et, les doigts crispés sur le bord de la benne, elle observa la créature qui reprenait lentement connaissance dans une flaque de sang en émettant un gémissement caverneux.

— Eh bien ! Qu'est-ce qui te prend ? demanda son père en sortant.

Akkalo et Akkali arrivèrent aussi sans cacher leur surprise.

— Il est vivant, papa !

— Quoi ?

Le regard d'Akkal se porta sur son gibier. Il retint un juron et s'exclama :

— Éloigne-toi de lui. Ne le touche surtout pas ! Une bête blessée peut être très dangereuse. Écartez-vous tous ! Je vais chercher le fusil !

Akkaliza s'accrocha à sa veste :

— Papa ! Laisse-le vivre. Je t'en supplie ! Ne le tue pas !

Elle était si fortement agrippée à son vêtement, qu'il n'eût pu se déplacer sans l'entraîner avec lui.

— Mais... euh, fit-il embarrassé.

— Ma mère ! Akkalo, mon frère ! Je vous en prie ! Dites-lui de ne pas le tuer ! Je vous en conjure, aidez-moi à le convaincre.

Embarrassé et ému par la réaction de sa sœur, Akkalo bredouilla quelques sons inintelligibles qui semblaient vouloir la défendre. Akkali s'approcha de l'oreille de son mari pour murmurer :

— Si ça lui fait plaisir... Mets-le dans une cage. Avec ses blessures, il mourra tout seul dans un jour ou deux, de toute façon... Elle ne pourra pas te reprocher d'avoir ignoré sa demande.

Akkal estima que l'idée n'était pas mauvaise. Akkaliza, qui guettait la moindre expression sur la figure de ses parents du-

19

rant ce bref entretien secret, semblait si tendue qu'on eût cru que c'était sa propre vie qui était en jeu. Ébranlé par le visage suppliant de sa fille, Akkal lâcha sur un ton qu'il s'efforça de rendre un minimum bourru :

— Soit ! On va lui trouver une cage. Mais... tu en prendras soin toute seule. J'ai autre chose à faire que de m'en occuper ! J'espère que tu as bien comp...

Les larmes de reconnaissance d'Akkaliza stoppèrent la démonstration d'autorité qu'il s'efforçait de laisser paraître en représailles à la concession de faiblesse qu'elle lui demandait.

— Bon... ça va, fit-il. Je vais l'attacher et le mettre en cage tout de suite. Je viens de te dire qu'un animal blessé peut être très dangereux. Ne reste pas à côté tant qu'il n'est pas enfermé.

Prête à tout pour garder ses parents en bonne disposition, Akkaliza s'éloigna de quelques pas.

— Apporte-moi de la corde et une muselière, lui dit son père. Va voir dans le garage.

Tandis qu'elle partait chercher les objets demandés, il s'adressa à son fils :

— Trouve-moi une cage au laboratoire. Sois discret. Je ne tiens pas plus que ça à ce que le personnel s'interroge.

Dans le gigantesque bâtiment de production alimentaire, le laboratoire était le lieu où l'on effectuait toutes les expériences destinées à améliorer le rendement. Pour obtenir des animaux toujours plus rentables, on essayait sur quelques sujets quantité d'hormones ou d'anabolisants pour augmenter la masse musculaire. Pour produire plus de lait par bête, on testait divers stimulants mammaires. Enfin, autant pour la viande que pour le lait, on multipliait aussi les croisements par insémination artificielle.

Les deux enfants partis, Akkal dit à sa femme :

— Je crois que tu as raison. Il n'en a plus pour très longtemps. Il respire à peine. Mais, on ne sait jamais, je préfère prendre des précautions. Il pourrait encore mordre ou griffer.

*

De multiples points de douleur avaient fini par réveiller Étos. Il avait terriblement mal à la tête, mais aussi à l'épaule gauche, au cou, à la nuque, sur toute la partie gauche de son visage et aux deux jambes. Essayant de se lever, il n'avait réussi qu'à libérer quelques gémissements. Il se souvenait des deux bruits terrifiants qui l'avaient foudroyé et d'une fulgurante brûlure, puis... plus rien. Revenant à lui à plat ventre sur une surface froide et dure, il avait le plus grand mal à effectuer le moindre mouvement tant la douleur sanctionnait chacun d'eux. Peu de temps après ce retour à la conscience, il avait entendu des sifflements caractéristiques qu'il connaissait et redoutait. Il savait que ces sons stridents étaient émis par les foudres-tueuses, c'est ainsi que ceux de son espèce appelaient ces créatures sifflantes. Aussi restait-il à présent immobile, faisant le mort pour ne pas attirer l'attention sur lui. La peur lui serrant le cœur, il écouta. Il lui sembla très vite qu'il y avait plusieurs sources de stridulations et qu'elles étaient toutes proches. Terrifié, il se tint coi.

Peu de temps après, il sentit qu'on le touchait. On lui saisissait les mains. Puis il fut assez brutalement tiré. Un cri de douleur lui échappa.

*

— Papa ! cria Akkaliza. Doucement, le pauvre !

— Désolé, ma fille... répondit Akkal sur un ton un peu bourru. Je fais ce que je peux. La bête est blessée.

Et pour cause ! se dit-elle en maîtrisant sa rancœur.

Akkal attacha les poignets du bov pour lui immobiliser les bras dans le dos. Puis, équipé de solides gants de protection contre les morsures, il lui enfila la muselière sur la tête. De petits cris étouffés se faisaient entendre.

— Akkalo, dit-il en ouvrant la ridelle arrière de la benne, mets des gants pour m'aider à lui serrer cette muselière sur la gueule avant de le tirer dans la cage.

21

Le Visiteur

*

Étos serra les dents pour ne pas hurler. On le retourna. Il entrevit qu'il était dans quelque chose dont le fond et les bords étaient plats, mais la douleur et la peur ne lui laissèrent pas la disposition d'esprit de s'étonner de ça. Sa terreur s'accrut encore quand il vit qu'il était saisi par deux créatures sifflantes. Il y en avait une de chaque côté de lui. Elles le tenaient fermement par les cuisses et par les bras. Se sentant soulevé, il tourna de tous côtés des yeux dilatés par la terreur. Il avait si peur qu'il n'avait presque plus mal quand on le posa dans l'herbe. Les foudres-tueuses continuaient à siffler. Elles le traînèrent à l'intérieur d'une autre chose qui avait elle aussi un fond plat, mais dont les côtés étaient d'étranges branches debout très droites et sans aucune ramification. À son soulagement indicible, les créatures le lâchèrent et s'éloignèrent. Sa terreur ayant mis ses douleurs en fuites, il put se redresser en partie. C'est à genoux qu'il regarda autour de lui. Un des côtés de la chose dans laquelle il était à présent comportait un passage que les foudres-tueuses avaient emprunté pour l'enfermer. Mais, l'une d'elles referma cette issue. Il n'avait dès lors aucun moyen visible de s'enfuir. Tout autour de lui s'élevaient des branches debout et au-dessus, une surface horizontale rendait futile l'idée d'escalader les bords pour prendre la fuite. Passer par dessus on ne pouvait donc pas, mais pouvait-on les briser ? Il saisit à pleine main une des tiges, du côté le plus éloigné des créatures sifflantes, et se mit en devoir de la secouer de toutes ses forces. Mais ses blessures se mirent à saigner abondamment et la douleur redevint plus forte que sa peur. Il se laissa tomber sur le sol de sa prison et se tordit en gémissant. L'image de Mahisa lui vint à l'esprit. Le cherchait-elle ? Où était-elle ? Comment allait-elle ? Il espéra ardemment qu'elle n'avait pas été foudroyée, elle.

*

— Tu vois, ma fille, que nous avons bien fait de l'enfermer, dit Akkal en ôtant ses gants. Même avec deux balles dans le corps… regarde comme cet animal est enragé ! Il t'aurait mordue jusqu'au sang ! Bon, je vais chercher la grue mobile pour le transporter. Où veux-tu qu'on le mette ?

— Ni dans le garage ni dans la remise, en tout cas ! lança Akkali. Je préfère éviter les mauvaises odeurs…

— Laissons-le dehors juste sous le couvert des premiers arbres en bordure de la forêt, proposa Akkaliza.

Regardant avec une vive inquiétude le bov saigner, elle avait hâte d'être seule avec lui pour en prendre soin.

— Ça me va, dit le père.

— Moi aussi, affirma la mère.

— Je suppose que ça te laisse indifférent, Akkalo, demanda Akkali.

Le frère retira ses gants de protection et confirma son détachement d'une mimique expressive.

*

Akkaliza lança un regard vers la grue mobile qui s'éloignait. Il s'agissait d'une sorte de camionnette, avec un petit appareil de levage fixé sur la partie arrière du châssis. C'est avec cet engin qu'Akkal avait soulevé puis porté la cage jusqu'à l'endroit convenu. Au centre de son toit, cette dernière disposait d'un anneau destiné à faciliter son transport. Son père, au volant de la machine, se retourna brièvement pour lui adresser un signe de la main auquel elle répondit distraitement.

À présent seule avec le bov blessé, elle allait pouvoir lui accorder toute son attention. Celui-ci restait couché sur le côté. Il ne gémissait plus, mais il perdait encore beaucoup de sang. Son état faisait peine à voir, sans doute pas à tout le monde, mais au moins à elle. Il lui fit même une peine immense. L'adolescente se mit à lui parler doucement pour essayer de le rassurer :

— Je ne te veux aucun mal. Je suis très malheureuse de te voir enfermé et blessé. Je sais que c'est un des miens qui est responsable de ce qui t'arrive, que c'est en plus mon propre père. Pourtant, je te jure que j'en suis désolée. J'en ai même le cœur brisé...

Elle se tut un moment, se demandant comment nettoyer le sang coagulé qui collait les poils sur son crâne et formait des plaques sèches sur son épaule gauche. Puis, cherchant son regard elle poursuivit :

— Je voudrais te soigner, panser tes plaies, mais je redoute de te faire peur. Je ne sais pas comment gagner ta confiance. Si tu me laisses prendre soin de toi, ensuite, je pourrai te libérer et tu pourras retourner parmi les tiens. Je ne l'ai pas dit à mon père, bien sûr, mais c'est bien à ça que je pense.

Elle tressaillit quand elle entendit le bov émettre un de ces sons très graves que produisaient ceux de son espèce. Elle avait écouté et observé ces animaux, avec une attention très soutenue, suffisamment longtemps pour être persuadée qu'il s'agissait d'une plainte, d'un gémissement, mais il y avait aussi autre chose. Elle en était sûre. Peut-être de l'étonnement... ou de la curiosité, plutôt... Quelque chose comme ça, oui.

Il se mit à forcer sur ses bras tremblants. Au prix d'un effort visible, il parvint à se redresser jusqu'à tenir assis.

— Doucement, murmura-t-elle. Doucement. Ménage-toi.

Il la regarda fixement avec plus de curiosité que de peur. C'est du moins ce qu'elle crut déchiffrer sur sa face velue maculée de croûtes formées par de la terre amalgamée à du sang coagulé. Elle passa une main gantée entre deux barreaux et articula d'une voie calme et douce :

— Il faut que tu me laisses te toucher pour que je puisse te soigner. Tes plaies vont s'aggraver si je ne les désinfecte pas. Je ne sais pas comment te persuader que je ne te veux aucun mal.

Elle avança un peu la main. Ce geste était plus destiné à lui faire comprendre son intention qu'à le toucher, car il était trop loin pour qu'elle pût l'atteindre même le bras tendu. Le bov regarda plusieurs fois le gant et les yeux d'Akkaliza avec une expression de curiosité qui s'accrut.

— Tu te demandes ce qu'est cette chose, peut-être... C'est un gant. Papa veut que je le porte pour éviter les morsures. Mais, je vais l'enlever, car j'ai confiance en toi, je sais que tu ne me mordras pas, si je ne te fais pas peur.

Appuyant son dos contre les barreaux derrière lui, il la regarda ôter l'objet. Il semblait à bout de force. Elle agita les doigts en remettant sa main dans la cage.

— Je n'ai pas peur, tu vois. Ne le dis pas à papa, surtout ! Il serait très fâché contre moi. Tu as peut-être faim et soif... Soif, certainement ! Je vais te donner à boire.

Sous le regard toujours très attentif du bov, elle souleva un bidon et emplit une petite auge cylindrique qu'elle fit passer entre deux barreaux. Elle posa le récipient et recula sa main d'une dizaine de centimètres seulement, espérant qu'il approche d'elle.

— Viens boire. N'aie pas peur de ma main. Elle est nue et ne tient aucune arme. Tu vois ? Viens ! Aie confiance en moi.

*

Étos écoutait les sifflements aigus émis par la foudretueuse avec perplexité. Il n'avait jusqu'alors jamais eu l'occasion d'entendre ces étranges sons stridulants aussi longtemps. Et pour cause ! Mieux valait, en effet, fuir au plus vite à l'approche de l'un d'eux. La peur était bel et bien la meilleure conseillère en ce qui concernait la conduite à tenir en pareil cas : courir le plus vite possible et se cacher. Cependant, la situation inhabituelle dans laquelle il se trouvait l'empêchait de suivre cette recommandation, puisqu'il ne pouvait pas fuir ; peut-être était-ce pour cette raison que la curiosité avait pu dépasser la peur. Aussi, écoutait-il ces crissements avec une sorte de fascination. Malgré les douleurs terribles qui embrasaient sa chair et l'anxiété qui lui serrait les viscères, il prêtait l'oreille et observait la créature avec la plus grande attention. Ce faisant, il conçut peu à peu l'idée qu'elle lui parlait, qu'elle s'adressait intentionnellement à lui dans le but de communiquer. Au fur et à mesure que cette idée passa de l'état d'hypothèse à celui de quasi-conviction, sa curiosité s'intensifia. Comment cela était-il possible ? Pourquoi cette foudre-tueuse lui attribuait-elle cette importance ? Elle n'avait pas en main la chose qui tonne et qui tue. Peut-être le tuerait-elle plus tard mais, au lieu de ça, pour l'heure en tout cas, elle lui donnait de l'eau. Il réalisa qu'il avait très soif. La foudre-tueuse continuait à siffler doucement. Elle ne semblait pas agressive. Par son attitude, elle paraissait même tout faire pour le rassurer, pour l'inviter à s'approcher pour boire. Était-ce un piège ? Pourquoi en serait-ce un puisqu'elle avait le moyen de le foudroyer d'un seul geste au moyen d'une chose qui tonne et qui tue ? Toutes les foudres-tueuses en possédaient une, normalement... d'après ce qu'on lui avait dit du moins. En tout cas, cette créature-là connaissait celle qui l'avait blessé en utilisant un tel objet pour tonner sur lui. Il fallait donc se méfier. Il regarda l'eau puis l'étrange main qui restait près du récipient et hésita. Pourquoi la foudre-tueuse ne retirait-elle pas complètement ses doigts de là ? Avançant très prudemment, sans quitter la main des yeux, il grimaça de douleur. Le moindre mouvement réveillait des élancements dans ses blessures. La main ne bougeait pas. Sa propriétaire ne cessait pas de produire le sifflement très aigu, caractéristique des créatures de son espèce, mais son attitude demeurait calme. Elle ne faisait aucun geste brusque. On eût dit qu'elle cherchait à le rassurer, c'est du moins ce qu'il ressentit. Il rampa encore un peu dans la direction de l'eau en méditant sur le fait qu'elle n'était pas obligée de lui tendre un piège pour tenter de lui nuire puisqu'il était déjà à sa merci. C'est en se rassurant de cette manière qu'il parvint si près du récipient qu'il lui suffisait désormais de tendre un bras pour s'en emparer. À ce stade, il fixa la foudre-tueuse dans les yeux et avança tout doucement ses doigts, prêt à les retirer vivement au moindre mouvement suspect.

Un souffle de vent lui apporta un effluve familier qui retint son attention ; sans aucun risque de se tromper, il s'agissait de l'odeur des siens. Sans doute distrait par la foudre-tueuse, il n'avait pas remarqué la clameur lointaine qu'il était facile d'associer à cette odeur. Elle était formée par un très grand nombre de voix de ses semblables, des voix qui hurlaient et semblaient se lamenter. Mais sa soif ardente lui rappela qu'il y avait de l'eau tout près de lui.

*

Akkaliza enfonçait son regard dans celui du primate avec une concentration presque hypnotique. Le moment était pour elle exceptionnel. Bien que ce ne fût qu'avec les yeux, elle eut conscience que c'était bien la première fois qu'elle communiquait avec un bov d'une manière aussi intense. Que pouvait-il se passer dans l'esprit d'un animal ? C'était une question qui l'avait toujours fascinée. Comment la percevait-il ? Comment les bovs concevaient-ils le temps ? Avaient-ils des capacités d'anticipation ? Cherchaient-ils, d'une manière ou d'une autre, à expliquer les phénomènes de la nature ? Quelles étaient leurs facultés de communication entre eux ? S'il était très probable que les sons très graves qu'ils émettaient leur permissent de s'exprimer d'une certaine manière, atteignaient-ils le niveau d'un langage ? Si oui, ce dernier possédait-il seulement des substantifs ou aussi des verbes... des adjectifs ? Voire des éléments linguistiques inconnus de sa propre langue ?

— Tu fixes ma main avec inquiétude, hein ! Je n'ai pas l'intention de te faire du mal. Viens boire, si tu as soif.

Le bov effleura le récipient et resta ainsi sans bouger, le regard oscillant sans cesse entre la main et les yeux d'Akkaliza.

— Tu vois, il ne se passe rien. Je ne suis pas un danger pour toi.

Le bov recourba l'extrémité de son doigt pour accrocher le bord de l'auge et la tirer doucement vers lui. Après s'être redressé en position assise, il saisit le récipient à deux mains pour le porter à sa bouche sans quitter Akkaliza des yeux. Elle le regarda boire avec plaisir en espérant que ce petit cadeau et son attitude engageante pussent commencer à conquérir sa confiance.

— Bon, tu vois ! Je suis ton amie. Ce serait vraiment une excellente chose que tu me laisses te soigner à présent.

Le bov reposa l'auge presque vide et s'adossa de nouveau contre les barreaux. Akkaliza décida de faire le tour de la cage pour se rapprocher de lui. Refusant de la perdre de vue, il pivota brusquement sur lui-même en émettant un hurlement de douleur. Elle connaissait très bien ce cri-là. Hélas ! Elle l'avait si souvent entendu dans les unités de production de viande et de lait de son père. Elle s'en voulut :

— Je suis désolée de t'avoir poussé à effectuer ce mouvement. Voilà ! Tu perds encore du sang, par ma faute ! Comme il est urgent que je te soigne, je vais devoir m'y prendre autrement, sans ton consentement explicite. J'espère que tu ne m'en voudras pas.

Akkaliza revint lentement sur ses pas et ouvrit un sac qu'elle avait posé dans l'herbe.

*

Étos regardait la foudre-tueuse en tremblant de tout son corps tant la douleur était vive. Il était conscient qu'elle n'y était pour rien, qu'il s'était fait mal lui-même en se retournant trop brusquement, mais, pour autant, il n'oubliait pas qu'il devait ses affreuses blessures à une connaissance de cette créature. C'est donc avec une certaine inquiétude qu'il la vit saisir un objet et le diriger vers lui. Ceci ne ressemblait pas vraiment à une chose qui tonne et qui tue... mais un peu tout de même... Soudain, il sentit un impact à l'épaule droite. Remarquant quelque chose qui s'était fiché dans sa peau, il voulut l'arracher, mais ne put achever son geste, car il perdit connaissance.

Odeurs et clameurs des siens

À table avec ses parents, son frère et quelques invités, Ak-kaliza jetait de temps à autre de brefs coups d'œil par la fe-nêtre de la salle à manger. Il faisait nuit depuis une heure en-viron. Elle pensait au bov dans sa cage qui ne tarderait plus à reprendre connaissance. La tablée était plutôt animée, éclats de rire, histoires drôles et anecdotes personnelles se succé-daient depuis un moment. Ce joyeux brouhaha satisfaisait Akkaliza, car il évitait qu'on s'intéressât trop à elle. Elle n'avait pas envie qu'on l'interroge au sujet de son bov.

Son frère, assis à sa droite, lui parla à voix basse :

— Alors ?

— Ça va...

— As-tu fait quelque chose pour lui ?

— J'ai dû l'endormir avec le pistolet narcotique. Merci de me l'avoir prêté. Grâce à ça, j'ai pu nettoyer, désinfecter et panser ses plaies.

— Bien ! fit Akkalo en piquant un morceau de bov qu'il porta à sa bouche.

— J'espère qu'il se rétablira vite, poursuivit-elle en es-sayant de ne pas penser à ce qu'il mastiquait.

— Je ne veux pas te faire de la peine, mais... je ne voudrais pas non plus que tu te forges de faux espoirs.

— Il n'est que superficiellement blessé, en fait. Les deux balles ont traversé un muscle entre le cou et l'épaule. Mais il a aussi reçu un violent choc sur la tête. Je pense qu'il a dû s'as-sommer en tombant. C'est plus pour cette raison que pour une autre qu'il est resté un moment inconscient.

— Alors, il s'en sortira peut-être, murmura-t-il en souriant.

Son frère partageait une certaine complicité avec elle, mais il avait du mal à comprendre son engagement, à son avis excessif, pour la cause animale. Lui aussi aimait les animaux, mais ni plus ni moins que la plupart des gens. Comme tous les autres membres de la famille, il avait beaucoup d'affection pour leurs animaux de compagnie, trois thacs et deux hinecs. Bien sûr qu'il aimait les animaux ! Mais, pas au point de se passer de viande ! Il fallait bien se nourrir !

Depuis un an, Akkaliza se disait végane. Ce qui signifiait qu'elle ne consommait rien venant du monde animal. Absolument rien. Ni viande, ni produits laitiers, ni œufs... rien. Elle refusait même d'utiliser du cuir, qu'elle s'obstinait à appeler « peaux de bête ».

Toute la famille savait qu'Akkaliza avait été influencée par sa tante Okkala, la sœur d'Akkal. Il y avait plus d'un an que ce dernier ne parlait plus à celle-ci, depuis la grave dispute lors de laquelle il lui avait déclaré qu'il ne voulait plus jamais la revoir chez lui. Mais on se doutait qu'Akkaliza et sa tante, elle aussi végane depuis très longtemps, se rencontraient discrètement de temps à autre.

Akkaliza s'ennuyait mortellement à table. Que n'eût-elle pas donné pour être ailleurs !

Sur deux des murs de la pièce, des têtes de bovs sauvages empaillées semblaient fixer les convives de leurs yeux vitreux. C'étaient des trophées de chasse qu'Akkaliza évitait de voir.

Okkos, un des amis d'Akkal, lui demanda à brûle-pourpoint :

— Encore fâché avec ta sœur, au fait ?

Akkaliza dévisagea son père.

— Nous ne nous adressons toujours pas la parole, répondit ce dernier visiblement gêné par la question. Je ne veux plus entendre parler d'elle. Depuis qu'elle a créé cette connerie de Deux Un Quatre, elle est impossible à vivre !

Deux Un Quatre était l'association végane, luttant pour l'abolition des abattoirs, présidée par Okkala. Ces trois chiffres faisaient référence à une loi concernant les animaux.

— Je ne veux pas me mêler de ce qui ne me regarde pas, mais je te trouve très rancunier, tout de même.

Akkali jeta un regard inquiet à son mari. Elle le savait très sensible à ce sujet.

— Okkala a monté ma fille contre moi en lui bourrant le crâne de toutes ces inepties sur les animaux. Elle l'a persuadée que je ne suis qu'un assassin, qu'un industriel de la mort ! Que ferais-tu à ma place ? Je devrais abandonner mon affaire pour lui faire plaisir ? Comme ça, on crèvera tous de faim et on habitera dehors !

Okkos s'adressa à Akkaliza :

— Dis à ton père que tu n'as jamais pensé qu'il était un industriel de la mort. Dis-le-lui, tu vois bien dans quel état il se met !

— Je n'ai jamais prétendu ça, Papa... se força à répéter Akkaliza.

— Tu ne me l'as pas dit, mais tu le penses !

— Tu ne vas tout de même pas reprocher à ta fille ce que tu penses qu'elle pense ! Enfin !

— Je sais ce qu'elle pense parce que je sais ce que ma sœur lui a foutu dans la tête ! Et c'est pour ça que je ne veux plus la voir, celle-là. Ce sont ses propres paroles que je te répète. Des paroles qu'elle m'a adressées plusieurs fois à cette table devant les enfants. Je serais un industriel de la mort ! C'est ce qu'elle a répété plusieurs fois, en plus de tout un tas d'autres idioties. Regarde où on en est, à cause d'elle ! Akkaliza ne mange plus que des carottes ! Les umas ont toujours consommé de la viande, mais Okkala et tous les malades de son acabit, qui se sentent plus intelligents que tout le monde, prétendent qu'on peut s'en passer. Et il faut voir comme ils se prennent pour des intellos ! Ils inventent même des mots... genre « spécisme » et compagnie...

Très mal à l'aise, Akkaliza pensa à se lever de table pour aller voir comment allait le bov dans sa cage. Mais augmenter la colère de son père c'était prendre le risque de mettre la vie de son protégé en danger. Cette perspective la contraignit à rester assise et à tout faire pour calmer les choses.

— Bon ! s'exclama Okkos. Pour quelqu'un qui ne mange que des carottes, si c'est le cas, elle ne se porte pas si mal que ça. Il n'y a donc pas péril en la demeure. Il faut bien que jeunesse se passe, comme on dit. Elle finira bien par consommer de la viande comme le reste de l'umanité, ne t'en fais pas.

— Elle ferait mieux de faire du bénévolat aux Restos Pour Tous, comme son frère, dit Akkali. À trop aimer les bêtes, on n'aime plus les umas !

— Ne te sers pas de moi pour faire des reproches à Akkaliza, lança Akkalo à sa mère. Que je sois bénévole aux Restos Pour Tous n'a rien à voir avec le fait qu'elle soit végane.

— Je fais pourtant tout pour avoir l'esprit large, affirma Akkal. J'ai même permis à Akkaliza d'apprivoiser un bov que j'ai blessé à la chasse. Je le lui ai mis dans une cage pour qu'elle en prenne soin. Alors ! Que puis-je faire de plus ? Moi, le grand industriel de la mort !

Ykkypol, un autre convive qui était un gros actionnaire de la société d'Akkal, s'étonna :

— Ah bon ! Tu vas apprivoiser un bov sauvage, Akkaliza ! Parle-nous de ça.

Akkaliza fit un effort démesuré pour dire un minimum de choses à ce sujet. Elle n'avait qu'une hâte, que ce repas se termine et que les invités s'en aillent pour qu'elle pût envoyer quelques messages à sa tante.

*

Étos avait commencé à se réveiller peu de temps après la tombée de la nuit. Il avait rêvé de Mahisa. La torpeur qui engourdissait son esprit et les vertiges qui lui donnaient une impression de flottement s'étaient peu à peu dissipés. Il avait alors réussi à s'asseoir. Intrigué, il avait regardé et touché les bandages et les bouts de ruban adhésif qui dissimulaient ses plaies ; durant cette découverte, son étonnement avait grandi au fur et à mesure que sa conscience s'éclaircissait. Ses douleurs s'étant considérablement atténuées, l'éventualité que les choses étranges couvrant ses blessures y fussent pour quelque chose lui vint à l'esprit. Puis, il se demanda si c'était la foudre-tueuse qui avait mis cela sur lui durant son inexplicable sommeil. Se souvenant de l'objet dirigé vers lui et du petit cylindre fiché dans sa peau, il conçut l'hypothèse que c'était elle qui l'avait endormi à l'aide de ce moyen. Si c'était le cas, les foudres-tueuses ne foudroyaient pas systématiquement. Elles étaient aussi capables d'endormir à distance. Il se dit que c'était un très grand pouvoir, mais qu'il faisait beaucoup moins peur que celui qui tuait, ou blessait. Mais, peut-être n'y était-elle pour rien… dans ce cas, comment expliquer qu'il se fût soudainement endormi pour se réveiller avec ces choses qui calment la douleur sur son corps ?

Odeurs et clameurs des siens arrivaient toujours à lui, les premières portées aléatoirement par les caprices du vent, les secondes, au contraire, paraissant s'amplifier quand les feuillages se taisaient.

Il observa un moment les dieux de la forêt scintillant toujours avec la même éternelle pureté. En reconnaissant plusieurs, il fut impressionné de constater qu'ils étaient assez puissants pour régner même sur le territoire des foudres-tueuses. Il les espéra bienveillants et se promit de leur montrer son courage.

Un nouveau sujet de curiosité le détourna de ses intenses réflexions. Un récipient. Il y en avait un près de lui. En plus de la découverte de ces choses qui cachaient ses blessures, justifiant à elles seules que son esprit fût occupé à autre chose, l'obscurité expliquait sans doute qu'il ne l'eût pas remarqué plus tôt. Ce contenant, plat et rond, était plein de grain blanc. Touchant le petit monticule que formaient ces derniers d'un index inquisiteur, il nota que c'était mou. Deux grains restèrent collés au bout de son doigt quand il le retira. Pour les observer de près, il les porta juste devant ses yeux. Cela ne ressemblait à rien que ces derniers eussent déjà vu. Ces petites choses molles et allongées étaient faites de deux parties accolées. Il les sentit. Puis, sans doute inspiré par ce rapide examen olfactif, il colla l'un d'eux sur sa langue et le mordilla. Cela semblait comestible. Il lécha son index pour avaler le second grain et s'empara du récipient qu'il porta devant sa bouche. Le tenant d'une main, il utilisa l'autre pour manger. Il trouva que c'était bon et il avait faim. C'était la première fois qu'il ingérait du riz cuit. Quand il eut tout fini, il remarqua que le récipient d'eau était toujours là et qu'il était plein. Il en but moins de la moitié et le reposa soigneusement, pour ne rien renverser, dans un angle de la cage. La lune qui se levait par-dessus les cimes de la forêt commença à projeter une lumière falote autour de lui. Il découvrit une pomme et une chose longue, jaune et un peu recourbée, en fait une banane, mais il n'en avait encore jamais vu. Ingérer le premier fruit ne lui prit qu'un instant, trognon compris. Il flaira, mordilla et lécha la banane quelques secondes avant de se décider à la mordre plus volontairement. Quand il découvrit la chair blanche à l'intérieur, il décida qu'il préférait se débarrasser de la peau qu'il laissa tomber hors de la cage, mais à portée de main, au cas où il n'aurait plus rien d'autre à manger plus tard. Il trouva cette chose délicieuse. Quand il l'eut entièrement ingérée, il se mit debout et commença à examiner plus précisément les tiges verticales qui le retenaient prisonnier. Il en secoua plusieurs, avec plus de force que la première fois, mais avec tout de même encore un peu de retenue, car, bien qu'invisibles, ses blessures lui rappelèrent rapidement qu'elles étaient toujours là.

Au bout d'un quart d'heure de cette vérification de solidité, il finit par se lasser et se rassit adossé aux branches debout qu'il ne pouvait ni briser, ni tordre, ni arracher. Les lointaines odeurs et plaintes des siens créaient un climat anxiogène ; il se demanda à quelles souffrances étaient dues ces lamentations. Heureusement pour lui, ses pensées revinrent vers Mahisa.

*

Mahisa marchait toujours sur les étranges traces que laissait la chose, non moins étrange, dans lesquelles la foudretueuse avait mis Étos. Cette forme invraisemblable ressemblait à un gros animal comportant une cavité qu'il était possible d'ouvrir et fermer. Elle possédait des pieds tout ronds qui tournaient pour la faire avancer, ceux-là mêmes qui avaient laissé les empreintes qu'elle s'efforçait de suivre. Cachée derrière un buisson, Mahisa avait vu tout ce qui s'était passé après que la foudre-tueuse eût foudroyé Étos. Elle avait pleuré silencieusement et tremblé de peur en voyant son compagnon inerte traîné sur le sol. Ses sentiments pour lui étaient si forts qu'ils lui avaient donné le courage de suivre discrètement les deux foudres-tueuses. La terreur lui avait mordu le cœur quand, craquant sous son pied, une brindille avait attiré l'attention de ces dernières. Heureusement, elles n'avaient pas utilisé les choses qui tonnent et qui tuent. Elles avaient chacune ouvert la cavité de leur gros animal pour entrer dans ce qui ressemblait à une sorte de tête. Les deux monstres avaient grogné et leurs pieds avaient tourné, l'un d'eux emportant Étos sur son dos creux.

À présent, Mahisa marchait le long de la lisière les yeux rivés au sol pour suivre les traces qui disparaissaient souvent sur de longues distances quand la terre était trop sèche, ou lorsqu'il y avait de l'herbe mais qu'elle s'était redressée. De plus, on n'y voyait pas grand-chose dans la seule clarté de la lune. Accablée par une immense tristesse, une vive inquiétude et une fatigue extrême, elle n'avait cessé de pleurer. Et si ses larmes ne coulaient plus, ce n'était dû qu'à la déshydratation qui enflammait son gosier d'une soif ardente.

Mais une seule chose comptait : le retrouver et avoir le courage de le sauver pour lui apprendre qu'il allait bientôt être père. Elle le sentait dans son ventre depuis quelque temps, mais elle avait attendu d'en être certaine avant de le lui révéler. Étos était-il déjà mort ? Elle ne pouvait se résoudre à le croire. Ses pieds lui faisaient terriblement mal et ses jambes étaient à bout de force, mais elle ne pouvait renoncer. Les traces ne se voyaient presque plus, mais un chemin de plus en plus net apparaissait. En fait, il y avait non pas un, mais deux étroits sentiers parallèles de terre tassée, séparés par une bande d'herbe. Elle supposa qu'il y en avait un pour les jambes tournantes gauches et un pour les jambes tournantes droites des monstres. Marchant sur la verdure entre les deux, parce que c'était plus confortable pour ses pieds endoloris, elle pleura encore et pria pour que le dieu de la forêt la conduisît à celui qu'elle aimait.

*

Akkaliza passa un petit saladier contenant trois pommes de terre bouillies et un sac en papier entre les barreaux et dit :

— J'espère que tu vas mieux. En tout cas, je suis heureuse de constater que tu as mangé tout ce que je t'avais laissé. Je t'en ai apporté encore, tu vois.

Le bov grogna. Il bogrogna en fait, dans le langage employé par Akkaliza et ses semblables pour désigner le cri très grave de ces animaux.

— Ha !... Tu essaies de me parler, dirait-on. Ça me fait très plaisir, tu sais ! Je suis sûre que nous finirons par nous comprendre, malgré la barrière des espèces. Je sais que je suis beaucoup plus bavarde que toi, mais je te laisserai du temps de parole dès que tu seras décidé à t'exprimer davantage. Pour l'instant, je comble le silence pour que tu t'habitues à ma voix.

Tenant un barreau dans chaque main, le bov émit un deuxième bogrognement. À l'aide d'une bouteille, elle versa de l'eau pour compléter le niveau du récipient réservé à l'usage de la boisson et répondit :

— Tu vas bientôt papoter beaucoup plus que moi, dis donc ! Bon... je vais devoir te laisser pour aller à l'école, mais je reviendrai te voir à midi, ne t'inquiète pas. Je fais des études d'éthologie. Je t'en reparlerai plus tard en détail. À part ça, ne le dis à personne, mais tu sais que je te libérerai quand tu seras guéri. Je t'ai administré un antalgique pendant que tu dormais. C'est pour ça que tu as moins mal. Mais essaie de te ménager parce que dès que son effet diminuera tu risques d'avoir des douleurs de nouveau. Alors, j'y vais. Tu as à manger et à boire. À tout à l'heure.

Akkaliza s'éloigna à contrecœur, mais elle était en retard et elle ne pouvait pas se permettre de rater son cours. Son père le saurait et cela le mettrait de mauvais poil. Déjà que la conversation d'hier soir, au sujet de sa sœur, avait mis ses nerfs à rude épreuve ! Elle pressa le pas dans l'herbe en direction de la maison. Dès qu'elle entra dans la salle de séjour, sa mère l'interpella :

— Tu n'es pas encore partie ! Tu vas arriver en retard !

Akkaliza ne répondit pas. Elle saisit sa sacoche sur le canapé et traversa le rez-de-chaussée pour ressortir de l'autre côté de la maison. Son scooter l'attendait sous un appentis.

Un quart d'heure plus tard, Akkaliza laissa son véhicule sous l'abri des deux roues devant le centre d'étude de psychologie et d'éthologie. S'apprêtant à gravir l'escalier de l'établissement, elle vit sa tante qui approchait, avec un large sourire sur son visage toujours cordial. Elles s'embrassèrent.

— Je suis très contente de te voir, lui dit Akkaliza, mais je suis très en retard malheureusement. Dommage, j'avais tellement envie de te parler du bov !

— Je sais. Tu vas pouvoir le faire. Je viens de voir ton intervenant d'aujourd'hui.

— Akkaron ?

— Oui. Il est membre de Deux Un Quatre. C'est donc une bonne connaissance. Je lui ai demandé s'il pouvait fermer les yeux sur ton absence pour cette demi-journée. Il m'a garanti qu'il n'y aura pas de problème, que tes parents n'en sauront rien.

Étos Mahisa aime

La production de lait était assurée par cinquante mille bovs laitières, cinquante rangées de mille. Génétiquement sélectionnées, croisées et modifiées pour produire le plus de lait possible, leurs mamelles étaient si énormes qu'elles eussent eu bien du mal à se déplacer sans qu'on les y aidât. Mais, de toute façon, elles n'avaient pas l'occasion de marcher ; retenues qu'elles étaient par de solides barrières individuelles, délimitant à ce point leur espace qu'elles n'eussent pu faire un seul pas. Leurs membres atrophiés ne les portant plus, elles étaient soutenues, penchées vers l'avant pour dégager les mamelles, par une sangle qui passait sous le ventre. La nourriture et l'eau venaient devant elles automatiquement et l'urine et les excréments étaient tout aussi automatiquement évacués par l'arrière.

Afin que leur organisme fût disposé à produire du lait, on les inséminait artificiellement autant de fois que nécessaire. À la naissance, le plus grand nombre de leurs enfants était tué, broyé et incorporé dans la nourriture destinée aux animaux. Les bovs laitières poussaient des bogrognements de désespoir pour appeler les progénitures disparues durant des jours, jusqu'à ce que les douleurs de leurs mamelles sans cesse sollicitées et les souffrances générales dues à leurs conditions de vie finissent par les leur faire oublier.

Akkal entrait rarement dans le gigantesque bâtiment qui contenait les laitières d'un côté et les animaux producteurs de viande de l'autre. C'était bien sûr déjà arrivé, mais cela devenait de moins en moins fréquent. Son personnel était là pour s'occuper de tout ce qui n'était pas encore automatisé, c'est-à-dire de moins en moins de choses en fait. L'évacuation des naissances et le remplacement des laitières en fin de production optimale, par exemple.

Dans son bureau du centre de gestion, situé à un kilomètre seulement de son domicile et attenant au bâtiment dont il vient d'être question, Akkal passait beaucoup de temps sur les écrans de contrôle de son affaire et au téléphone. Il s'occupait de tout ce qui concernait les ventes de viande et de lait, la recherche des fournisseurs les moins chers, tant pour la nourriture des animaux que pour les installations d'automatisation, les relations avec les banques, etc. Dans les bureaux voisins, des techniciens surveillaient, sur leurs propres écrans, le fonctionnement de toute la machinerie.

Ce matin-là, Akkal était de mauvaise humeur. Le reproche que lui avait fait son ami Okkos au sujet de sa relation avec sa sœur lui pesait encore sur le cœur. De plus, la production de la veille n'avait pas été très bonne. C'était même le moins que l'on eût pu dire ! Le lait était en baisse de quatre pour cent et la viande de trois pour cent. Les variations de production avaient de lourdes conséquences. À ne pas fournir la demande, on risquait de payer des pénalités aux grands centres de distribution, dépasser les besoins était à peine moins grave, car l'invendu était une perte sèche qu'on pouvait difficilement rattraper en faisant des économies sur des dépenses de fonctionnement déjà réduites au strict nécessaire. Les remboursements des énormes investissements ajoutés à la course à la modernisation des installations d'automatisation exigeaient des entrées d'argent toujours croissantes.

Mais les variations de production n'était pas la seule mauvaise nouvelle de la journée. Il venait d'apprendre que la société Ralchadomac, sa principale concurrente, avait proposé sa viande un demi-pour cent moins cher que la sienne aux distributeurs. Il avait ce matin même reçu une série de messages courtois, mais inflexibles, de chacun de ces derniers. Ils s'étaient tous empressés de lui demander de s'aligner sur ce nouveau prix s'il voulait conserver leurs commandes. Vendre un demi pour cent moins cher ! C'était un assassinat ! Cela représentait un tiers de sa marge ! Il allait devoir trouver une solution pour sauver celle-ci, ou du moins pour limiter le plus possible son effondrement.

Il fulmina intérieurement en songeant que tous ces problèmes passaient bien au-dessus de l'esprit de sa sœur. Avait-il le temps et la possibilité de se préoccuper du bien-être animal, avec tout ça ? Au lieu de faire l'effort de comprendre sa situation, elle ne trouvait rien de mieux à faire que de monter sa fille contre lui avec ses idées extrémistes et grotesques.

Il se leva brusquement pour hurler dans le couloir :

— Production viande ! Réunion immédiate dans mon bureau !

Il eût pu convoquer ses adjoints en touchant un simple bouton, mais il n'avait pas pu retenir cet emportement.

Cinq de ses collaborateurs entrèrent.

— Je ne vous propose pas de vous asseoir, leur dit-il. Parce que ça va être très court. Si vous voulez m'aider à sauver Manger Nature, et donc vos salaires, il faut trouver n'importe quel moyen de descendre le prix de revient de la viande de zéro cinq pour cent, minimum. C'est tout ce que j'ai à dire. Faites-vous péter le cerveau pour proposer des solutions de toute urgence. Tant que nous n'aurons pas trouvé, nous perdrons de l'argent, car je suis obligé de m'aligner dès aujourd'hui sur la concurrence. Voilà, j'ai fini ! Vous pouvez y aller... J'espère que d'ici midi, quelques idées seront sorties de vos têtes !

Tandis que les collaborateurs commençaient à quitter la pièce, Akkal en retint un ; c'était le deuxième plus gros actionnaire :

— Ykkypol, reste là.

Quand ils furent seuls tous les deux, Akkal le questionna :

— Où en es-tu pour ce que tu sais ?

— Ben... comme je te l'ai dit, notre type a bien réussi à se faire embaucher, mais il n'a pas encore accès à tous les procédés. Pas facile ! Je pense qu'ils se méfient un peu.

— Tu as bien compris que c'est urgent ? Manger Nature est en réel danger...

— Bien sûr ! Je sais bien ! Je t'assure que je fais ce que je peux. Je me sens aussi concerné que toi. J'ai moins que toi dans cette boîte, mais si elle coule, je suis ruiné, moi aussi !

— Oui, oui... je sais... Excuse-moi. Je suis à bout !

Avec en plus sa sœur et sa fille sur le dos, pensa Ykkypol, je comprends que ce ne soit pas facile pour lui.

Il essaya de changer de sujet :

— Au fait, as-tu reçu le courriel de Chaîne 2 ?

— Hein ? fit Akkal.

— Le courriel de Chaîne 2 au sujet de l'émission Antenne Enquête.

— Ah, oui ! J'ai vu passer ça, mais je n'ai pas eu le temps ni la force de me concentrer pour savoir ce que c'est.

— Ils nous invitent à un débat pour défendre notre métier.

— Quoi ? Mais enfin, se défendre contre qui ?

— Probablement contre ceux qui nous critiquent. Des associations de bouffeurs d'herbe... Excuse-moi, je ne parle pas de ta fille. Enfin, je veux dire...

— Oui, oui... J'ai compris ! Et alors ? Que veux-tu que ça me foute ?

— Je pense que nous devons y aller. Ne pas y participer serait un aveu de culpabilité. Je suis sûr que Ralchadomac enverra quelqu'un... parce que c'est certain qu'ils ont dû être approchés eux aussi.

Akkal n'offrit qu'un air abattu pour toute réponse.

— Je pourrais nous représenter, si tu préfères.

— Je veux bien, oui. Je n'ai pas envie de me donner en spectacle à la télé. Imagine que je me retrouve à débattre contre ma sœur !

— J'y ai pensé, mais je n'ai pas osé te le dire.

*

Étos sentait les élancements douloureux revenir dans son épaule et son cou. Il s'était à peine intéressé à la nourriture : trois pommes de terre bouillies, des noix et d'autres fruits secs. Tout cela n'avait même pas vraiment suscité sa curiosité. Il n'avait bu que quelques gorgées. Ce désintérêt pour lui-même était dû au fait que son esprit était ailleurs, près de Mahisa. Seul depuis deux heures, il se sentait accablé de chagrin ; il n'avait pas le souvenir d'avoir déjà été aussi triste. Que devenait-elle ? Se faisait-elle du souci pour lui ? Pourvu qu'elle ne fût pas en danger ! Une vive inquiétude l'oppressait.

Le vent ne soufflait plus dans une direction propice à lui apporter l'odeur de ses congénères et il faisait suffisamment bruire les frondaisons pour couvrir les clameurs anxiogènes. Étos les oublia donc un moment.

Encore une fois, il examina une à une les étranges branches debout qui le retenaient prisonnier. Elles étaient étonnamment régulières en épaisseur, lisses, dépourvues de ramification et de tout défaut. Elles étaient également froides et d'une incroyable dureté, impossible d'y planter un ongle, même très légèrement. Ses dents n'avaient pas été plus efficaces pour entamer ces tiges, décidément indestructibles. Il entreprit d'observer chacune d'entre elles avec une grande attention, surtout en bas et en haut, là où elles étaient fixées au sol ou au plafond. Il dut essuyer plusieurs fois ses yeux de la paume de la main, parce que la tristesse troublait sa vue. Quand il eut fait le tour complet de la cage, il dut conclure qu'aucune de ces branches ne présentait un défaut de fixation. Sous la torture d'une grande détresse à l'idée d'être séparé de son amour, il pleura chaudement. Ses sanglots secouèrent sa poitrine, mais il ne capitula pas pour autant.

Il était entouré d'arbres et il pouvait facilement toucher l'extrémité de certaines branches basses, l'une d'elles entrait même un peu entre deux barreaux. Il tira le plus fort qu'il put sur celle-ci afin d'en obtenir la plus grande longueur possible. Ensuite en prenant appui sur un barreau, il la tordit jusqu'à la rompre. Après avoir pris quelques secondes pour considérer l'objet de son forfait avec une certaine satisfaction, il se mit en devoir d'arracher presque toutes les ramifications. Presque, car il n'en garda qu'une seule dont il raccourcit cependant la longueur. Ce qu'il obtint ressemblait à une longue tige munie d'un crochet, ce dernier étant formé par le bout de la ramification épargnée. Reconsidérant une nouvelle fois son travail, il fit montre d'une satisfaction encore plus affichée, à la limite même de la fatuité. Étos n'avait pourtant rien inventé. Ce savoir-faire était une acquisition culturelle. Ses parents lui avaient appris comment faire et ils le tenaient eux-mêmes de leurs propres ancêtres. Cet objet très pratique servait à faire ployer les extrémités des branches trop hautes pour offrir leurs fruits. Mais, Étos comptait l'utiliser pour une tout autre chose. Et ça, en revanche, c'était bel et bien une invention !

Il chercha des yeux un gros caillou pas trop loin de la cage et... Ho !

La foudre-tueuse qui ne tuait pas était de retour. Il ne voulait pas qu'elle devinât ce qu'il était en train de projeter. Certes, elle ne tuait pas, mais comment savoir ce qu'elle avait en tête ? Elle n'avait pour l'heure rien fait pour le sortir de cette prison !

Il cacha son outil dans l'herbe à l'extérieur de la cage, derrière l'épaisseur du plancher. Mais, il n'eut pas le temps de jeter au loin toutes les feuilles et les ramifications qu'il avait arrachées et qui jonchaient le sol de sa prison.

*

Approchant de la cage, Akkaliza nota que le bov lançait des débris végétaux entre les barreaux avec une certaine précipitation. Elle ralentit pour avoir le temps de l'observer, faisant mine de ne rien remarquer. De son côté, il fit visiblement mine de ne pas la voir arriver.

— Alors ? fit-elle quand elle fut devant lui. Tout va bien pour toi ?

Il la regarda en mimant la surprise à la perfection. Elle fut intriguée par ce comportement inattendu. Les quelques feuilles et brindilles qui restaient sur le plancher de la cage, mélangé à l'herbe qu'elle avait mise là pour son confort, ne lui apportèrent aucune information sur ce qu'il était en train de faire, et lui dirent encore moins pourquoi il voulait le lui cacher. Elle décida donc de l'observer discrètement pour le découvrir.

— Bon... Je vois que tu n'as pas très faim... ni soif, d'ailleurs... Je vais te laisser encore un instant. Je reviens vite !

Elle s'éloigna, mais au lieu de se diriger vers la maison, elle s'enfonça dans le bois pour se cacher derrière un arbre et surveiller ses agissements en toute discrétion. Mais elle fut surprise de constater qu'il ne l'avait pas perdue de vue ; chaque fois qu'elle laissait dépasser un œil, il la fixait. On eût dit qu'il lui disait « Je sais que tu n'es pas partie ». Plus énervée contre elle-même que contre lui, elle sortit de sa cachette et revint vers la cage.

— Bon ! Je vois que tu es un sacré malin et j'accepte que tu ne me confies pas tous tes petits secrets. Cachottier, va ! J'attendrai que tu me fasses davantage confiance. C'est à moi de la gagner en te livrant quelques-uns de mes propres secrets. Tu sais, j'ai séché un cours pour voir ma tante, tout à l'heure. Si mon père l'apprenait ! Je lui ai parlé de toi, évidemment ! Pas à mon père, à ma tante, j'espère que je suis claire !

Le bov se gratta le crâne, fouilla à deux mains dans les longs poils noirs de sa tête et de ses joues, cherchant apparemment à les démêler, et bogrogna brièvement.

— Qu'est-ce que tu deviens bavard ! Je vais t'en dire un autre, de grand secret. Okkala... c'est ma tante. Elle m'a confié qu'elle allait introduire quelqu'un dans l'entreprise de papa pour obtenir des informations sur ce qui s'y passe exactement. Ça me gêne un peu d'être au courant parce que j'ai l'impression de trahir mon père. Mais je sais que ma tante fait ça pour tous les braves bovs comme toi. Alors, je suis partagée. Comprends-tu ? D'un autre côté, je pense qu'Okkala m'a confié cette information pour que je ne me sente pas trahie par elle, le jour où je l'apprendrai.

Le bov tortilla des poils autour de sa gueule et libéra un nouveau bref bogrognement sans la quitter des yeux.

— Hé ! Laisse-moi parler ! Qu'est-ce que tu deviens loquace ! Je te disais donc que je fais des études d'éthologie. Ma tante Okkala, c'est son métier. Oui, elle est éthologue. Et, figure-toi, que c'est en étudiant de braves types comme toi qu'elle a réalisé que vous pensez des trucs, comme nous, que vous éprouvez la peur, que vous avez des sentiments pour vos proches, que... que vous nous ressemblez beaucoup, pour résumer. C'est pour ça qu'elle a fondé une asso pour vous défendre...

*

Étos écoutait la foudre-tueuse, mais malgré tous ses efforts il ne parvenait pas à discerner le moindre détail intelligible dans tous les sifflements qu'elle produisait. Mis à part le fait qu'elle le gardait prisonnier, elle ne semblait pas animée de mauvaises intentions. Pour le moment du moins. Elle lui offrait de la nourriture et de l'eau... elle avait probablement posé sur lui des objets qui soulagent les blessures... Elle n'avait toujours pas une chose qui tonne et qui tue dans ses mains...

Il décida de se confier. Peut-être le libérerait-elle ! Si ce n'était pas le cas, il ne lui resterait plus qu'à mettre son plan à exécution dès qu'elle aurait le dos tourné.

— Étos Mahisa aime, dit-il. Étos beaucoup triste loin d'elle ! Veux-tu Étos libérer ? Étos serait si heureux de Mahisa revoir !

La foudre-tueuse s'interrompit, apparemment pour l'écouter. Elle resta un moment silencieuse, comme si elle attendait pour savoir s'il avait autre chose à dire. Il se remit effectivement à bogrogner :

— Mahisa une petite tête très mignonne a, compléta-t-il. Quand à Étos sourit Mahisa, très besoin Étos a de envelopper elle dans bras et de serrer elle contre Étos. Comme pour faire elle entrer dans cœur d'Étos. Oui ! Bras de moi faim d'elle ont. Laisse Étos partir. Étos à Mahisa est, pas à toi.

Il nota que, là encore, la foudre-tueuse s'était tue pour s'intéresser à lui. Mais elle n'ouvrit pas sa prison pour autant. Il en déduisit que soit elle ne voulait pas, soit elle ne le pouvait pas, soit elle ne comprenait pas sa demande. Quoiqu'il en fût, il n'y avait donc plus de raison de chercher à communiquer pour l'instant. Mieux valait attendre patiemment son départ. Pour l'inciter à s'éloigner au plus vite, il fit semblant d'avoir sommeil et de s'endormir.

*

Akkaliza fut pour le moins désappointée quand il s'allongea et lui tourna le dos. Elle alla de l'autre côté de la cage pour le voir de face. Il fermait les yeux.

Sommeil incroyablement soudain et endormissement pour le moins rapide ! se dit-elle.

Des bouts de branches étaient éparpillés sur le sol de ce côté-là, mais elle ne sut qu'en penser.

— Je vais partir puisque tu dors. À plus tard, bonne sieste !

Elle s'éloigna avec l'idée de prendre dans sa chambre le dispositif de prise de vue automatique qu'il lui arrivait d'utiliser pour filmer les animaux à leur insu. Quand elle revint pour l'installer, il était toujours allongé, mais dans une position différente. Avait-il simplement bougé durant son sommeil ? Ou s'était-il levé, mais vivement recouché à son approche ? De plus en plus intriguée, elle disposa l'appareil de manière à filmer toute la cage et elle le régla pour qu'il se mît en route en détectant un mouvement. Cela fait, elle partit en faisant l'effort de ne pas se retourner. Il était l'heure du repas familial de midi. Difficile d'y échapper ! En tout cas, pas tous les jours ! Elle avait eu envie de manger avec sa tante, mais avait préféré ne pas contrarier ses parents qui tenaient beaucoup à ce que la famille se réunisse à table le plus souvent possible.

La prison du soleil

Les bovs à viande étaient trente mille. Trente rangées de mille. Comme les bovs laitières, ils étaient le fruit de multiples croisements, sélections et modifications génétiques. Mais, eux avaient été optimisés pour produire de la viande, c'est-à-dire principalement de la masse musculaire. Comme les laitières, on les nourrissait avec des farines animales qui étaient, en partie, faites des bovs nouveau-nés qu'on ne gardait pas, des laitières en perte de rendement et bien sûr des restes d'équarrissage de leurs congénères qui les avaient précédés. Cette source de nourriture présentait un double avantage. D'abord, elle était très économique puisque ce n'était qu'un recyclage de la biomatière. Ensuite, elle permettait de se débarrasser aisément des déchets animaux. Ces derniers eussent été rapidement très encombrants s'il eût fallu les stocker quelque part. On évitait ainsi les dépenses du transport et du service pour les retraiter ou pour les incinérer ailleurs. Et l'on s'affranchissait en prime des problèmes de pollution lors du stockage. Les bovs d'élevage étaient donc en partie cannibales malgré eux. En plus de ça, sans le savoir, les mères mangeaient même leurs propres enfants.

Les conditions de vie des bovs à viande étaient les mêmes que celles des laitières. Des barrières et des chaînes les empêchaient d'effectuer le moindre mouvement afin qu'ils ne fissent rien d'autre que de grandir et grossir le plus rapidement possible. Tous castrés, ils étaient aidés dans cette tâche par des hormones de croissance et des stéroïdes anabolisants. Afin de juguler toute épidémie qui se répandrait comme une traînée de poudre, vu l'extrême densité de leur population, ils étaient également continuellement gavés d'antibiotiques à titre préventif.

Personne ne se sentait directement responsable de toutes ces terribles souffrances parce que les tâches et les actions de chacun étaient si divisées qu'aucun n'avait l'impression d'y avoir réellement participé. Imaginons mille individus enfonçant chacun, d'un dixième de millimètre seulement, la même lame dans le cœur de quelqu'un. Tous pourraient se dire : ce n'est pas vraiment moi qui l'ai tué.

Rappelons que les plaintes déchirantes des bovs étaient trop graves pour être très clairement audibles aux oreilles de leurs « inconscients » bourreaux. Et ajoutons que leurs expressions faciales ne ressemblaient pas du tout à celles de ces mêmes bourreaux. Tout, hélas, semblait favoriser la mauvaise foi de ceux qui ne voulaient rien entendre et préféraient ne rien voir.

Ukkosal ne faisait pas partie de ceux-là ; lui savait. Il savait et il refusait de fermer les yeux de sa conscience. Il se souvenait de l'élevage fermier de ses parents qui le tenaient euxmêmes des leurs. Certes, cette ferme était destinée à produire du lait et de la viande de bovs, mais les bêtes n'étaient pas traitées avec tant de cruauté à cette époque. Bien sûr, on les tuait pour les manger, bien sûr on prenait aux femelles le lait normalement destiné à leurs petits, bien sûr on utilisait leur peau pour fabriquer des vêtements et divers objets de maroquinerie. On les considérait comme de simples ressources qu'on exploitait, il le reconnaissait, mais encore une fois, les bêtes n'étaient pas traitées avec tant de cruauté à cette époque. C'est ce qu'Ukkosal essayait de dire aux véganes abolitionnistes, en particulier à Okkala, la sœur d'Akkal. Mais ces gens-là n'étaient pas sensibles à son discours. Ils lui répondaient que ce n'est pas parce qu'une chose condamnable s'empire avec le temps qu'elle était respectable à son origine, qu'un meurtre, même commis avec moins de cruauté, demeurait un meurtre. Ukkosal les trouvait un peu extrémistes. Malgré tout, il était touché par le fait que leur discours et leurs actions n'étaient visiblement motivés par aucun intérêt personnel. Ils ne gagnaient rien pour eux-mêmes à dépenser tant d'énergie pour la cause animale. Aussi, s'était-il peu à peu senti de plus en plus proche d'eux, même s'il n'adhérait toujours pas à cent pour cent à leurs convictions ; il ne pouvait tout de même pas leur concéder que ses parents étaient des meurtriers ! Et ce malgré la circonstance atténuante aimablement proposée par Okkala :

— À cette époque, les gens n'en étaient pas conscients. Ils faisaient ce qu'ils avaient toujours vu faire. Il fut aussi un temps où il n'y avait rien de plus normal que d'avoir des esclaves. Tous ceux qui en possédaient n'étaient pas délibérément cruels. Certains faisaient même de bonne foi ce qu'il fallait pour être de bons maîtres. Ils battaient leurs serviteurs uniquement lorsqu'ils estimaient qu'ils le méritaient. Sans être forcément mauvais, on peut faire les pires choses, simplement par éducation, parce que c'est le milieu culturel.

— Mes parents n'étaient ni des meurtriers ni des esclavagistes, s'irrita Ukkosal.

Okkala essaya de se faire comprendre :

— Je ne l'ai jamais prétendu. J'ai pris cet exemple pour montrer que, l'éthique évoluant, ce qui est un crime aujourd'hui ne l'était pas forcément à une époque antérieure. Il est donc permis d'anticiper pour deviner que certaines choses paraissant normales de nos jours seront peut-être jugées comme des crimes plus tard. Ça s'appelle l'évolution. Je te rappelle encore que je te tiens ce discours alors que mes propres parents faisaient le même métier que les tiens.

Ils se promenaient tous les deux dans un parc des environs. Un silence perdura presque une minute. Elle le rompit :

— Alors ? Es-tu avec nous, ou es-tu trop fâché contre moi pour nous aider ?

— Je suis un peu contrarié, en effet ! Mais je vais vous aider malgré tout, parce que le dégoût que m'inspire ce que font Akkal et ses confrères est bien plus fort que ce que je te reproche... à toi et à ta bande d'illuminés. Je pense que vous êtes fous, mais pas méchants. Alors que ceux qui ont remplacé le métier de mes parents sont encore plus fous que vous et en plus très cruels !

Ukkosal n'avait pas vraiment conscience que sa décision était aussi en partie due à l'attirance qu'Okkala exerçait sur lui. Il lui trouvait en effet un charme intrinsèque que renforçait son militantisme passionné et dévoué.

— Je te remercie, au nom de Deux Un Quatre, d'aider les gentils fous que nous sommes.

— Heum... fit-il. Si ton frère apprend un jour ce que tu me demandes de faire contre lui, il te haïra jusqu'à son dernier jour ! J'espère que tu es consciente de ce risque.

— J'en suis parfaitement consciente. Mais comprends bien que je ne fais rien contre lui personnellement. Je ne lutte que contre son industrie mortuaire et toutes les autres aussi. N'oublie pas que je fais la même chose chez ses concurrents.

— Oui, oui... Au fait, as-tu d'autres... heu... comment dire... d'autres heu...

— Activistes dévoués à la légitime cause de Deux Un Quatre, veux-tu dire ?

— Un peu long comme nom. J'allais dire « espions », plus simplement.

— Nous en avons un, oui. Mais, il nous en faudra d'autres.

— Un ?

— Oui.

Ukkosal se sentit touché par une petite pointe de jalousie. Qui était ce type ? Comptait-il pour elle, en dehors du service qu'il pouvait rendre à Deux Un Quatre ? Et qu'en était-il de lui-même à ce sujet ?

*

Akkaliza mangeait des légumes farcis avec des protéines de soja texturées. Elle était la seule des quatre à consommer cela. Ses parents et son frère avaient dans leur assiette les mêmes légumes, mais garnis avec de la viande de bov.

Akkaliza ne comprenait pas trop pourquoi sa présence était si importante puisque ses parents avaient pris l'habitude de regarder la télévision en mangeant. Pour le peu de mots qu'ils échangeaient... Elle nota que son père semblait particulièrement préoccupé, mais elle n'avait pas la moindre idée de ce qui pouvait lui causer du souci. C'était le moment des informations :

« — Nous recevons aujourd'hui madame Ekklamisa, directrice de l'agence spatiale, pour nous parler d'une extraordinaire découverte faite ce matin : un engin spatial non identifié a été signalé par les astronomes. Cet engin avait été repéré depuis plusieurs jours déjà, mais il était jusqu'alors trop loin dans l'espace pour que l'on ait pu découvrir sa surprenante nature. N'est-ce pas madame Ekklamisa ? Ai-je correctement introduit le sujet ? »

Akkaliza prêta une oreille distraite.

« — C'est exactement cela. Nos amis de l'agence de l'astronomie avaient effectivement repéré la chose depuis plusieurs jours. C'est un tout petit objet par rapport à ce que l'on observe habituellement dans l'espace. Il approche rapidement de nous. Par conséquent, plus le temps passe, plus les images sont précises. Ainsi, il est soudain apparu évident qu'il ne s'agit pas d'un corps naturel, mais d'une machine. Imaginez leur surprise qui a été aussi la nôtre quand ils nous ont montré ça ! Nous avons décidé de dévier la trajectoire prévue d'une de nos sondes pour tenter d'approcher la chose. Je vous passe les détails techniques, mais ce ne sera pas facile... »

Akkali éteignit le téléviseur et regarda son mari :

— Bon, Akkal ! fit-elle en posant ses quatre coudes sur la table. Tu vas nous dire ce qui ne va pas, oui ? Qu'as-tu donc à faire cette tête ? Ne me dis pas que tu penses encore à ta sœur !

Le père d'Akkaliza frémit comme s'il sortait soudainement d'une torpeur ou d'un profond songe.

— J'ai des problèmes, dit-il. Il faut que je trouve un moyen de diminuer le prix de revient de la viande de zéro cinq pour cent.

Il porta un regard las vers sa femme en se grattant les écailles du front, ce qui était chez lui un signe de nervosité connu.

— Essaie de penser à autre chose qu'à ton travail, Papa ! s'exclama Akkalo.

Sur ces mots, il se leva de table pour aller poser ses quatre mains sur les épaules de son père.

— Mais, mon fils ! L'avenir de Manger Nature me préoccupe, car il s'agit de notre propre avenir...

— Tu t'en sortiras ! Tu t'en es toujours sorti...

— Heum... Nous avons reçu une invitation de Chaîne 2 pour participer à l'émission Antenne Enquête, figure-toi.

— Ah bon ! Quand ça ?

— M'en souviens plus.

— Tu vas passer à la télé, alors ?

— Non. Je préfère qu'Ykkypol y aille.

— Mais enfin, pourquoi ? demanda Okkalo.

— Ils vont inviter beaucoup de monde pour une émission sur l'agriculture de nos jours. Je n'ai pas envie de devoir répondre aux attaques de ma sœur.

— Rien ne te dit qu'elle sera invitée.

— Et rien ne me dit qu'elle ne sera pas invitée.

*

Émergeant soudainement d'un abominable rêve, Mahisa se réveilla en sursautant. Dans son sommeil, Étos était menacé par au moins dix foudres-tueuses. Pour le défendre, elle se jetait sur ces créatures au péril de sa propre vie. De terribles détonations les tuaient tous les deux, dans les bras l'un de l'autre... Elle libéra plusieurs gémissements avant de réaliser que tout cela n'avait été qu'un cauchemar. Après avoir marché toute la nuit, elle s'était endormie épuisée au petit matin, cachée dans la forêt dans un épais buisson, à quelque cent pas du chemin qu'elle suivait.

La hauteur du soleil lui fit savoir que le milieu de la journée était déjà dépassé. Une pensée pour ses parents, qui devaient se demander où elle était, traversa son esprit ; elle n'avait pas eu le temps de les prévenir. Bien qu'elle eût de la peine en songeant à eux, ses préoccupations retournèrent très vite vers Étos. Une certitude était ancrée en elle : la conviction d'être prête à mourir pour lui. Elle se mit à genoux dans l'herbe et posa ses deux mains sur son ventre, se pénétrant de l'idée qu'elle portait un peu de celui qu'elle aimait.

Soutenue par cette douce pensée, elle se remit en marche. Il lui fallait trouver quelque chose à grignoter et à boire pour reprendre des forces.

*

Voulant si bien mimer celui qui dort, Étos avait fini par se laisser piéger par le sommeil véritable. Mais son assoupissement n'était toutefois pas profond. Ses pensées oniriques étaient visiblement agitées. Dans celles-ci, il se voyait utiliser son outil pour mettre son plan à exécution et il parvenait à se libérer. Il courait alors à toutes jambes vers les siens et surtout vers Mahisa. Mais il avait du mal à la trouver. Où était-elle ?

*

Akkaliza observa le bov avec affection. Il n'avait toujours rien mangé, mais qu'il somnolât était bon signe. Que les douleurs ne pussent plus l'empêcher de prendre du repos indiquait que les blessures évoluaient vers la guérison. Profitant de ce moment, elle passa une seringue à travers les barreaux afin de lui injecter un sédatif, puis elle entra dans la cage. À l'aide de ses quatre mains, il ne lui fallut pas longtemps pour enlever tous les pansements du blessé, examiner minutieusement chaque plaie, les recouvrir de gel bactéricide et les protéger avec des pansements neufs. Cela fait, elle lui injecta une nouvelle dose antibiotique, enleva machinalement un débris végétal dans les poils de sa joue droite et sortie de la cage. Il était temps pour elle de retourner à l'école d'éthologie.

*

Akkal serra les deux mains gauches d'Ukkosal, que l'on venait d'introduire dans son bureau.

— Bonjour, dit-il. Vous venez donc au sujet de l'annonce ?

— Oui, monsieur. Celle de l'agence pour l'emploi.

— C'est ça, oui. Avez-vous déjà travaillé dans ce milieu ?

— Non, monsieur. Ce sera la première fois.

— Pas grave ! Venez avec moi. Je vais vous présenter à celle que vous allez remplacer.

Ukkosal suivit son nouvel employeur. À l'extérieur, celui-ci le pria de monter dans un véhicule électrique destiné aux déplacements dans l'entreprise. Akkal démarra. Roulant sur la piste goudronnée qui en faisait le tour, ils longèrent l'immense bâtiment. Environ deux kilomètres plus loin, Akkal s'arrêta devant une porte et sortit de la petite voiture.

— C'est ici, dit-il. Venez avec moi.

Ukkosal s'exécuta.

S'il apprend que je suis un espion envoyé par sa sœur, il m'égorgera, c'est sûr ! se dit-il tandis qu'Akkal touchait une sonnette sur la porte.

Quelqu'un ouvrit presque aussitôt.

— Je vous présente Ukkmato, dit le patron de Manger Nature. C'est elle que vous remplacerez durant ses congés. Elle va vous former. Ukkmato, voici Ukkosal qui va vous permettre de partir vous reposer. Montrez-lui bien le job, qu'il puisse vous remplacer sans problème.

— Bien, monsieur.

Akkal sortit. Ukkmato referma la lourde porte blindée. Celle-ci produisit un son métallique qui résonna sinistrement dans les oreilles d'Ukkosal. Bien que les drames qui se vivaient ici ne lui fussent pas encore révélés dans toute leur ampleur, il eut déjà l'impression d'être soudainement enfermé dans les entrailles d'une prison damnée. Ils se trouvaient dans un sas. Ukkmato ouvrit la seconde porte de ce dernier et l'invita à passer avant lui. Une affreuse intuition le fit hésiter, mais penser qu'Okkala comptait sur lui renforça sa détermination. Il franchit l'ouverture, suivi par sa formatrice qui referma derrière eux.

Ce deuxième claquement métallique fut comme un de ces effets sonores de cinéma d'épouvante, destiné à surprendre le spectateur quand on lui plaque soudainement une vision d'horreur sur les rétines. Ukkosal eut un sursaut et ne put réprimer un cri. Ukkmato eut une vibration des écailles de ses joues qui exprimait un amusement condescendant.

— Tu t'y feras, assura-t-elle. Ça fait toujours ça au début.

Elle le laissa un moment assimiler ce qu'il regardait.

Ukkosal se trouvait entre deux rangées de bovs laitières qui, d'un côté comme de l'autre, s'étiraient aussi loin que portait sa vue. Ces femelles disposaient d'un espace minimum, délimité par des grilles empêchant le moindre déplacement. Courbées à quarante-cinq degrés vers l'avant, elles étaient en appui sur le ventre sur une structure métallique soutenant le dispositif de traite automatisé auquel étaient reliées leurs mamelles hypertrophiées. Ces dernières atteignaient une taille ahurissante qui frappa Ukkosal de stupeur. Les créatures étaient sur une grille à travers laquelle tombaient excréments et urine. À hauteur des têtes, des auges à remplissage automatique fournissaient la purée nourricière faite de farine diluée dans de l'eau. Les gueules étaient maculées de bouillie en partie desséchée. Ces souillures brunâtres s'étendaient loin sur les pourtours des lèvres, dégoulinant dans le cou, obstruant des narines et formant des croûtes même jusqu'aux oreilles.

Tandis que les ventouses de traite aspiraient goulûment la sécrétion des énormes mamelles endolories, on pouvait voir le liquide blanc circuler dans des tubes transparents qui confluaient dans un gros tuyau central.

Malgré la constante ventilation, une horrible pestilence imprégnait cet enfer. Ukkmato semblait en avoir pris l'habitude.

— Tu vois, les bêtes boivent et mangent en même temps, dit-elle à son futur remplaçant. La proportion d'eau et de farine est ajustée pour... Hé ! tu tiendras le coup, hein ? Tu en fais une tête ! Si tu ne te sens pas capable d'assumer ce boulot, faut le dire ! Je ne voudrais pas qu'au dernier moment... mes congés...

— Ne t'inquiète pas. Je vais faire le job !

— Bon, tu as donc deux mille bêtes à t'occuper. Mille de chaque côté. Nous sommes ici dans les rangées sept et huit. On dit « en sept huit ». Si tu as une question à laquelle je n'aurais pas eu le temps de répondre, tu pourras interroger les collègues qui s'occupent des autres rangées. Je connais bien celui qui est en onze douze. Je te le présenterai.

— Deux mille !

— Oui, deux mille. Mais tu n'auras pas grand-chose à faire. Tout est automatisé. Tu dois juste veiller à ce qu'il n'y ait pas de problèmes. Genre une bête morte, ou malade. Des mamelles blessées, un distributeur de purée qui déconne... tu vois ce genre de choses. Dans tous les cas, tu ne feras rien d'autre que de le signaler avec le téléphone spécial que je te remettrai.

— Que se passe-t-il pour des mamelles blessées ?

— Ben, pour toi, rien. Tu n'as rien de particulier à faire. Comme je te l'ai dit, tu appelles et puis quelqu'un s'en occupera.

— Oui, j'ai bien compris. Mais, par curiosité, qu'est-ce qu'on fait pour l'animal ?

— Ben... J'en sais rien ! Qu'est-ce que ça peut foutre, puisque c'est pas ton boulot ? En général, les bêtes blessées ou malades sont broyées... et hop ! dans la purée !

Ukkmato montra le numéro 7 528 tatoué sur le front d'une des laitières qui figurait aussi sur sa cage.

— Tu n'auras qu'à indiquer ce numéro et dire ce qui ne va pas, poursuivit-elle. Quelqu'un viendra régler le problème. De temps en temps, tu croiseras un véto. Ils passent pour faire les inséminations et virer les déchets des mises bas. Tu dois le signaler, ça, quand il y a des mises bas.

La bête numéro 7 528 dirigea vers les yeux d'Ukkosal un regard qui le glaça. On pouvait y lire toute la résignation d'un être prisonnier de sa vie qui n'attend plus que la délivrance tant espérée de la mort. Il fut alors le siège d'une terrible lutte intérieure. Une partie de lui voulait tourner la tête, mais il redoutait qu'alors ses yeux le prissent pour l'un des bourreaux. Aussi resta-t-il figé quelques secondes, incapable qu'il était de s'extraire de ce regard croisé, redoutant que ses poignantes supplications devinssent d'accablantes accusations.

— Ça ne va pas ? demanda son instructrice. Tu te sens mal ?

Ukkosal pensa à ses parents qui, dans la compétition productive, avaient été ruinés par l'élevage intensif. Il pensa aussi à ce qu'Okkala attendait de lui.

— Tout va très bien, assura-t-il. J'ai besoin de ce travail. Je vais le faire. Tu peux compter sur moi. Ne t'inquiète pas. Tu pourras partir en vacances.

— Bien, reprit Ukkmato apparemment rassurée. Tu verras aussi passer quelqu'un pour tondre les bestiaux. Ça n'arrive que tous les six mois, mais ça devrait se faire bientôt. Regarde, les poils sur les têtes et sur la gueule sont longs, là. Ça pose des problèmes d'hygiène. Ils les font traîner dans les auges...

*

Étos se réveilla lentement. Il s'assit, regarda autour de lui, se frotta la tête en bâillant puis s'étira. Voulant se gratter l'épaule, il remarqua que les choses qui étaient collées sur lui étaient toutes neuves, toutes propres, que leurs formes étaient différentes et qu'elles n'étaient pas tout à fait aux mêmes endroits. Il se demanda si elles avaient changé ou si elles avaient été remplacées par d'autres choses du même genre. Après y avoir réfléchi quelques secondes sans trouver de réponse, la première préoccupation qui lui vint en tête fut de vérifier que son outil était encore où il l'avait laissé. Il s'accroupit et passa un bras entre deux barreaux. À son grand soulagement, il était toujours là, dans l'herbe, contre le plancher de la cage. Il le sentait au bout de ses doigts. Au moment où il allait le saisir, un léger bruit se fit entendre. Se retour-nant vivement, il vit la foudre-tueuse arriver. Il se releva et tâcha de prendre un air dégagé. Pour peu que les circons-tances fussent plus propices à une introspection, il se fût étonné de constater que, bien que sa présence retardât son projet d'évasion, il était plus content que contrarié de la re-voir. Il la regarda approcher en s'efforçant de ne pas penser à son outil et encore moins à son désir de briser sa prison. Les foudres-tueuses avaient peut-être des pouvoirs qu'il ne connaissait pas, notamment celui de lire dans les pensées. Il reconnaissait cependant que celle-ci ne semblait pas animée de mauvaises intentions envers lui, bien qu'elle le gardât pri-sonnier. Son esprit généreux en vint à supposer qu'elle n'était peut-être pas responsable, qu'il avait été enfermé par d'autres foudres-tueuses et qu'elle ne pouvait pas le libérer. Cette idée cheminant, il la nomma « Gentille Foudre ».

*

Akkaliza revenait de l'école. En s'approchant de la cage, elle remarqua que le bov se levait avec une précipitation sus-pecte. Son air embarrassé n'échappa pas non plus à sa perspi-cacité. Les expressions faciales des bovs étaient pourtant très différentes de celles d'Akkaliza et bien sûr de tous les autres umas, l'espèce dominante de ce monde. Les umas considé-raient les bovs, et la plupart des autres animaux de leur pla-nète, comme de simples ressources. La plupart disons-nous, donc pas tous, car ils avaient des animaux de compagnie. Des espèces arbitrairement choisies, ou plutôt non choisies, car nous conviendrons aisément que choisir arbitrairement est un contresens. Quelques espèces avaient donc la chance d'être de celles qui étaient privilégiées par les habitudes culturelles des umas. Parmi celles-ci figuraient en bonne place les thacs et les hinecs. Les premiers étaient de petits fé-lins, les seconds des carnassiers, généralement un peu plus gros.

Akkaliza, donc, avait noté l'air embarrassé du bov en cage malgré la difficulté pour les umas de lire les expressions faciales de ces animaux. On pouvait expliquer cela par le fait qu'elle avait étudié avec un grand intérêt et une remarquable perspicacité le comportement de ce bov-là, mais surtout de nombreuses images de bovs sauvages dans des reportages animaliers. Grâce à ces derniers, elle avait été fascinée par la découverte qu'ils savaient fabriquer des outils. Des outils certes rudimentaires, mais suffisamment efficaces pour êtres très utiles. Cela démontrait bien sûr leur intelligence, mais aussi, qu'à l'instar des umas, ils avaient une culture. Car ils se transmettaient ce savoir-faire de génération en génération.

— Coucou ! dit-elle en arrivant. J'ai l'impression que tu étais en train de faire quelque chose et que je te dérange. Il faut que je te persuade que je suis ton amie ! Je ne volerai pas ce que tu as caché, si tu as caché quelque chose.

Elle utilisa deux mains pour manipuler son appareil d'enregistrement, tandis que, avec les deux autres, elle prenait une bouteille d'eau dans le sac qu'elle portait en bandoulière. Avec des gestes vifs, elle ôta la carte mémoire du dispositif pour la garder dans sa poche et en mit une seconde à la place, tout en renversant le récipient d'eau dans l'herbe pour remplacer son contenu.

— J'empoche des images de toi, dit-elle. Ne prends pas ça pour de l'espionnage, hein ! C'est plutôt une marque d'intérêt, en fait. Ce soir, avant de dormir, je regarderai ce que tu as fait. Je ne peux plus me passer de toi, tu vois !

Le bov libéra plusieurs longs bogrognements. S'assurant, d'un rapide coup d'œil, que l'appareil enregistrait, elle fut soulagée de constater que c'était bien le cas. Quand l'animal se tut, elle garda elle aussi le silence assez longtemps, de peur de l'interrompre. Elle fit entendre de petits toc-toc en se tapotant le bec de deux doigts souples, dans une attitude patiente qui invite à la discussion, mais comme il persistait à se taire, elle reprit :

— Tu as attendu que je prenne la carte mémoire pour me raconter enfin ta vie ! Farceur, va ! Mais je suis très contente, je ne te gronde pas. Je vais récupérer ton beau discours pour ce soir.

Elle réintroduit la carte mémoire, à l'instant retirée, dans un second logement de l'appareil pour y ajouter ce qui venait d'être enregistré.

— Voilà ! Bon, tu n'as toujours rien mangé. Je vais te donner de la nourriture fraîche et te débarrasser de celle-là. Tiens ! je t'ai rapporté du riz, puisque tu semblais aimer ça. Et puis des carottes, du soja et deux bananes.

Ce n'était pas à proprement parler du riz, des carottes, du soja et des bananes, mais ça y ressemblait suffisamment pour qu'il soit pertinent d'utiliser ces mots dans la traduction.

Le bov flaira les denrées à distance.

— Je te laisse. On se reverra bientôt. Tu sais, je vais sans doute bientôt te libérer, parce que tu sembles aller de mieux en mieux. Ça me fera de la peine de ne plus te voir, mais ça m'en ferait encore bien plus de te garder en prison...

L'animal bogrogna.

— Ben, oui ! Mais, il faut que j'y aille, là. Mon père est d'une humeur depuis quelques jours ! J'te dis pas !

*

Étos se retrouva tout seul, à la fois un peu déçu de la voir partir et heureux d'avoir enfin le champ libre pour agir. Il fixa Gentille Foudre jusqu'à sa complète disparition derrière les arbres puis s'accroupit de nouveau pour saisir son outil. Il l'orienta verticalement pour le faire entrer dans sa cage entre deux branches debout et le regarda en souriant de fierté. S'assurant de temps en temps qu'il était toujours seul et à l'abri des yeux indiscrets, il se complut à l'admirer un moment. C'était un fort bel outil ! Il n'y avait rien de prétentieux à le penser. Mahisa l'eût attesté, il en était certain. Elle en faisait de magnifiques, elle aussi. À ce propos, il était plus que temps d'aller la retrouver. Il emporterait son travail d'évasion avec lui pour le lui montrer.

Après s'être assuré une fois encore qu'il n'était vu par personne, il saisit fermement l'outil à l'extrémité opposée à son crochet et tendit le bras à l'extérieur de la cage pour essayer de ramener à lui un gros caillou qu'il avait depuis longtemps repéré. Rappelons que ce que nous appelons « le crochet » était le seul petit bout de ramification, de quelque quinze centimètres, qu'il avait laissé au bout de cette perche. À l'aide de cet instrument, en s'y reprenant à plusieurs fois, à force de patience et d'obstination, il parvint à rapprocher peu à peu la pierre de lui. Le crochet perdait souvent sa prise, mais l'image mentale de Mahisa qui l'attendait lui conféra une opiniâtreté que toutes les difficultés de ce monde n'eussent pu affaiblir. Il ne lui fallut pas moins de vingt minutes pour parvenir à ses fins. Mais, il y était arrivé. La pierre était enfin là, tout près de sa prison, à sa portée. Glissant ses deux bras l'un au-dessus de l'autre entre deux branches debout, il s'en saisit et essaya de la prendre avec lui dans la cage. Mais elle était trop grosse ; elle ne pouvait pas passer dans l'intervalle. Il la fit tourner, dans un sens, puis dans l'autre, multipliant les tentatives, avant de trouver l'angle selon lequel elle se présentait sous sa plus faible dimension. Même à ce moment-là, il dut beaucoup forcer et s'acharner pour lui faire franchir l'intervalle tant il s'en fallut de peu pour qu'elle ne rentrât pas dans la cage.

Il resta un moment assis en tailleur, une main sur ce gros caillou aux formes arrondies, haletant, transpirant et grimaçant, car une vive douleur dans l'épaule gauche s'était réveillée. Mais, il avait obtenu ce qu'il voulait. Aussi, ses élancements névralgiques diminuant, un sourire de satisfaction vint peu à peu remplacer son âcre rictus. Penser à Mahisa lui permit bientôt d'ignorer complètement son épaule, bien que cette dernière protestât encore un peu.

Le soleil avait disparu derrière la crête de lointaines montagnes, mais il faisait encore bien jour. Pour s'assurer qu'il était toujours seul, il observa un moment la forêt tout autour de lui, puis il décida de passer à la deuxième et dernière phase de son plan.

*

Akkal était toujours au bureau. Il savait qu'en rentrant chez lui sa femme allait encore lui reprocher de passer plus de temps au travail que dans sa famille. Qu'y pouvait-il ? C'était comme ça ! Elle était salariée dans l'équipe d'ingénierie d'une société qui fabriquait des engins agricoles et de terrassement. Son activité la passionnait, mais elle savait, elle, ne cessait-elle de répéter, séparer la vie privée de la vie professionnelle. Il se sentait, lui, de moins en moins passionné, mais il fallait bien garder la société à flot.

Les quatre bras sur la table ronde de la salle de réunion, il adressa un coup d'œil rapide à chacun de ses cinq collaborateurs :

— Alors, fit-il. Quelle est votre idée pour battre Ralchadomac ?

Pas un mot ne fut lâché, chacun regardant les autres d'un air gêné.

— On peut essayer de diminuer encore le prix de revient de la purée... se risqua Ykkmaly.

— Comment ? Nous avons recyclé toutes les sources de protéines. Les bêtes bouffent déjà certaines laitières à la retraite, leurs propres enfants inutiles et les déchets d'équarrissage des bovs à viande. Les fournisseurs de céréales ne peuvent plus du tout baisser leurs prix, nous les étranglons. Alors, comment ?

Ykkmaly se contenta de fixer la table devant elle.

— Une autre idée ? demanda Akkal en maîtrisant son énervement. Ykkmaly était une grosse actionnaire. La fâcher n'arrangerait rien. Si elle vendait ses actions... elle pourrait en faire chuter le cours. Comme d'habitude, c'était à lui de tout supporter...

Il fit un deuxième tour de table oculaire interrogatif. Tous restaient cois, mais il remarqua qu'Ykkypol le regardait avec insistance.

— Bon ! Hé bien... réunion terminée, alors. J'espère que la nuit portera conseil et que demain matin vous vous couperez la parole les uns les autres, tant vous aurez d'idées à m'exposer.

Tout le monde se leva en silence et quitta la salle, sauf Yk-kypol qui, dernier dans la file, s'arrêta devant la porte pour la refermer. Il revint s'asseoir en face de son associé et dit :

— Nous avons peut-être la solution. En tout cas, je connais celle que Ralchadomac a choisie.

— Ton espion a enfin trouvé leur truc ?

— Oui. Ce salopard m'a demandé une belle rallonge. Il prétendait qu'il prenait des risques et que l'info est si importante pour nous que s'il la gardait pour lui Ralchadomac nous coulerait à coup sûr.

— Tu as payé, donc ?

— Oui, cinquante mille.

— Salaud ! Enfin... on passera ça sur une ligne budgétaire quelconque... Alors cette info ?

— Tiens-toi bien. Reste bien calé dans ton fauteuil. J'espère que tu n'es pas fragile du cœur.

— Vas-tu parler, oui !

— Euh... Écoute bien. En fait, ce n'est pas pour diminuer le prix de revient de la viande qu'ils ont trouvé une solution, mais pour réduire celui du lait.

— Mais !

— Je sais ! Je sais que c'est bien sur le prix de la viande qu'ils nous attaquent, mais laisse-moi parler. Écoute. Ils ont un prix de revient du lait inférieur au nôtre et cela leur permet de financer un prix de vente plus bas sur la viande. C'est-à-dire qu'ils ne gagnent rien sur la viande, mais se rattrapent sur le lait. C'est une manœuvre pour nous égarer, pour réduire nos chances de trouver comment ils s'y prennent.

— Bon ! Mais comment font-ils, alors pour le lait.

Akkal aimait bien Ykkypol, mais sa manière d'aller lentement à l'essentiel l'agaçait souvent.

— Très simple, il suffisait d'oser. Si on ne peut pas diminuer le prix de la purée, on peut faire en sorte que les laitières en consomment moins, qu'elles en aient moins besoin.

— ...?

— Ils les amputent des quatre membres.

— Hein ? Quoi ? Que ?

— Tu as bien entendu. Je t'avais dit de te cramponner à ton fauteuil. Ils amputent les laitières à l'âge d'une semaine. Leur besoin en protéines s'en trouve réduit puisqu'il y a moins à nourrir.

— C'est abominable !

— Peut-être, mais ça marche. En plus, les petits membres sont recyclés dans la purée.

— Je vais vomir ! s'écria Akkal en se pinçant significativement le bec.

— Tu auras le temps de vomir tout ton saoul quand nous ferons comme eux.

— Pourquoi ne pas les dénoncer aux médias plutôt que de faire la même chose ? Ça les foutrait bien dans la merde si le scandale éclate !

— Pour que les mêmes médias s'intéressent aussi à nous. Tu crois qu'on est nickels, nous, peut-être ? Tu veux qu'on se retrouve avec toutes les associations de protection animale sur le dos ? Ta sœur en tête.

Akkal garda le silence, se grattant les écailles du front. Sa crête ondula sinistrement.

*

Étos avait remarqué que le sol de sa prison était fait d'étranges branches toutes plates. Vraiment très plates ! Oui, plutôt étrange en effet, mais tout était étrange dans cette prison de toute façon ! Les branches debout qui en faisaient le tour étaient tellement rectilignes qu'elles en paraissaient surréalistes, tellement dures qu'elles défiaient les lois de la forêt. Sur quel arbre voyait-on du bois de la sorte ? Il avait aussi remarqué que les éléments du sol n'étaient pas parfaitement joints. Et que quand il tapait fortement du pied sur l'un d'eux, il ne paraissait pas d'une solidité à toute épreuve. Et si ?... s'était-il dit. Et si... on pouvait le casser...

Il souleva la grosse pierre au-dessus de sa tête et la fit tomber le plus violemment possible sur le sol, tout près des barreaux. Cela non plus, il ne l'avait pas inventé. Ses congénères utilisaient cette méthode depuis des générations pour casser des noix. Il avait cependant recours à une pierre beaucoup plus lourde, parce que ce qu'il désirait briser était bien plus grand. Non, il n'avait rien inventé, mais il avait tout de même eu la malice de détourner l'usage habituel de ces deux outils, la tige munie d'un crochet et la pierre pour briser ; cela était déjà une indéniable preuve d'intelligence.

En plus de ça, il avait eu l'idée de porter tous ses efforts sur une seule de ces curieuses branches plates. Sous ce premier choc, celle-ci produisit un craquement et vibra, mais ne rompit pas. Son épaule protesta en lui adressant un signal névralgique, mais il refusa d'en tenir compte. Il s'imagina que les yeux amoureux de Mahisa étaient posés sur lui et il ne voulut pas la décevoir. S'appliquant à viser le même point d'impact, il souleva de nouveau la pierre bien haut puis l'accompagna dans sa chute pour qu'elle prît encore plus de vitesse. Cette fois le choc fut terrible et le sol craqua nettement, mais la pierre rebondit et lui retomba sur le pied droit. Un cri de douleur lui échappa. Il se massa les orteils en proférant des imprécations à l'adresse de la branche plate et remarqua qu'elle était sérieusement endommagée, cette fois. Tout aussi désireux de se venger d'elle que d'en venir à bout dans le but de s'évader, il lui asséna un troisième coup rageur qui fut enfin fatal pour elle. Elle se brisa dans un craquement sec qui flatta son ego et assouvit son besoin de la punir. La planche, qui pour lui était donc une étrange branche plate, avait cédé tout près d'un barreau. Il la souleva et la fit pivoter plusieurs fois dans les deux sens, s'escrimant tant et si bien qu'il finit par la rompre de l'autre côté de la cage. Une bande de terre, nourrissant quelques touffes d'herbe qui avaient un peu jauni à cause du manque de lumière, apparut à une trentaine de centimètres sous le plancher. Il éprouva un plaisir indescriptible à s'y glisser pour la fouler des deux pieds. Car, n'était-ce pas déjà une petite victoire. N'avait-il pas réussi à faire ce que les foudres-tueuses voulaient lui interdire ?

Mahisa ! hurla-t-il en lui-même. Regarde ! Je sais m'opposer aux foudres-tueuses !

Ce moment de griserie assez rapidement passé, il dut bien admettre que, pour autant, il n'était pas encore libre. Tout ce travail lui avait pris beaucoup de temps. Il commençait à faire bien nuit et il réalisa qu'il avait soif... et même un peu faim. Mais les maltraitances qu'il venait d'imposer au plancher avaient tant secoué le récipient d'eau qu'il s'était presque vidé. Il but avec avidité ce qui restait, avala une banane et décida de se remettre à l'ouvrage.

De temps en temps, l'odeur et les clameurs plaintives indistinctes de ses semblables parvenaient jusqu'à lui. Alors, il écoutait et humait l'air quelques secondes, puis oubliait.

Une tache rouge apparaissait sur le pansement de son épaule ; il le remarqua, mais n'en fit aucun cas. Il importait à présent de briser une deuxième branche plate pour augmenter la largeur de l'ouverture afin de pouvoir s'y glisser tout entier. Ce fut avec une ardeur admirable qu'il s'y attela. En moins de dix minutes, la deuxième planche céda sous tant d'efforts méritoires. Il jeta les deux à l'extérieur de la cage de deux gestes rageurs, comme s'il eût voulu leur signifier tout le mépris qu'elles lui inspiraient. La lumière lunaire, seule régnant alentour, éclairait son expression victorieuse.

Il s'allongea à plat ventre sur la terre à l'intérieur de l'ouverture et essaya de passer sous les barreaux. Mais l'espace n'étant pas assez haut, il ne parvint même pas à y glisser la tête. Il manquait une dizaine de centimètres. Fort heureusement, la pluie avait eu le bon goût de tomber la nuit précédente ce qui rendait la terre relativement facile à creuser. Ce qu'il commença à faire avec un empressement d'autant plus grand qu'il sentait la liberté de plus en plus proche de lui ! Aussi bonne que fût sa volonté, cela lui prit encore plusieurs dizaines de minutes, car ce fut avec les mains qu'il s'y prit. L'idée d'utiliser le récipient d'eau, désormais vide, ne lui vint malheureusement pas à l'esprit. Non pas qu'il manquât d'intelligence, mais il n'avait jamais vu qui que ce fût utiliser un outil ressemblant même de loin à celui-ci pour creuser. Même parmi les espèces les plus brillantes, les individus inventant spontanément quelque chose sont extrêmement rares ; de plus, des circonstances exceptionnelles mettent souvent ces derniers sur la voie. Inventions ou découvertes réclament la conjonction d'une intelligence hors du commun et de beaucoup de chance. Comme Étos et les siens, tout ce que nous faisons tous, chaque jour, pour le meilleur ou pour le pire, n'est que le résultat de notre apprentissage, ou au mieux de quelques modestes variantes de ce que nous avons appris.

Les mains douloureuses, les ongles pleins de terre, la peau des doigts à vif, il parvint à agrandir le passage suffisamment. Quand il arriva enfin à se glisser à l'extérieur de la cage, la récompense de tous ses efforts fut un complexe mélange de divers sentiments plus grisants les uns que les autres. Ivresse de la liberté. Satisfaction d'avoir triomphé des terribles dieux foudres-tueuses. Et surtout, allégresse à l'idée d'enfin retrouver Mahisa. Une sourde inquiétude se mêlait aussi à tout cela. Braver des dieux dotés de tels pouvoirs resterait-il impuni ? Avait-il vraiment échappé à leur vigilance ? Ou étaient-ils déjà en train de s'amuser à ses dépens, prêts à le foudroyer d'un instant à l'autre ? Il préféra ne plus y penser et partir au plus vite loin d'ici, avant que la seule foudre-tueuse jusqu'à présent clémente ne le vît. Tous ses efforts l'avaient déshydraté. Aussi, malgré la relative fraîcheur qu'apportait la nuit, la soif étreignait son gosier. Alors qu'il était sur le point de s'éloigner, d'ailleurs sans trop savoir quelle direction prendre, il s'intéressa à la mystérieuse chose que Gentille Foudre avait plusieurs fois manipulée devant sa cage. C'était un objet noir aux formes étonnantes, comme tout ce qui avait un rapport avec les foudres-tueuses, en fait. Il était posé sur trois branches parfaitement droites et lisses, un peu comme les branches debout qui faisaient le tour de sa prison, sauf que celles-ci étaient plus fines. En considérant l'ensemble de la chose, on eût dit un gros insecte avec trois longues pattes raides. Il l'attrapa, le renifla, le lécha, le mordilla et introduisit un index dans un orifice au fond duquel on voyait une matière transparente comme de l'eau, mais dure comme de la pierre. Cette étude, en apparence complète, fut cependant rapide, car il n'oubliait pas qu'il devait partir avant le retour de

Gentille Foudre. Aussi gentille fût-elle, rien ne permettait d'augurer avec certitude de ce que serait sa réaction. Il décida d'emporter l'objet étrange en souvenir d'elle et comme témoignage de son aventure chez les foudres-tueuses. L'outil en bois qu'il avait confectionné pour attraper la pierre méritait également d'être montré à Mahisa ; il jugea donc bon de le prendre aussi. Après un dernier regard de défi à l'adresse de son ancienne prison, qu'il humilia d'un coup de pied hautain, il se tourna de tous côtés en se demandant quelle direction choisir. Les lointaines lamentations parvenaient de nouveau jusqu'à lui. Il décida de s'en approcher, ce qui le fit sortir de la forêt. La lumière lunaire lui permit de distinguer des choses étranges. Encore ! Décidément ! Le monde des foudres-tueuses était bien le monde de l'étrange !

Loin devant, un peu sur la droite, s'étalait ce qui ressemblait à une colline basse et très plate. Surnaturellement plate !

Sur la gauche, à trois ou quatre cents pas se trouvait une sorte de gros rocher formé d'angles et de surfaces planes. C'était plutôt blanc, apparemment, mais le plus surprenant était ce qui sautait aux yeux sur cette curieuse forme, des choses qui brillaient dans la pénombre ; il en sortait de la lumière.

C'était la première fois qu'Étos voyait une maison. Il fut fasciné par la luminosité des fenêtres. La pluie fine qui commençait à tomber se révélait comme un rideau de fils devant ces dernières.

Il y a le soleil à l'intérieur de cette chose, se dit-il. On le voit par ces trous qui brillent.

Il courut vers ce qui l'intriguait. Les cris d'un hinec accueillirent son approche. Étos fut surpris de constater que cette créature, qu'il ne connaissait pas, était retenue au cou par une longue chose qui traînait derrière elle. Il avança encore, mais l'animal devenant clairement menaçant, grognant et montrant ses dents, il ralentit, hésita de plus en plus, et finit par s'arrêter à moins de cent pas de la chose qui enfermait le soleil. Pour tâcher d'en percer le mystère, en regardant à l'intérieur à travers les trous lumineux, il se déplaça doucement latéralement, d'un côté puis de l'autre, penchant la tête à droite à gauche, cherchant le meilleur point de vue, tandis que l'animal attaché manifestait sa rage de plus en plus bruyamment.

C'est alors que l'inattendu survint. Un nouveau trou lumineux apparut dans la prison du soleil. Se détachant à contre-jour, la silhouette sombre d'une foudre-tueuse s'y montra. Elle avait une chose qui tonne et qui tue dans ses mains.

Terrorisé, Étos laissa tomber ce qu'il portait et courut aussi vite qu'il put.

Une étrange colline basse et plate

Dans sa chambre au premier étage, assise sur son lit et adossée au mur, Akkaliza était en train de regarder les vidéos du bov prises par son dispositif. Il n'y avait pas grand-chose à voir. S'intéressant cependant au moment où il bogrognait, elle avait visionné ce passage plusieurs fois.

Que faisait-il, quand je l'ai dérangé ? se demandait-elle. Il me cachait quelque chose, c'est sûr ! Quand les gens réaliseront-ils que les bovs sont intelligents, au moins autant qu'un hinec ou un thac, en tout cas ?

Presque sans s'en rendre compte, elle nomma, pour elle-même, son protégé « Cachottier ».

C'est à ce moment-là qu'elle entendit le vacarme que faisait Okkdor, l'hinec de garde ce soir-là. Elle se leva et tira le rideau translucide de sa chambre pour savoir ce qui se passait en bas. N'étant pas accoutumés à l'obscurité, ses yeux ne virent sur le moment rien d'autre que du noir. Elle entendit la porte d'entrée grincer sur ses gonds et son père crier : « Qui est-là ? » La voix de son frère se fit aussi entendre : « Qu'est-ce qui t'arrive Okkdor ? Qu'est-ce que t'as senti ? » Elle ouvrit la fenêtre et s'y pencha. L'hinec ne se calmait pas. Bien que ses yeux se fussent un peu plus adaptés à la nuit, et que son frère eût allumé l'éclairage extérieur, elle ne vit rien pouvant justifier l'agitation de l'animal.

*

Akkal et Akkalo ne virent rien de particulier dehors. Akkalo tapota gentiment la tête de l'hinec :

— Hé bien ! Okkdor, qu'est-ce qui te prend ? J'espère que tu ne vas pas faire ce raffut toute la nuit !

Il pleuvait suffisamment pour que le père et le fils n'eussent guère envie de s'éterniser dehors. Ils rentrèrent. Akkal éteignit l'éclairage extérieur et s'effondra dans son fauteuil, devant le téléviseur. Un de ses thacs monta sur ses genoux pour se faire caresser.

— Alors ? Qu'est-ce que c'était ? demanda sa femme.

— Aucune idée. Cet hinec devient fou, on dirait.

Dans une publicité, des bovs réjouies chantèrent que les produits laitiers étaient des amis pour la vie. Akkal libéra un long crissement en agitant les écailles de son cou. C'était ainsi que les umas riaient. Mais ce rire-là était sinistre.

— Qu'est-ce qui t'arrive de rire comme ça ? lui demanda Akkali. On dirait un diable ! Tu es vraiment bizarre en ce moment.

Il regarda sa femme sans répondre.

— Maman a raison, papa... tu es étrange depuis quelque temps, renchérit Akkalo.

— Oui, ben... C'est juste qu'ils ne sont pas les amis de tout le monde ! J'me comprends !

— Hé bien ! C'est déjà ça ! s'exclama Akkali. Mais, moi, je ne te comprends pas du tout en revanche ! De qui parles-tu ?

— Des produits laitiers, bien sûr ! Ils ne sont pas les amis de tout le monde !

Le fils et la mère échangèrent un regard perplexe. Caressant machinalement le thac de sa main gauche inférieure, le père tenta de se changer les idées en écoutant les informations :

« ... s'agirait d'une sonde venue du fin fond de l'espace. Un engin qui n'a pas été construit sur Teruma, qui est d'origine extraterumastre. Tous les spécialistes affirment qu'ils ne connaissent pas cette machine. De plus, la trajectoire qu'elle est en train de suivre en approchant de notre planète confirme qu'elle ne peut que venir d'ailleurs... »

— Gaspiller tout cet argent pour aller dans l'espace avec toute la misère qu'il y a sur Teruma, dit Akkali.

— Mais, m'am ! Ça n'a rien à voir, là ! Écoute ! Ils disent que c'est un truc qui vient d'une autre planète !

— Oui, c'est ça ! Ils nous feraient gober n'importe quoi et toi tu marches !

Akkal n'arrivait à se concentrer ni sur les informations ni sur ce que disaient sa femme et son fils. C'est à lui que revenait la décision finale concernant l'ablation des membres des laitières. Le conseil d'administration s'était réuni en urgence pour en débattre. En débarrassant la masse des animaux de tout ce qui n'était pas nécessaire à la production de lait, on réalisait des économies alimentaires importantes.

— Le cas idéal, avait fait remarquer l'un des membres du conseil d'administration, serait effectivement qu'une laitière ne soit plus qu'une gueule d'un côté, un anus de l'autre et les plus grosses mamelles entre les deux. Nous ne pourrons pas facilement nous passer de divers organes liés à la digestion et la respiration, mais il faut éliminer tout ce qui ne sert à rien.

Cette déclaration avait soulevé des murmures de protestation plus ou moins horrifiés, mais devant les perspectives de bénéfices et tenant compte du fait que la concurrence était déjà sur cette voie, tout le monde avait convenu que Manger Nature n'avait pas le choix.

— Je me disais bien qu'il fallait faire des économies sur la purée, avait dit Ykkmaly. Mais j'avoue que je n'avais pas songé à en réduire la quantité par laitière. Par habitude, je désirais en réduire le prix. L'idée est géniale, il fallait y penser !

Akkal lui avait adressé un regard las :

— Alors... Devons-nous faire la même chose ?

Tous avaient donné leur approbation, avec plus ou moins d'enthousiasme ou de retenue selon les caractères, mais pas un n'avait dit non. Tous savaient que leur argent était en jeu.

Akkal était l'actionnaire majoritaire. Il lui revenait à présent d'accepter ou de refuser d'en venir à cet extrême. Conscient que s'il refusait, tous les autres s'empresseraient de vendre leurs parts et que Manger Nature ne vaudrait plus rien, avait-il le choix ? Ils attendaient sa réponse pour demain matin à la première heure.

Il se sentit soudainement secoué par quatre mains.

— Que ? Quoi ? s'écria-t-il.

— Akkal ! Qu'est-ce qui t'arrive ? À quoi penses-tu ? demandait Akkali penchée sur lui.

— Hé papa ! T'es où là dans ta tête ? s'inquiétait aussi Akkalo.

— Si ton travail te fatigue tant, tu devrais prendre un peu de repos, dit sa femme.

— Tout va bien ! Tout va bien...

Alors que deux regards dubitatifs restaient sur lui, il mentit :

— Je pensais à ce truc de l'espace, là...

Mais ni son fils ni sa femme ne parurent convaincus. Il se sentait épuisé et il devait se lever à l'aube.

— Bon, je vais me coucher, conclut-il en s'arrachant de son fauteuil.

*

Étos avait couru tête baissée aussi vite qu'il avait pu. Il s'était dirigé vers la colline basse et plate d'où venaient les clameurs. À présent qu'il s'en était rapproché, il entendait ces dernières clairement et l'odeur de ses congénères devenait aussi de plus en plus forte. Il ne courait plus parce qu'il ne le pouvait plus. À bout de force, à peine arrivait-il encore à marcher. Toutes les cellules de son corps lui réclamaient de l'eau. Il ne pensait plus qu'à boire, plus rien d'autre n'avait d'importance. À part Mahisa, bien sûr ! La bouche grande ouverte vers le ciel, il essayait de se désaltérer en avalant quelques gouttes, mais la pluie s'était bien calmée ; ce n'était plus qu'une bruine qui narguait sa soif.

Il espérait trouver de l'eau parmi les congénères qu'il entendait. Au fur et à mesure qu'il approchait de cette insolite colline, les cris le mirent de plus en plus mal à l'aise. Il réalisa qu'il n'arrivait pas à distinguer un seul mot alors qu'il était à présent suffisamment près pour entendre clairement ces lamentations. Il s'agissait indéniablement de congénères, pourtant, il ne les comprenait pas. Encore une chose étrange ! Comme la forme plate de cette colline qui ressemblait un peu à la prison du soleil, à part qu'elle était plus grande. Pas beaucoup plus haute, mais considérablement plus étendue.

L'un des murs de l'immense bâtiment de la production de Manger Nature, qu'Étos conceptualisait comme une étrange colline basse et plate, ne fut bientôt plus qu'à quelques mètres de lui. Les hurlements, les plaintes, les sanglots ne cessaient pas. À cette faible distance, ils résonnaient si fort dans sa tête et dans son cœur qu'il en oublia presque qu'il était sur le point de mourir de soif. Jusqu'alors, il n'avait jamais entendu autant de voix à la fois. Combien étaient-ils et où étaient-ils ? Ou peut-être plutôt, combien étaient-elles et où étaient-elles ? Car il lui sembla reconnaître des voix féminines. Comment pouvait-il les entendre et les sentir si distinctement sans les voir ? Pour lui, cela faisait partie de tout ce qui était étrange et inexplicable au pays des foudres-tueuses. C'était en effet bel et bien là, au pays des foudres-tueuses, qu'il pensait se trouver.

Toutes les centaines de mètres, contre ce mur aux dimensions kilométriques de la structure principale, se trouvaient des constructions attenantes contenant les moteurs des systèmes d'aération, les arrivées d'eau, les pompes à purée et autres dispositifs. La porte de l'une de ces petites dépendances était entrouverte, sans doute une négligence de l'un des employés de l'entretien, ou une défectuosité de la serrure. Étos sentit qu'il y avait de l'eau en approchant de cette ouverture. Il y passa la tête, mais ne put entrer davantage. Ses épaules ne passaient pas. Essayant de s'y faufiler de profil, il fut surpris quand « le trou » s'agrandit dès qu'il força un peu pour parvenir à ses fins. Encore une chose bizarre ! Mais il n'était plus à une étrangeté près. Ici, les lois de la nature étaient différentes, il fallait bien l'accepter ; ce qu'il fit d'autant plus facilement qu'il avait trop soif pour faire de la physique. C'était la première fois qu'il ouvrait une porte.

À l'intérieur, l'obscurité était presque totale. Il ne distingua que de vagues formes, mais ses sens confirmèrent la présence d'humidité. L'idée lui vint d'agrandir encore l'ouverture pour faire entrer un peu plus de clarté lunaire. Il essaya dans un premier temps de pousser la porte avec le buste, puisque c'est ainsi que cela avait fonctionné la première fois, mais il se rendit vite compte qu'il pouvait faire pivoter l'étrangeté avec la main. Quand ce fut ouvert au maximum et que ses yeux se furent adaptés à moins de lumière, il distingua une petite flaque d'eau sur le béton lisse. Ne prenant même plus la peine de s'étonner de ce dernier, cette sorte de pierre improbable, il s'accroupit pour lécher le sol. C'est alors qu'il sentit que des gouttes tombaient sur sa tête. Il leva les yeux et vit sortir d'un mur un robinet qui fuyait, c'est-à-dire une sorte de petite branche grise recourbée en son extrémité d'où coulait un filet d'eau. Sans se poser de questions sur ce bout de bois surréaliste, il se mit à le lécher avec avidité en le secouant dans l'espoir d'en faire tomber plus de liquide. Ses mains le sollicitèrent tant, de toutes les manières, qu'involontairement il finit par ouvrir le robinet d'un tiers de tour supplémentaire. Ce fut le paradis qui s'écoula en substance. Il but jusqu'à ce que sa soif cédât sa place à une impression de lourdeur dans son ventre. C'était un moindre mal ! Le corps et la nature ayant leurs exigences et leurs mystères, la fatigue prit le dessus. Ce fut comme si quelque chose de plus fort que lui avait décidé que, le besoin le plus urgent étant comblé, il importait à présent de s'occuper du second : le repos. Il s'éloigna du robinet qui coulait et, dans le ronronnement intermittent de quelque pompe ou autre moteur, il s'endormit à même le sol sans autre forme de procès.

La pluie reprit soudainement. Elle cribla la nature de grosses gouttes dont la multitude des impacts gronda de plus en plus fort.

*

Mahisa s'était écartée du chemin, mais elle marchait dans la forêt en le gardant en vue. Elle le distinguait grâce à la clarté lunaire. C'était plus confortable pour ses pieds de progresser sur le sol élastique du sous-bois et elle se sentait plus en sécurité sous les arbres que complètement à découvert. Une heure auparavant, elle avait vu une chose extraordinaire. Tout à fait extraordinaire, oui, mais qui faisait très peur ! Cela avait commencé par des points lumineux visibles loin devant elle. Elle marchait sur le chemin de terre à ce moment-là. Elle avait déjà vu des vers luisants dans l'herbe en pleine nuit, et bien sûr des étoiles dans le ciel noir et aussi la lune, comme c'était d'ailleurs le cas en ce moment. Mais ces points de lumière ne ressemblaient à aucun de ces phénomènes. D'abord, ils étaient forcément bien plus brillants que des vers luisants puisqu'ils apparaissaient clairement de beaucoup plus loin. Ensuite, ils étaient visibles sous la ligne d'horizon contrairement aux astres. Et surtout, elle les avait vus approcher à grande vitesse. Par précaution, Mahisa était allée se cacher dans la forêt, derrière un arbre, tout en observant le phénomène. Les lumières avaient grandi tandis que progressivement un grognement qu'elle avait reconnu s'était fait entendre de plus en plus fort. Quelque chose était passé dans un nuage de poussière. Une étrange et effrayante bête ressemblant à celle qui avait emporté Étos sur son dos et une foudretueuse dans sa tête creuse. Mahisa avait découvert que, pour ajouter à leur monstruosité, leurs yeux brillaient en pleine nuit comme des soleils. Longtemps après son passage, elle était restée pétrifiée de terreur, les jambes tremblantes et le cœur secouant sa poitrine. Ensuite, elle avait hésité. Devait-elle retourner sur ses pas pour suivre ce monstre-là afin de retrouver celui qu'elle aimait ? Mais, elle s'était convaincue que non. Ce « quatre pattes rondes » était différent de celui qui avait capturé Étos. Il n'avait pas tout à fait une forme identique et il était d'une autre couleur. De plus, pourquoi le suivre puisqu'il ne portait visiblement pas Étos sur son dos ? Le mieux était de poursuivre dans la même direction jusqu'à trouver la tribu des quatre pattes rondes. C'est là qu'elle re-trouverait peut-être l'être cher.

Elle s'était remise en route, le cœur gros et plein d'inquié-tude. À présent, la pluie crépitait sur les frondaisons au-des-sus d'elle. Elle lécha des feuilles pour se désaltérer. Plus loin, elle put boire dans une flaque.

*

Depuis qu'elle devait s'occuper de Cachottier, Akkaliza pré-voyait de se lever une heure et demie plus tôt que d'habitude pour aller le voir tous les matins. Ce matin-là, elle descendit les escaliers sans faire de bruit pour éviter de réveiller ses pa-rents qu'elle espérait toujours endormis.

Mais quand elle arriva dans la salle de séjour, elle vit son père, affalé dans son fauteuil, une tasse de café dans une main. Elle trouva qu'il avait une très mauvaise mine.

— Salut pap ! fit-elle.

Il murmura quelques sons parmi lesquels elle crut en-tendre quelque chose comme « ma fille ».

— Tu t'es réveillé de bonne heure ! essaya-t-elle.

Réponse indéchiffrable. Fixant sa tasse dans le vague, il ne leva même pas le regard vers elle. Tout portait à croire qu'il n'avait pas fermé l'œil de toute la nuit. Décidant de ne pas perdre de temps pour autant, elle mit rapidement dans un sac deux pommes, quelques fruits secs et une boîte de soja, qu'elle avait fait cuire la veille, puis elle sortit voir Cachottier.

L'herbe était encore trempée ; elle regretta de ne pas avoir chaussé des bottes. Dès qu'elle contourna le dernier arbre et que la cage fut en vue, la surprise la paralysa une seconde, puis elle se précipita pour regarder entre les barreaux.

*

Akkal arriva au bureau avec un mal de tête qui engourdis-sait son esprit. Il se rendit dans la salle de réunion, salua vaguement, se posa dans son fauteuil et attendit que tous les autres fussent aussi assis. Quand ce fut fait, ces mots franchirent son bec :

— Je n'ai pas pu fermer l'œil de la nuit. Manger Nature n'ayant pas le choix... La décision n'en est pas vraiment une. Mais, allons-y ! Allons-y et défonçons Ralchadomac. Il faut d'urgence régler les problèmes techniques à présent. Ykkypol, tu veux bien t'occuper de voir ça avec les vétos ?

— Oui, j'ai même pris de l'avance. J'en ai déjà parlé avec Ikkillu.

Ikkillu était une verte, bien en chair, à qui l'on avait confié la direction du service vétérinaire.

— Alors, qu'en pense-t-elle ?

— Ce sera beaucoup plus facile de modifier les bovs deux ou trois jours après leur naissance. Le faire sur les adultes est possible, mais cela demandera une main-d'œuvre conséquente, des frais en antibiotiques supplémentaires et un gros risque de diminution de la production de lait.

— Euhm... Fâcheux, ça. Ça veut dire qu'il va nous falloir attendre combien de temps pour avoir des laitières rentables ?

— Ikkillu pense qu'on peut procéder aux ablations sur toutes les femelles, des nouvelles naissances jusqu'à celles qui produiront dans trois mois. Ces dernières auront donc ce délai pour cicatriser.

— Nous serons ainsi plus rentables dans trois mois ? C'est ça ?

— Oui, c'est ça.

— Et en attendant, nous devons vendre à perte !

— Je sais bien, mais que veux-tu que je te dise ? Je te rapporte ce qu'en pense Ikkillu.

Akkal promena son regard sur le tour de table. Tous se taisaient.

— Qu'en pensez-vous, vous autres ?

— Si Ikkillu le dit... se contenta de répondre Ukkbeyri en examinant songeusement les dix griffes de sa main droite supérieure.

Ukkbeyri était l'actionnaire qui participait le moins aux dé-bats lors des réunions du conseil d'administration. Mais comme il était toujours d'accord avec les décisions finales, Akkal l'aimait bien.

— Bon ! conclut ce dernier. Ykkypol, tu vas dire à Ikkillu qu'elle se débrouille comme elle voudra, mais je veux des nouvelles laitières rentables dans deux mois seulement. Qu'elle fasse quelque chose pour les faire cicatriser plus vite... je ne sais pas, qu'elle se débrouille !

— Entendu, je vais le lui dire.

— Bien... Quelqu'un a-t-il quelque chose à rajouter ?

— Oui, dit Ukkbeyri.

Akkal le regarda surpris.

Ukkbeyri a quelque chose à dire ! pensa-t-il. Tout arrive dans la vie. Il remarqua qu'il n'était pas le seul à s'en étonner. Tous les regards s'étaient tournés vers celui qu'on entendait d'ordinaire si peu.

— J'ai une petite idée pour faire un peu d'argent, déclara ce dernier, juste de quoi rattraper le manque à gagner en atten-dant d'avoir des laitières plus rentables.

— Nous t'écoutons, assura Akkal.

— Vous allez peut-être trouver ça... comment dire... Bon, je vous explique. On verra bien ! Je pensais à alimenter des bovs de force. Leur faire avaler tout ce que nous pouvons jusqu'à la limite de ce qu'ils peuvent ingérer sans exploser.

— Ah ! Et à quoi ça servirait ? s'étonna Akkal en prenant du regard les autres à témoin.

— Laisse-moi parler sans m'interrompre, sinon, je n'y arri-verai pas. Je disais qu'il faudrait les gaver jusqu'à les rendre malades. C'est ça le but. C'est de les rendre malades.

Tous se regardèrent surpris. Akkal se demanda si ce n'était pas lui qui était malade, mais il garda le silence. Ukkbeyri poursuivit.

— Le but serait de provoquer une maladie du foie, ce qu'on appelle une stéatose hépatique plus précisément.

— Ah ! ne put retenir Akkal. Je vois que tu as étudié ton affaire, mais la finalité m'échappe encore.

— Le foie affecté par cette maladie atteindra une taille énorme ! Dix, quinze ou même vingt fois plus grand que sa taille normale. Nous vendrons cet organe comme une denrée de standing. Il faudra accompagner sa commercialisation avec tout un rite de bon goût, de terroir, de savoir-vivre, et de luxe... voyez le genre.

Tout le monde fut si surpris qu'un long silence fut le premier à lui répondre.

La deuxième fut Ykkmaly :

— Comment veux-tu que les gens achètent du foie malade ? Et qu'en plus ils considèrent ça comme un produit de luxe ?

— La pub... La pub ! s'exclama Ukkbeyri se cramponnant à son idée comme un naufragé à sa bouée. Tout est dans la pub !

Les sept autres participants à la réunion se regardèrent entre eux en ayant l'air de se demander si leur associé n'était pas tombé sur la tête.

Akkal comprit à leurs mimiques que c'était à lui de mettre fin à cette idée farfelue :

— Ça ne pourra pas marcher, Ukkbeyri ! Personne n'achètera de foie malade, même avec de la publicité. Je suis désolé, mais c'est absurde !

*

La première chose que fit Étos en se réveillant fut bien entendu de penser à Mahisa, mais cela ne l'empêcha pas de passer la tête à l'extérieur. Il faisait grand jour. Cela ne le rassura pas. Bien sûr, le jour présentait l'avantage d'y voir clairement, mais il avait aussi le majeur inconvénient de nous rendre trop visibles. Plissant des yeux à cause du soleil, il remarqua, heureusement assez loin, quatre créatures qui lui rappelaient vaguement quelque chose. Elles ressemblaient à celle qui avait porté sa cage alors qu'il était déjà à l'intérieur ; toutefois, celles-ci avaient bien des jambes qui tournent, mais pas de gros bras sur le dos. Il se demanda s'il ne ferait pas mieux d'attendre la nuit pour retourner dans la forêt afin de s'éloigner le plus possible de ce lieu plein d'étrangetés et de foudres-tueuses. La dernière qu'il avait vue avait une chose qui tonne et qui tue dans les mains. Elle avait emprisonné le soleil, mais apparemment celui-ci avait réussi à s'échapper puisqu'il était à présent bien haut dans le ciel. À moins qu'elle ne l'eût volontairement libéré... Comment savoir ? Quoi qu'il en fût, mieux valait ne pas se montrer pour l'instant. Les horribles lamentations continuaient à emplir sinistrement l'espace sonore. Il était certain qu'il s'agissait de plaintes, de pleurs, d'expressions de souffrance, mais bien qu'il y eût aussi des sons articulés, il n'arrivait toujours pas à saisir un seul mot. Jamais il n'avait entendu plus angoissant. Tous les membres de la tribu d'Étos parlaient le même langage. Aussi ne lui était-il jamais venu à l'idée qu'il pût un jour écouter les paroles d'un ou plusieurs des siens sans les comprendre. C'était encore plus troublant que de voir le soleil enfermé.

Revenant à l'intérieur de la dépendance, il jeta un regard à ce qu'elle contenait. Il ne comprit évidemment pas la fonction de tout ce qui s'offrait à ses yeux, moteurs, tuyauteries, vannes, câbles électriques, commutateurs et quantité d'autres dispositifs variés, mais il remarqua qu'il y avait une autre étrangeté du côté opposé à la première, une de ces formes plates qui pivotent quand on les pousse. Celle-ci était fermée, mais il reconnut que c'était une chose identique. Dans un premier temps, il essaya de pousser avec son épaule droite, mais elle ne bougea pas. Il voulut glisser ses ongles entre le mur et le plateau, pour tirer. Impossible ! Avisant la poignée, il conçut l'idée d'attraper cette bonne prise pour forcer dans tous les sens. Se mettant donc à la secouer avec un acharnement digne d'éloges, il finit par la faire pivoter opportunément et la porte s'ouvrit. Il est difficile de rendre compte du sentiment de puissance qui l'anima : ne savait-il pas manœuvrer les choses insanes du monde des foudres-tueuses ? Quel dommage que Mahisa ne fût pas là pour l'admirer ! Combien c'était frustrant de gaspiller en pure perte de tels éléments de séduction !

Mais son sentiment de triomphe laissa rapidement place à la curiosité. Il se trouvait dans une pièce deux fois plus petite que la précédente. Dans le mur que celle-ci partageait avec l'énorme bâtiment de Manger Nature apparaissait un rectangle d'obscurité mystérieuse. C'était celui d'une ouverture dans laquelle entraient moult câbles électriques et force tuyaux de gros diamètres qui sortaient du sol. Il considéra tout cela deux secondes, se demandant à quoi les foudres-tueuses pouvaient utiliser leur vie en demeurant dans un monde aussi singulier. Mais cette question n'eut pas le loisir de s'éterniser dans son esprit, car il fut envahi d'un trouble profond en entendant les sons qui sortaient de cette ouverture ténébreuse. Il s'agissait toujours des horribles lamentations, mais elles étaient considérablement plus proches. Il s'agissait de voix féminines, cette fois il en fut certain. Elles devaient être si nombreuses ! Si nombreuses, nombreuses, que ce nombre trop grand ne pouvait tenir dans aucune tête, se dit-il. Terrifié et bouleversé à l'écoute de tant d'expressions de si grandes souffrances, son sang se chargea d'adrénaline et ses yeux se remplirent de larmes. Tremblant de tout son corps, il décida de s'introduire dans cet antre de l'enfer pour venir au secours de celles qui hurlaient leur martyr sans relâche. Combien étaient-elles ? Quelles horribles tortures leur infligeaient les foudres-tueuses dans les entrailles de cette colline maudite ? Il était terrifié à l'idée de subir le même sort, mais il le fut plus encore en devinant ce que serait son remords s'il ne faisait rien pour elles.

Aussi, se pencha-t-il à l'intérieur de ce tunnel sombre. Puis il posa un genou sur son rebord et y entra tout entier à quatre pattes.

*

Ukkosal montrait des images et des vidéos à Okkala. Cette dernière regardait l'écran de la visionneuse avec concentration, sans faire de commentaire. Ukkosal s'étonnait de son manque de réaction. Il avait tant de mal à soutenir la vision de ce qu'il avait pourtant lui-même filmé ! Revoir ces moments atroces était une torture. Comment pouvait-elle rester de marbre devant ça ? Arriva la scène où un employé surveillait le tapis roulant qui jetait des centaines de nouveau-nés vivants, en majorité mâles, dans une broyeuse. On pouvait voir les petites créatures entassées les unes sur les autres défiler puis basculer dans le grand entonnoir de la machine. Il hurla en se levant brusquement et envoya sa chaise deux mètres derrière lui :

— Tu ne dis rien ! s'indigna-t-il. Comment peux-tu rester insensible à ça ? Ne m'as-tu pas toi-même demandé de rapporter des images de cet enfer que gère ton frère ?

Elle eut un sourire amer, ce qui chez les umas s'exprimait par une vibration particulière des écailles de son cou.

— Si je ne réagis pas d'une manière visible, rétorqua-t-elle, c'est pour plusieurs raisons. La première c'est que je réagis à l'intérieur de moi avec tellement de violence que je suis sur le point de m'évanouir devant toi. La deuxième est que, comme tu le fais remarquer, mon frère est en cause ; et j'ai honte malgré moi. La troisième est que j'ai déjà vu pire ! Bien pire !

Sur ces derniers mots, ses yeux le fixèrent avec une intensité qui lui fit peur. Il se sentit penaud.

— Veux-tu voir pire ? proposa-t-elle sans presque desserrer le bec. Veux-tu voir des bovs se faire découper encore vivants et parfaitement conscients sur la chaîne d'abattage ? Tu préfères peut-être des écorchages à vif pour le cuir ?

— Non. Non...

— Alors, ne me dis pas que je ne réagis pas, s'il te plaît.

— Excuse-moi, murmura-t-il. Je... je suis bouleversé et...

— Ce n'est pas grave. Je comprends. Je te remercie pour ces preuves. Ton travail pour notre cause est précieux. Je vais en sélectionner quelques-unes pour Antenne Enquête. Tu savais que j'étais invitée ?

— Ah, non. C'est une superbe occasion de faire éclater la vérité.

Elle eut un sourire désabusé :

— J'ai peur que la chaîne ne prenne pas le risque de diffuser ce qui est trop dérangeant pour le téléspectateur. Ces derniers auront droit au classique : « Nous avons choisi de ne pas vous montrer les scènes les plus choquantes. » Tu comprends, il ne faut pas leur couper l'appétit, les pauvres.

— Mais ! Ils sont là pour informer, non ?

— Oui, si on veut... Ils sont surtout là pour garder le maximum d'audience pour être en mesure de vendre leur publicité le plus cher possible. Les chaînes sont, elles aussi, des entreprises en compétition avec des actionnaires qui leur demandent de faire les meilleurs profits. Et puis, l'idée d'être attaquées en justice par les géants de la viande et du lait les rend timorées. Surtout, qu'en plus, ce sont ces mêmes géants qui leur achètent de la publicité !

— Mais alors à quoi vont servir ces images ?

— On verra. Peut-être qu'ils en passeront un peu. Et il faut, aussi et surtout, montrer tout ça sur les réseaux sociaux.

Pendant qu'Okkala parlait, les images avaient continué à défiler. Elle manœuvra l'appareil pour retourner en arrière. Il n'articula plus un mot jusqu'à la fin, mais il détourna le regard. Je vais faire des cauchemars durant des mois ! se dit-il. Quand elle eut tout visionné, elle le remercia encore :

— Merci, ce sera très utile.

— Malgré ce que tu disais ?

— Oui. Je t'assure que nous allons essayer de les montrer au maximum de monde possible. C'est vrai que les médias n'en diffusent que de tout petits extraits, les moins pénibles à regarder parce qu'ils souhaitent ménager le public, je veux dire leurs intérêts. Mais, comme je te le disais, il y a internet et nous organisons aussi des projections et des débats privés... Ceux qui ne veulent pas qu'on parle d'eux s'invitent parfois très brutalement à ces réunions et il y a de temps en temps de la casse.

— De matériel ?

— Oui, mais aussi souvent des agressions sur les personnes. Trois membres de l'asso se sont fait salement amocher la dernière fois.

— Mais tu ne vas pas me dire que ton propre frère s'en prendrait à toi, tout de même.

— Mon frère ne fait pas ce genre de choses. La société qu'il dirige paye des gens pour faire ce boulot. Tu sais, il ne maîtrise pas tout ce qui se passe. Il a beau être le principal actionnaire... Je sais qu'il est dépassé. Je ne dis pas ça pour lui trouver des excuses, mais... Tu vois ce que je veux dire ?

Il préféra s'abstenir de répondre à ça.

— Tu disais que tu as vu pire ? se risqua-t-il.

Il regretta cette question dès qu'il en prononça le dernier mot. Il n'eût su dire pourquoi cela lui avait échappé.

— Oui. Mais je ne te montrerai pas d'images ; tu es trop sensible pour ça. Je vois bien à ta tête que tu vas avoir déjà beaucoup de mal à dormir dans les jours qui viennent.

— Tu as raison. Je ne veux pas voir. Mais comment peut-on faire pire ? J'ai du mal à...

— On peut toujours faire pire. Le pire n'a aucune limite. Petit à petit, on s'habitue à tout ! Le pire progresse par petites étapes. Chacune d'elle ne semble pas vraiment beaucoup plus grave que la précédente qui est devenue une habitude. Imagine un escalier qui mènerait dans les plus grands fonds de la bassesse. À chaque marche que l'on descend, on n'a pas l'impression d'être beaucoup plus bas...

— Mais...

— Oui ?

— Le public...

— Quoi, le public ?

— Quand il saura, tout s'arrêtera.

— Espérons. Tout est fait pour maintenir le public à l'écart. Les gens ne voient pas des bovs laitières torturées dans les magasins. Ils n'ont devant eux que des bidons illustrés avec des dessins d'animaux ravis de leur donner leur lait. Ils ne voient pas des bovs à viande passer leurs courtes et misérables vies dans ce lieu concentrationnaire que tu as visité. On ne leur montre que des morceaux emballés. On leur apprend à dissocier la chair de sa provenance. Pour eux, les produits laitiers ou la viande sont simplement des matières comestibles. Tu dois bien le savoir puisque tu étais toi-même comme ça, il y a seulement quelques jours. Pourtant tes parents étaient fermiers.

— Oui. J'avoue que... Je n'imaginais pas ça comme ça.

— Et encore... tu n'as rien vu, je te rappelle !

— Mais comment pourrait-on faire pire ?

— Ralchadomac a trouvé. Je leur suis presque reconnaissante d'avoir dépassé mon frère dans l'horreur.

— ... ?

— L'ablation des quatre membres de leurs laitières à la naissance. Ces pauvres bêtes vivent suspendues par des sangles. Ils se sont dit que les membres occasionnaient une dépense en protéines inutile pour la production de lait. Ils sont en train de mettre au point une économie supplémentaire. Pour réduire les frais liés à la distribution de nourriture et à l'évacuation des matières fécales, les animaux seront bientôt reliés à trois tubes, un enfoncé dans la gorge pour la purée. Les deux autres tu devines où pour emporter excrément et urines. L'expérience est déjà en cours. Ils ont juste constaté qu'il fallait ajouter aussi des psychotropes dans la purée parce que certaines bêtes finissent par mourir spontanément de détresse morale.

Ukkosal se tint la tête en gémissant.

— Haaaaa ! cria-t-il. Il faut arrêter tout ça ! Maintenant. Maintenant, je te dis ! Tu m'entends ? Maintenant ! À l'instant même !

Il hurlait.

— C'est ce que nous essayons de faire à Deux Un Quatre. C'est pour ça que nous nous battons !

Mais on eût dit qu'Ukkosal avait soudainement perdu l'esprit. Il se tenait la tête à quatre mains et tonitruait à se déchirer les cordes vocales :

— Tu ne m'entends donc pas ! J'ai dit qu'il faut que cela cesse maintenant. Tout de suite ! À l'instant même !

Elle le regarda, interdite, sans savoir que lui répondre.

— Il y a un moyen ! s'emporta-t-il. Il y a un moyen ! Un seul ! Le seul !

— ... Je t'écoute. Mais calme-toi, je t'en prie.

— Il faut faire exploser toutes les installations de Ralchadomac et de Manger Nature. Il faut abattre leurs dirigeants au fusil à lunette.

— Tu veux que je tue mon frère ?

Ukkosal mâchonna quelques mots incompréhensibles.

— Tes parents élevaient aussi des animaux destinés à être mangés. Eux aussi volaient à leurs laitières le lait qui était normalement destiné à nourrir leurs enfants.

— Mes parents n'ont jamais torturé leurs animaux comme le font Manger Nature et Ralchadomac ! Que compares-tu ? Et les tiens ont fait de même !

— Je conviens qu'ils ont été beaucoup moins cruels, mais ils ont participé à un procédé qui consiste à se nourrir avec des êtres vivants, à les considérer comme des ressources et ce procédé n'a cessé de s'empirer petit à petit, comme je te l'ai dit. Ce ne sont ni mon frère ni tes parents qui l'ont entièrement inventé, mais chacun y a participé. Certes, moins bas que nous sur l'escalier des abîmes, ils y étaient tout de même. Ils avaient déjà descendu quelques marches.

— ...

— Tuer ceux qui dirigent ces camps de la mort ne changera rien ! Tant qu'il y aura de la demande... Il faut seulement informer le public par tous les moyens.

— Les gens vont dire qu'il faut bien qu'ils mangent !

— À nous de leur expliquer qu'ils ne sont pas obligés de manger des ressources animales. Tous les véganes sont la preuve que c'est possible. En attendant, fais ce que tu peux pour ramener des images des bovs à viande. Si tu ne peux pas, nous ne t'en voudrons pas, mais si tu y parviens tu serviras la cause. Je te remercie déjà beaucoup pour ce que tu as fait. Et ne crois pas que je pense du mal de tes parents. N'oublie pas que les miens faisaient le même métier et que mon frère fait bien pire encore. Je veux seulement te faire comprendre qu'il est impossible de revenir aux méthodes qu'ils pratiquaient. L'histoire montre que, peu à peu, la machine s'emballe et nous reviendrions vite à ce que nous faisons aujourd'hui. Et même ! Et même si c'était possible de maintenir l'élevage tel qu'il était à leur époque, ce ne serait pas juste pour autant. Les animaux ne sont pas des ressources à notre disposition, ce sont des êtres qui pensent et souffrent. Tuer l'un d'eux est un meurtre. Nous nous permettons de le faire parce que nous sommes l'espèce dominante. C'est la loi du plus fort, mais ce n'est pas celle du plus noble.

*

Akkaliza gara son scooter contre un mur sur l'étroit trottoir de la rue Kkoojor. Elle arrêta le moteur du véhicule et en descendit avec une telle précipitation qu'elle faillit tomber. Une douleur lui indiqua qu'elle s'était tordu une griffe au pied gauche, mais elle était trop pressée pour voir ça de plus près. Elle fit quelques pas en boitillant jusqu'au numéro 269. Là, l'un des dix doigts de sa main droite supérieure sonna, tandis que ses trois autres mains tambourinaient sur la porte.

— Akkaliza ! s'exclama sa tante en ouvrant. Que se passe-t-il ?

— Cachottier s'est échappé ! cria sa nièce.

— Qui ça ?

— Oh pardon ! Le bov dont je t'avais parlé. Que mon père à bien voulu que je garde.

— Ah... Bon ! Entre, ne reste pas là.

En avançant, Akkaliza croisa un individu qui sortait au même moment. Il avait un air bouleversé. Les vibrations des écailles de ses joues exprimaient un grand désarroi. Il grogna quelque chose qui ressemblait à une formule de politesse et s'éloigna, voûté comme si tous les maux du monde eussent été sur son dos.

Pour répondre au regard surpris et interrogatif de sa nièce, Okkala eut une expression de la crête qui semblait dire : « Ce n'est rien... »

— Alors ? Raconte ! demanda-t-elle.

— Il a réussi à briser sa cage et à s'enfuir, dit Akkaliza.

— Briser sa cage ? Mais...

— Il a fabriqué un outil avec une branche et il s'en est servi pour... Enfin, le mieux serait que tu voies ça.

Akkaliza tendit la carte mémoire de son appareil de prise de vue. Intriguée, Okkala introduit l'objet dans son ordinateur et toutes les deux regardèrent l'écran.

— Mais... comment a-t-il obtenu cette perche avec cette sorte de crochet au bout ?

— Je n'avais pas encore installé la caméra, mais, malgré l'absence de preuves, je pense qu'il l'a fabriquée lui-même avec une branche. C'est pour cette raison que je l'ai appelé Cachottier, d'ailleurs.

Akkaliza expliqua ce qui la conduisait à supposer cela pendant que sa tante continuait à découvrir tout ce que le fugitif avait fait pour briser sa prison et s'enfuir.

— Comment as-tu retrouvé ta caméra ensuite ? On voit bien qu'il l'a laissée choir dans l'herbe assez loin de la maison.

— C'est Okkdor, l'hinec de garde, qui l'a retrouvée. Quand je l'ai détaché, il a flairé un peu partout et s'est arrêté devant la caméra et l'outil fabriqué par Cachottier. Mais avec ce qui est tombé cette nuit... impossible d'aller plus loin.

— C'est vrai qu'il a trop plu, l'hinec ne retrouvera pas la trace.

— Tu as vu comme il est intelligent ! Je savais que les bovs sont capables d'utiliser et même de se confectionner des outils. Mais, de savoir que c'est lui qui... De le voir sur ces images... tu comprends ?

Les écailles vertes sur le cou d'Okkala vibrèrent d'une manière qui exprimait un sourire affectueux :

— En effet ! Il semble particulièrement intelligent. Le plus drôle c'est qu'il ait cru bon d'emporter ta caméra ! Que voulait-il bien en faire ? En tout cas, tu détiens des images extraordinaires, car elles ont été prises par un bov ! On ne peut pas dire qu'il soit doué pour le cadrage, mais... Pour un débutant, ce n'est pas mal ! Le plus drôle, c'est quand il s'est filmé lui-même à bout portant lorsqu'il examinait l'objectif.

Avec un sourire, elle ajouta :

— Gros plan de la langue et de ses dents quand il l'a goûté...

— Oui, convint Akkaliza en souriant à son tour. Je suis probablement la seule à posséder un tel autoportrait.

— La grosse difficulté, comme je le dis souvent, c'est que les gens ne réalisent pas que les animaux, les bovs entre autres, s'expriment avec des mimiques et des moyens qui sont si différents des nôtres qu'on ne peut pas les comprendre facilement. Je suis justement en train de travailler sur ce sujet... Mais je te fais perdre ton temps là, non ?

— Pas vraiment... Je pense que Cachottier a dû s'enfuir dans la forêt. De toute façon, j'avais l'intention de le libérer. J'aurais aimé ouvrir sa cage pour lui montrer que je suis son amie. Tant pis ! J'espère qu'il retrouvera les siens. Ils doivent être à une soixantaine de kilomètres de la maison. Là où papa chasse d'habitude.

— Je pense qu'il finira par les retrouver. Rassure-toi.

— Heum... Je m'inquiète un peu tout de même... Mais tu disais que tu étais en train de travailler sur un sujet ?

— Oui. J'ai observé que les bovs communiquent beaucoup avec la manière dont ils retroussent leurs lèvres et sans doute aussi en bougeant les poils qu'ils ont au-dessus de leurs yeux. Je vais te montrer certaines images que j'ai mises de côté pour cette étude. Au fait, qu'a dit ton père au sujet de cette évasion ?

— Il n'est pas encore au courant. Je ne sais pas du tout comment il va réagir quand je vais lui en parler ce soir. On verra bien !

*

Fortement courbé en avant et tête baissée, Étos avait progressé. Au début, il avait avancé très lentement, à cause de l'obscurité qui lui avait sournoisement administré quelques coups sur la tête, puis de plus en plus aisément, car il marchait vers plus de lumière. Comme il approchait, les angoissants geignements étaient peu à peu devenus presque assourdissants, autant pour les oreilles que pour sa compassion.

Cet accroissement du volume sonore et de sa tension anxiogène fut la seule transition progressive qui le prépara à entrer en enfer. En revanche, pour ce qui fut de l'image...

Se dévoila brusquement devant lui un océan de souffrance qui s'étalait, semblait-il, jusqu'à l'infini. Il se trouvait quatre mètres au-dessus des rangées de laitières. Ainsi, il en voyait aussi loin que pouvait porter son regard. Le choc fut si brutal qu'il ne remarqua même pas les deux foudres-tueuses qui approchaient lentement entre les deux premières rangées, juste sous lui. L'émouvante étendue de lamentations et de sanglots était si vaste qu'ils en devenaient tous indiscernables. Ce n'étaient plus des individus qui pleuraient, c'était son espèce tout entière. Il crut qu'elle était toute rassemblée ici. Ce fut une telle certitude qu'il commença à se demander par quel miracle il avait échappé à ce regroupement de toute évidence forcé, mais il cessa de s'interroger dès qu'il reprit conscience qu'il n'y avait là que des victimes féminines. Quand ses yeux hagards ne furent plus perdus dans la multitude, qu'ils parvinrent à se fixer sur celles qui étaient au premier rang et qu'il remarqua alors la monstrueuse infirmité des hypertrophies mammaires, quand il nota l'exiguïté de leur prison, quand il fut frappé par l'extrême maigreur de leurs membres, quand il saisit leur regard révélant qu'elles portaient leur vie comme un fardeau, quand il reçut toutes ces visions comme autant de violents coups au cœur, il hurla à son tour. Ses cris et ses pleurs se confondirent avec ceux de celles qui lui déchiraient le cœur. Il hurla et hurla encore, il pleura et pleura autant.

Mais on ne l'entendit pas plus que l'on entend une goutte d'eau dans un déluge. Perdant la conscience de lui-même, il tomba en avant.

*

Ikkillu, qui, rappelons-le, était la responsable du service vétérinaire, marchait entre les rangées une et deux des laitières. Elle était accompagnée par Ekkbokk, son meilleur collaborateur. C'était un uma vert compétent. Bien qu'il usât d'un langage par moments un peu rustique, elle ne trouvait pas sa compagnie désagréable.

Habituellement, Ikkillu travaillait dans son bureau, réglant les doses de tel ou tel antibiotique dans la purée en fonction des analyses de sang et de divers prélèvements sur les animaux que lui fournissait le personnel sous ses ordres. Elle dosait également les stéroïdes anabolisants et les hormones de croissance des bovs à viande, les hormones stimulatrices de lactation des laitières... Aujourd'hui, elle venait ici contrainte et forcée par les circonstances. L'odeur était insoutenable et elle n'aimait pas plus que ça voir toutes ces bêtes souffrir. Mais le métier étant le métier... Les patrons lui avaient confié la mission d'imaginer comment aménager les installations pour accueillir des laitières démunies de membres. Pendant que les autres professionnels de l'équipe qu'elle dirigeait s'attelaient déjà à la tâche des ablations sur les jeunes bêtes, elle avait pour mission d'imaginer ce qu'on pouvait faire pour les recevoir bientôt ici en dépensant le moins d'argent possible. On lui avait dit que la concurrence les maintenait en l'air avec des sangles. Se demandant s'il ne serait pas plus facile de les pendre dans des filets, elle en parla à Ekkbokk :

— Pourquoi ne pas utiliser des filets ? dit-elle.

— Ouais ! Pourquoi pas ? fit-il. Pourvu qu'on n'écrase pas les mamelles...

— Drôle d'idée en tout cas, se confia-t-elle.

— Tu parles de les priver de leurs membres ou du filet ?

— De leurs membres, enfin !

— Ouais ! Drôle d'idée ! Si le public apprend ça, on va encore passer pour des monstres ! Tu sais, les associations du genre Deux Un Quatre et compagnie vont une nouvelle fois crier au scandale.

— C'est bien ce qui me fait du souci. Mais il paraît qu'on n'a pas le choix.

Ekkbokk sortit son lustre-bec, petit carré de tissu feutré, d'une poche intérieure de sa veste et se frotta le bec en répondant :

— C'est indécent tout de même de nous mettre la pression, avec les problèmes qu'on a en ce moment. Vu la crise économique que traverse notre secteur, faut encore supporter tous ces types qui n'ont pas d'autre souci que le confort des bestiaux ! Veulent qu'on perde nos emplois, ces cons...

C'est à ce moment-là que, trente mètres devant eux, ils virent un bov tomber lourdement sur le sol entre les deux rangées. C'était un mâle. Sauvage de toute évidence. Ça se reconnaissait au premier coup d'œil. Les bovs à viande, gavés de stéroïdes anabolisants, avaient une masse musculaire cinq à six fois supérieure. Devant ces hypertrophies de muscles, celui-ci paraissait efflanqué.

— D'où vient ce putain de bestiau ? s'écria Ekkbokk.

— De là-haut, répondit Ikkillu en montrant l'entrée de la gaine.

— Apparemment, ouais ! Mais... que foutait-il là-haut ?

— Je ne sais pas. Téléphone à la sécurité. N'approche pas, il pourrait mordre.

Elle eût pu tout aussi bien appeler elle-même, mais saisir toute occasion de donner des ordres était sa manière de marquer la hiérarchie. Aussi se rendait-elle rarement utile lorsqu'un subordonné était à sa disposition pour accomplir quelque action que ce fût ; à moins que cette dernière ne fût valorisante pour elle.

L'événement avait semé le trouble parmi les laitières proches de l'intrus ; leur agitation était visible. Pour la première fois, quelque chose interrompait l'éternelle monotonie de leur misérable existence.

Tandis qu'Ekkbokk discutait au téléphone avec le service de sécurité, en ayant semblait-il un peu de mal à se faire comprendre, elle nota que l'animal avait quelque chose qu'elle avait du mal à identifier sur l'épaule gauche et une partie du cou. Parfaitement immobile, allongé sur le dos, la jambe gauche et le bras droit dans des positions improbables qui trahissaient des fractures, il ne semblait pas très dangereux. S'approchant malgré tout prudemment, elle découvrit la nature de ce qui l'avait intriguée. Elle le montra à son assistant qui l'avait suivi et qui venait à l'instant de raccrocher :

— Regarde !

— Merde ! Des pansements ? C'est quoi cet'affaire ?

— Alors, que t'ont-ils dit ?

— Y'a quelqu'un qui vient voir. Ils ont eu du mal à comprendre. Ils croyaient que je leur racontais des conneries.

— J'espère qu'ils vont se dépêcher. Tu aurais dû préciser qu'une dizaine de bêtes s'agitent.

— Je leur ai dit de se bouger le cul, assura-t-il.

— Je me demande comment cet animal a pu s'introduire là-dedans, dit-elle en regardant l'entrée de la gaine.

— Je me pose la même question. Y'a un truc mal fermé quelque part. Mais que penses-tu de ces pansements ?

— C'est forcément une bête apprivoisée. À moins qu'elle se soit échappée d'un labo d'expérimentation...

— Ouais, possible ! En tout cas, tu ne penses pas qu'il vaudrait mieux prévenir la direction. On ne sait jamais.

— C'est bien ce que je m'apprête à faire, figure-toi.

*

Épuisé par la mauvaise nuit qu'il avait passée, Akkal avait décidé de se réserver l'après-midi pour se reposer. Son mal de tête ne faiblissait pas, entretenu qu'il était par tous les soucis de trésorerie, d'investissements, de factures fournisseurs, de location d'espaces publicitaires, de fiscalité, de mises aux normes, de distributions, de demandes de remises, de prix de revient, d'impayés, de cotisations sociales, de contrôles sanitaires... Il avait envie d'aller à la chasse pour tout oublier. C'est à cela qu'il se préparait en changeant de vêtements, sous les regards éteints des têtes empaillées, quand son téléphone sonna. Il décrocha et lâcha sans dissimuler sa mauvaise humeur :

— Je ne suis plus là jusqu'à demain. Je ne veux rien savoir ! À moins que ce soit d'une importance capitale !

— À toi d'en juger, répondit Ykkypol. Un bov sauvage s'est introduit chez les laitières. Il a des pansements sur l'épaule.

— Mais !... Quoi ?

— C'est Ikkillu qui vient de me le dire. Pour éviter de te déranger, je suis allé voir. C'est bien ça. Un bov sauvage est tombé d'une des gaines d'alimentation. Tu sais, les conduits où arrivent l'électricité et les fluides divers... Bon, bref, il a des pansements effectivement. J'ai pensé que c'était peut-être celui que tu as raté à la chasse et que tu as mis en cage pour ta fille.

— ...

— Hé ? T'es toujours là ? Qu'est-ce qu'on fait ? Je le fais broyer ou tu veux venir voir ce qu'il en est ?

Akkal ne voulait pas entrer chez les laitières. Encore moins depuis qu'il avait pris la décision de les amputer.

— Non, ne l'envoie pas au broyage. Fais-le capturer et amène-le-moi devant chez moi.

— Capturer, ce ne sera pas difficile. Il est apparemment déjà mort... Il ne bouge plus en tout cas.

— Bien, bien... Alors, mets ça dans un véhicule et viens. Seul, s'il te plaît. Et ne précise à personne où tu vas, surtout. Ça ne regarde personne.

— Compris...

Akkal raccrocha et courut aussi vite qu'il put vers la cage sous les arbres. Quand il découvrit le plancher brisé, il demeura perplexe quelques secondes, le fixant comme s'il attendait que ses yeux lui confirmassent ce qu'ils prétendaient voir. Grattant les écailles vertes de son front, il reprit son téléphone.

*

— Sur cette scène, tu vois deux bovs mâles sur le point de s'affronter, disait Okkala en montrant des extraits d'un film. Il se trouve qu'ils ne vont pas se battre, mais chacun essaye d'impressionner l'autre. Observe avec soin la position de leurs poils au-dessus des yeux.

Akkaliza plissa les écailles vertes et bleues de son cou, ce qui était chez les umas le signe d'une grande concentration.

— Oui, j'observe...

Sa tante lui fit voir une seconde séquence dans une autre partie de l'écran :

— Regarde, là ! C'est le même bov, mais cette fois, il est en présence de son enfant. Tu remarqueras que dans ce cas les poils au-dessus des yeux...

Elle s'interrompit parce que le téléphone d'Akkaliza se mit à sonner.

— C'est mon père, indiqua cette dernière en regardant l'écran de l'appareil.

Les vibrations des écailles sur ses joues exprimaient la surprise et l'inquiétude :

— Oui ? Ha bon !

Au bout d'un moment, elle raccrocha et informa sa tante :

— Cachottier a été retrouvé. Il faut que j'y aille !

*

Akkaliza arriva deux minutes après Ykkypol. Celui-ci avait déjà déposé le corps du fuyard dans l'herbe à vingt mètres de la maison. Tombant à genoux devant l'animal, elle découvrit avec horreur les fractures de ses membres. Celle du bras droit, ouverte et particulièrement horrible, lui arracha un cri. Elle fut tout de même rassurée de constater qu'il respirait encore.

Les deux actionnaires de Manger Nature eurent un échange de regards. Par le sien, Akkal fit comprendre qu'il voulait être seul avec sa fille. Ykkypol salua et se retira.

— Que s'est-il passé ? demanda Akkaliza.

— J'allais te poser la même question. Tu ne m'avais pas dit que tu l'avais libéré. Nous n'avons jamais parlé de ça.

— Je ne l'ai pas libéré. Il s'est enfui tout seul.

— Ne me prends pas pour un crétin, s'il te plaît !

Sa crête tendue vers l'arrière exprimait sa contrariété.

— Va voir la cage ! Il a brisé le plancher.

— J'ai vu la cage Akkaliza ! Ton subterfuge est ridicule. Me faire croire qu'il l'a brisé seul ! Dis-moi qu'il s'est enfui en voiture aussi !

Akkaliza ne répondit pas, car son protégé venait de gémir.

— Il reprend connaissance, papa ! Il a mal ! Il a mal ! Nous reparlerons de ça plus tard. Appelle un de tes vétérinaires, s'il te plaît.

Sans attendre sa réponse, elle se précipita dans la maison pour chercher de quoi endormir le blessé. Elle pensait l'immobiliser de peur que, dans sa frayeur, il n'aggravât ses fractures en voulant fuir. Il lui restait deux doses de narcotique. Elle prépara une seringue dans sa chambre et redescendit l'escalier à toute allure, redoutant que son père et les hinecs lui fissent peur durant son absence. Quand elle arriva sur le pas de la porte, Akkal, le fusil à la main, s'approchait du blessé. Elle voulut s'interposer, mais il lui fit signe de s'éloigner :

— Ça suffit avec cette bête, à présent ! J'en ai plus qu'assez ! cria-t-il en épaulant tandis qu'elle s'élançait.

La balle la frappa dans le bras gauche inférieur. La douleur fut abominable, mais elle eut encore la force de crier :

— Si tu le tues, je me suiciderai !

Puis elle perdit connaissance.

*

Mahisa venait de manger quelques baies, beaucoup de noisettes et deux pommes sauvages. Ce n'était pas suffisant pour la rassasier pleinement, mais elle se sentait nettement mieux. Elle reprit sa marche. Depuis le matin, elle ne suivait plus un chemin de terre, mais une étrange chose qui avait toujours la forme générale du large chemin, mais qui était très lisse, sans terre, sans cailloux et sans herbe. Ce ne pouvait qu'être un chemin qui conduisait au monde des foudres-tueuses, car elle en voyait de plus en plus fréquemment passer dans leurs monstres aux quatre pattes rondes. Mahisa prenait bien soin de rester à couvert derrière la végétation pour ne pas être vue. Elle ne cessait de penser à Étos. Presque à tout moment, elle lui parlait mentalement, et parfois même à haute voix, comme s'il était près d'elle. Cela lui faisait du bien. Tu as vu ce quatre pattes rondes comme il était énorme, lui disait-elle par exemple. Elle aimait aussi évoquer le moment où elle lui ferait toucher son ventre, essayant d'imaginer sa réaction. Il lui arrivait aussi de se préoccuper de son petit frère et de ses parents, mais c'est toujours vers Étos que son esprit revenait.

*

Dans son bureau de directrice de l'agence spatiale, Ekklamisa lisait un article technique au sujet des impulsions spécifiques de différents ergols. Elle ne savait que faire pour que le public s'intéressât davantage à l'espace, ce qui eût facilité l'obtention de plus de crédits permettant de développer des systèmes de propulsion plus performants.

Ekklamisa était une bleue à l'allure athlétique, bien qu'elle détestât le sport sous toutes ses formes. Elle consacrait sa vie à la conquête du cosmos. Fascinée par l'espace, elle ne s'inté-ressait à rien d'autre. C'était avec nostalgie qu'elle pensait aux époques de guerre froide qui suscitaient la compétition spatiale entre les nations rivales.

Un engin, venu d'un autre monde, était en train d'approcher à quelque quarante mille kilomètres à l'heure. Il risquait de raser Teruma et de s'éloigner pour se perdre à tout jamais dans l'infini. Et... le grand public s'en moquait ! Elle disposait de si peu de moyens pour tenter de l'intercepter qu'il y avait vraiment peu de chances d'y parvenir. Un messager venu d'un monde inconnu avait voyagé, durant un temps proche de l'éternité, pour leur passer sous le bec et ne plus jamais revenir. Et tout ça dans l'indifférence générale ! C'était à mourir de rage !

*

Ikkillu se demandait pourquoi le patron tenait tant à cet animal. Elle trouvait cela étrange. Avant de partir précipitamment, on ne savait où, il avait ordonné que les vétérinaires en prissent soin de toute urgence, la désignant même comme principale responsable de son rétablissement. De peur qu'il n'aggravât ses fractures en bougeant, elle l'avait donc endormi sur place, en s'étonnant, soit dit en passant, de découvrir une seringue pleine abandonnée dans l'herbe non loin du corps. Ekkbokk l'avait ensuite aidée à transporter l'animal près d'une cage. Cage qui était bien là où Akkal avait prétendu qu'on pourrait la trouver, sous les premiers arbres dans la forêt à cent mètres de là.

— Demandez de l'aide à l'équipe technique pour la faire réparer, avait-il ajouté avant de partir en courant.

Pendant qu'elle échangeait avec Ekkbokk moult hypothèses pour expliquer tout cela, les techniciens finissaient justement de remettre en état le plancher de la cage. S'interrogeant eux aussi, ils avaient posé quelques questions au sujet de ce bov. Ikkillu leur avait affirmé qu'elle n'en savait pas plus qu'eux. Comme ils semblaient prêts à discuter encore de ce sujet, les vibrations sur son cou de ses écailles bleues avaient exprimé son impatience, poliment, mais fermement. Ils n'avaient pas insisté.

Dès qu'ils furent partis, les deux vétérinaires portèrent, non sans mal, l'animal endormi dans la cage. Ils le posèrent délicatement et s'apprêtèrent à s'occuper des fractures.

— Il commence à se faire tard, dit Ekkbokk. Je ne sais pas ce que manigance le boss avec ce bestiau, mais on fait des heures sup avec ça !

— Je sais. Ne t'inquiète pas pour tes heures. Je lui en parlerai, s'il semble oublier. De toute façon, tu peux y aller. Je peux finir seule. Dans un peu plus d'une heure, il fera nuit...

— Non, je vais rester. J'ai envie d'en apprendre plus. Y'a qu'à lui filer une autre dose de dodo, pour qu'il roupille à fond et on répare tout ça.

— Justement, donne-lui quatre cc.

Ekkbokk fit l'injection.

— Voilà, dit-il.

— On commence par la jambe, viens m'aider à tirer dessus. Attention tout de même, tu lui marches sur les poils du crâne ! Si le boss te voit faire ça...

— Oups !

*

Akkaliza retrouva ses esprits dans le lit d'une chambre d'hôpital aux murs blancs. Ses parents et son frère étaient près d'elle. La crête d'Akkal était accablée de culpabilité.

— Où est Cachottier, comment va-t-il ? furent les premiers mots qui sortirent du bec de sa fille.

Le père, la mère et le frère se regardèrent tous les trois.

— Qui ça, ma fille ? demanda Akkali.

— Le bov que papa voulait tuer. Comment va-t-il ?

— Il vivra, assura Akkal. Ikkillu, la chef des vétérinaires s'occupe de lui. Je lui ai demandé de faire tout son possible.

Akkaliza fut en partie rassurée. Elle allait répondre, mais sa tante fit soudainement irruption dans la chambre.

— Ma nièce ! cria celle-ci. Qu'est-ce qui t'arrive ? Pourquoi es-tu ici ?

— Je vais bien, dit Akkaliza en s'asseyant. Juste un incident... le bras gauche inférieur. Ça n'a pas l'air bien grave, regarde.

Elle montra le bandage qu'elle venait de découvrir elle-même.

Alors qu'Akkal se décomposait à la vue de sa sœur et qu'Akkali le regardait avec inquiétude craignant sa réaction, Akkalo prit la parole :

— Le chirurgien nous a dit que ce n'était effectivement pas très grave. La balle a traversé le muscle. Ce sera sans conséquence. Mais, il faudra ménager ton bras jusqu'à complète guérison.

— La balle ? s'écria Okkala.

Elle les regarda tous un à un cherchant une réponse.

— C'est moi qui... essaya d'avouer Akkal.

— Je me suis bêtement jetée au mauvais endroit au mauvais moment, dit Akkaliza. Papa avait le fusil et le coup est parti.

Les autres savaient déjà ce qui s'était réellement passé. Tête baissée, se grattant machinalement le bec, Akkal rectifia :

— J'ai voulu abattre son bov et elle s'est interposée.

Okkala fit un effort pour ne pas insulter son frère. Akkali guettait la réaction de son mari. Redoutant qu'une violente dispute éclatât devant leur fille, les écailles bleues de son cou exprimaient l'inquiétude. Elle s'adressa à Okkala :

— Au fait, comment ?...

— C'est moi qui l'ai prévenue, m'am, avoua Akkalo. Je savais que ça ferait plaisir à Akkaliza. Et je me suis dit que ça suffit tout ce gâchis entre papa et sa sœur. Il serait temps que vous vous expliquiez et qu'on en finisse !

Il y eut un regard tendu et gêné entre les deux belligérants concernés, mais il ne dura qu'une seconde, car interrompu par la voix déterminée d'Akkaliza :

— Allons-y ! dit-elle en se levant de son lit. Je dois voir comment on s'occupe de Cachottier.

Des protestations s'exprimèrent, mais elle n'en eut cure.

*

Ekklamisa était enfoncée dans son canapé. Sa main inférieure droite caressait distraitement son thac. Le petit animal de compagnie se prélassait sur ses genoux. Elle utilisait ses trois autres mains pour manipuler un casse-tête. L'objet était pour l'instant difforme, mais il était censé représenter une fusée une fois chaque pièce correctement orientée. Son équipe lui avait offert ce jouet qui commençait à l'irriter, mais elle n'avait pas trouvé mieux pour tromper le temps en attendant les prochains résultats de l'observatoire astronomique. Le téléviseur diffusait une publicité mettant en scène des bovs qui dansaient bras dessus bras dessous en chantant tous en cœur :

« *Il n'y a rien de mieux qu'une bonne grillade entre amis. La viande pur muscle Ralchadomac est la meilleure, hummmmm !* ».

Son téléphone sonna. Elle éteignit la télévision, posa le casse-tête et décrocha :

— Oui ?

— Ekklamisa, les derniers calculs et observations nous permettent de penser que la chose passera à une distance maximum de cent mille kilomètres de la Teruma. Dans un peu plus de trois jours.

— Quelle vitesse ?

— Onze mille mètres par seconde.

— D'accord. Quand pourrez-vous affiner cette prédiction ?

Elle connaissait la réponse, mais elle n'avait pas pu retenir la question.

— Dans une heure, si tu veux. Mais plus nous attendons et plus nous serons précis. Dans cinq heures, nous aurons une bien meilleure idée de sa trajectoire.

— D'accord, j'attendrai, j'attendrai... Vous avez quelques détails nouveaux concernant son apparence ?

— Oui, on a réalisé une bonne interférométrie. Il comporte une parabole. Je t'envoie l'image.

— Merci.

Elle raccrocha, se leva et se jeta sur son ordinateur. N'ayant pas eu d'autre choix que celui de sauter précipitamment sur le sol, le thac libéra un cri de protestation.

L'image la fit rêver. D'où venait cette machine ? À quoi ressemblaient ses concepteurs ? Depuis combien de temps voyageait-elle dans l'espace ? La plus proche étoile dans la direction de sa trajectoire se trouvait à trente-cinq années-lumière. Si c'était bien de là qu'elle venait, et si sa vitesse par rapport à Teruma avait été constante, un rapide calcul indiquait que le voyage aurait duré un peu plus d'un million d'années.

(La durée de révolution de la Teruma autour de son étoile étant assez proche de celle de la Terre autour du Soleil, une année-lumière pour les umas était donc à peu près égale à ce qu'était une année-lumière pour les humains)

Où en était, aujourd'hui, une civilisation déjà capable de concevoir une sonde spatiale si longtemps auparavant ? Cette question lui fit tourner la tête. Et dire que ce témoin mystérieux avait toutes les chances de passer devant eux sans s'arrêter !

Pour la énième fois, elle refit mentalement l'inventaire de leurs moyens d'interception. À cent mille kilomètres, à près de onze kilomètres par seconde... heum... Mais sur quel plan ? Et dans quel sens, direct ou rétrograde ? Rétrograde, il n'y avait aucun espoir, elle ne disposait d'aucun lanceur suffisamment puissant.

*

La blessure était en effet superficielle. Quelques points de suture avaient suffi à la refermer. La perte de conscience avait été hypothétiquement attribuée à une vive émotion. Le médecin n'avait vu aucun inconvénient à ce qu'Akkaliza quitte l'hôpital en suivant quelques recommandations d'usage.

Il faisait nuit depuis deux heures quand ils furent tous de retour à la maison. En grande partie sous la pression familiale et à cause de son sentiment de culpabilité, Akkal avait même demandé à sa sœur si elle voulait passer un moment chez eux. Cela faisait des années qu'Okkala n'avait pas mis le pied chez son frère.

À peine arrivée, Akkaliza souhaita aller voir Cachottier. Tous la suivirent. Ikkillu et Ekkbokk avaient fini leur travail depuis une demi-heure seulement. Ils attendaient en discutant, assis dans l'herbe devant la cage. Le bov était allongé sur le plancher réparé de celle-ci. Les vétérinaires se levèrent à l'arrivée d'Akkaliza et sa famille. Après un échange de quelques concises politesses, Ikkillu fit un petit compte rendu :

— Il va bien, assura-t-elle. Nous avons fait tout ce qui était possible. La fracture du bras est la plus grave des deux, mais nous avons pu remettre les os bien en place. Ça devrait se ressouder convenablement. Pour la jambe, il a fallu beaucoup forcer pour tout réaligner, mais ça va aller aussi.

— Dans combien de temps se réveillera-t-il, s'il vous plaît ? s'enquit Akkaliza.

— Oh ! s'exclama Ikkillu. Pas avant demain, Mademoiselle. Vers midi environ.

— Je vous remercie, dit Akkal. Ne faites pas passer votre service en heures supplémentaires. Je vous payerai personnellement. Je vous libère. Merci encore.

Tous deux prirent congé.

Sans se soucier de donner une explication, Akkaliza fit le tour de la cage et prit grand soin de vérifier qu'aucune branche ne passât trop près des barreaux. Elle en repéra une seule. Afin d'éviter les mouvements trop amples et brusques, elle requit l'aide de sa tante pour la casser et l'écarter. Autant la demande parut inexplicable à ses parents et à son frère, autant Okkala en comprit la raison. Elle fut également la seule à savoir pourquoi sa nièce faisait rouler un caillou avec son pied pour l'éloigner de la cage.

*

Akkaliza venait de montrer les images de l'évasion de Cachottier à son père.

— Vraiment, je n'en reviens pas ! s'exclama celui-ci. Je ne me doutais pas qu'un bov soit capable de...

— ...de réfléchir, compléta Okkala. De penser même, tout simplement. Tu les prenais pour des objets.

La forte tension qui régnait entre le frère et la sœur avait du mal à s'apaiser.

— Faites un effort pour vous réconcilier, se risqua Akkalo. Grand-père serait si content s'il était encore là. Vous savez que ça lui faisait beaucoup de mal de vous savoir en conflit. Je n'irais pas jusqu'à dire qu'il est mort à cause de ça, mais c'est tout de même dur de songer qu'il ne vous aura pas vu faire la paix.

— Mon fils a raison ! approuva Akkali. Vous finissez par être ridicules. Chacun de vous deux doit accepter ce que l'autre est.

— C'est elle qui me traite de meurtrier à grande échelle ! protesta Akkal.

— Je ne te traite pas. J'essaie de te faire réaliser que tu es un meurtrier à grande échelle. Mais je dois faire un effort parce que tu n'en as pas conscience.

— Alors papa et maman étaient des meurtriers eux aussi ? rétorqua Akkal.

La mère et les deux enfants échangèrent un regard résigné.

— Au moins, ils se reparlent, conclut Akkali.

— Papa et maman n'avaient pas conscience de ce qu'ils faisaient, eux non plus, mais ils avaient beaucoup plus de circonstances atténuantes. C'était une autre époque. Avant eux, leurs arrière-grands-parents avaient des esclaves bleus. En ce temps-là, il était normal pour un uma vert de posséder des esclaves bleus, de les vendre et les acheter comme de simples marchandises. Aujourd'hui, par bonheur, l'esclavage est interdit. Le temps où les umas verts asservissaient les umas bleus est heureusement révolu, ce qui t'a permis d'épouser Akkali et d'avoir avec elle Akkalo et Akkaliza, ces magnifiques enfants métis. Ta vie t'a donné tous les moyens d'être convaincu que l'esclavage était une chose horrible qu'il fallait abolir et que le racisme, qui, hélas, perdure encore de nos jours, doit être combattu par tous les moyens. Songe que les premiers à avoir prétendu que l'esclavage était inuman et qu'il fallait l'abolir passaient pour des extrémistes, des doux dingues, des fous furieux... au mieux pour des intellos qui voulaient se donner un genre en tenant des discours umanistes fleur bleue. Ils étaient accusés de sensiblerie.

— Tu te prends donc pour une personne d'avant-garde qui serait aujourd'hui dans la même situation que les premiers antiesclavagistes, mais à propos de la défense des animaux.

— Oui. Mais je ne suis pas la seule heureusement.

— Hé bien ! j'ai donc une sœur qui se prétend avant-gardiste. Quelle humilité !

— Mon humilité n'a pas de rapport avec le sort de nos esclaves d'aujourd'hui. Elle est mon propre problème. Le tien, c'est ta conscience. La seule question que tu dois te poser est : « que suis-je en train de faire ? ». Pense à la souffrance immense que produit ton industrie. Tu dis souvent que tu aimes les animaux parce que tu aimes tes thacs et tes hinecs, n'est-ce pas ? Est-ce que ça te viendrait à l'idée de leur infliger la moitié de ce que subissent les bovs de Manger Nature ?

— ...

— Alors, pourquoi discriminer les espèces ? Pour quelles raisons logiques les thacs et les hinecs ont-ils droit à des câlineries, pendant que les bovs ne méritent que des tortures jusqu'à la mort ?

— ...

— Ce qui s'appelle racisme en ce qui concerne les races s'appelle spécisme entre les espèces.

Akkal hurla soudainement :

— Je sais ! Je sais ! Spécisme, oui ! Tu m'as déjà sorti ce mot à la con ! Mais, je ne peux pas arrêter ! Tu entends ? Je ne peux pas ! Je ne peux pas !

Akkali intervint :

— Peut-être que vous feriez mieux de partir, Okkala...

— Non, non ! Je ne veux pas qu'elle s'en aille, assura Akkal. Parlons, puisqu'il faut qu'on parle ! Qu'elle m'entende, elle aussi ! Je l'ai écoutée. Alors, qu'elle m'entende !

— Dans ce cas, calme-toi, conseilla Akkali. Asseyez-vous tous et... Que voulez-vous boire, Okkala ?

— Merci, Akkali, je n'ai pas soif.

— Il n'est pas question de soif, enfin ! Un petit vin cuit ?

— D'accord... Merci.

Tous s'assirent. Les enfants gardaient le silence en priant pour que tout se passe pour le mieux.

— Je vais aller voir Cachottier, dit Akkaliza. Je n'en ai pas pour longtemps.

— Je peux t'accompagner ? demanda son frère.

— Viens ! dit-elle en souriant.

Ils les regardèrent sortir.

— Ça ferait tellement plaisir à tout le monde que vous arriviez à vous entendre un peu, dit Akkali, en tendant un verre à sa belle-sœur. Ce doit être possible tout de même !

Le frère et la sœur marquèrent une pause en s'adressant des regards embarrassés.

— Je te disais que j'entends ce que tu me dis, mais que je ne peux pas arrêter, reprit Akkal. J'ai beaucoup trop de dettes, de responsabilités vis-à-vis des employés, de...

Okkala décida de laisser son frère respirer. Elle changea de conversation. Enfin, presque :

— Je suppose que tu as dû recevoir une invitation de Chaîne 2.

— Oui, nous l'avons reçue. Vu ta question, j'en déduis que toi aussi. C'est bien ce que je redoutais.

— Viendras-tu ?

— Non.

— Manger Nature ne sera pas présente à l'émission ?

— Si. Mais, à moins que je ne change d'avis d'ici là, je n'aurai pas la charge de représenter la société. Tu auras quelqu'un d'autre en face de toi.

*

Toro ne savait pas que les umas le nommaient Toro. Il ne savait pas davantage qu'il avait un nom pour quelqu'un. Et pour tout dire, il ignorait même ce qu'était un nom. En tant que bov reproducteur, Toro avait le privilège de bénéficier d'un espace beaucoup plus grand que celui alloué à ses congénères dont le destin était de produire de la chair ou du lait. Il vivait en effet dans un enclos de vingt-cinq mètres carrés, délimité par de robustes barreaux. C'était un mâle dont le sperme présentait l'avantage d'engendrer des individus grossissant vite pour une quantité de nourriture donnée et ayant une masse osseuse relativement réduite. Des caractéristiques appréciables pour produire des bovs à viande rentables. Les vétérinaires de Manger Nature venaient régulièrement prélever sa semence pour la conserver précieusement. On le laissait quelques mois par an à l'air libre, plutôt qu'enfermé, de peur qu'une captivité trop sévère ne réduisît sa fertilité. Et puis, cela permettait de faire de belles images publicitaires, bien plus flatteuses que celles des bovs confinés dans leur geôle qui pouvait à peine les contenir.

Ses conditions de vie étaient en effet très enviables comparativement à celles de ses semblables d'élevages intensifs. Mais, ça non plus, il ne l'avait pas à l'esprit, car il eût fallu pour cela qu'il sût déjà qu'il en avait, des semblables. Non, Toro ne savait pas grand-chose, en fait. Non pas qu'il manquât d'intelligence, ses facultés cognitives n'étant pas du tout réduites ; l'indigence de ses connaissances était seulement due à son isolement. Son monde se limitait à ce qui s'offrait à sa vue : les quelques arbres qu'il y avait autour de son enclos et les rares umas qui venaient, soit lui apporter à manger et nettoyer sa prison, soit se livrer sur lui à des activités dont il n'avait pas conscience, car on l'endormait préalablement à l'aide de quelque substance mélangée à sa nourriture. Toro s'ennuyait beaucoup. Il ne faisait rien d'autre que se nourrir et regarder les mêmes arbres et le même sol autour de lui. Lorsqu'un animal passait dans son champ de vision, c'était tout un événement. Cela arrivait parfois, mais bien trop rarement, hélas ! Une fois, quelque chose avait couru dans les arbres. Cela ressemblait à une sorte d'écureuil. Toro avait tout de suite pris conscience qu'il s'agissait d'un être, de quelque chose de vivant, comme lui. Malgré son bagage extrêmement réduit, quelque chose d'inné en lui l'en avait averti. Il avait hurlé d'enthousiasme en étendant les bras à travers les barreaux. Mais il n'avait réussi qu'à effrayer la créature, qui s'était enfuie bien vite. Alors Toro avait pleuré, sans savoir qu'il pleurait ; la seule chose qu'il savait c'était que parfois cela lui arrivait, quand il était triste, sans savoir qu'il était triste. Il ignorait qu'il n'était pas le seul à avoir des sentiments.

Ce matin-là était, jusqu'à présent, un matin comme les autres pour Toro, mais...

Un petit bruit de brindille écrasée sollicita son ouïe. Tendant l'oreille, il regarda dans la direction de sa provenance. Ce qui se projeta alors sur ses rétines blasées le figea de stupeur : sortant de la végétation, une créature venait d'apparaître. Une créature presque semblable à lui. Elle n'était pas tout à fait identique, mais il n'avait encore jamais rien vu qui lui ressemblât autant. Il en fut si étonné qu'il en perdit l'usage de la parole et de ses muscles. Ce qui fut une bonne chose, car cela lui évita de hurler et de gesticuler au risque d'effrayer cette incroyable rencontre. Dès qu'il recouvra l'usage de ses cordes vocales et de ses membres, ce fut consciemment qu'il s'efforça de modérer sa réaction afin de ne pas renouveler l'expérience de l'écureuil. Ce qui eût été catastrophique, car cette créature-là était nettement plus intéressante que ce dernier. Il se contenta de serrer les barreaux dans ses mains et de pousser quelques petits gémissements de bienvenue.

*

Mahisa fut surprise. Un de ses semblables se tenait devant elle. Après plusieurs jours de marche, c'était le premier qu'elle rencontrait.

— Bonjour, dit-elle.

L'individu gémissait. Ses doigts serraient d'étranges branches debout très lisses, sans ramifications et sans feuilles. Il ne répondit pas, mais continua à geindre doucement. C'était un mâle pourvu d'une musculature impressionnante. Elle s'approcha et lui dit :

— Je suis Mahisa. Je cherche Étos. Étos a été enlevé par les foudres-tueuses avec l'aide des monstres qui ont quatre pattes rondes. Penses-tu que Mahisa se rapproche de leur territoire ?

L'inconnu se contenta de tomber à genoux et de continuer à gémir en tremblant de tout son corps. Puis, il se mit à produire une série de sons plus ou moins articulés sans aucune signification. Il ne vint pas à l'idée de Mahisa que Toro ne savait pas parler. Comment eût-elle pu se douter qu'il n'avait encore jamais rencontré un être de son espèce ? Son comportement la rendit perplexe, mais son attention fut attirée par des bananes et des pommes énormes qui traînaient çà et là sur le sol, de l'autre côté des branches debout. Une des grosses pommes était à sa portée. Elle tendit une main et s'en empara vivement. Cela fait, elle entreprit de la dévorer tout en reculant de peur que ce larcin fâchât l'inconnu. Mais se rendant vite compte qu'il ne pouvait pas franchir les obstacles qui l'entouraient, elle fut rassurée. Elle le fut encore plus quand au lieu de s'indigner, il jeta toutes les pommes de son territoire vers elle pour les lui offrir. Ces offrandes aussi généreuses qu'inattendues la touchèrent beaucoup.

— Merci, dit-elle. Merci, elles sont vraiment très belles et très bonnes. Mais... pourquoi es-tu enfermé par ces drôles de choses ?

Elle n'obtint pour seule réponse que des grognements, des gémissements et des sons aléatoires à peine articulés. Elle mangea deux pommes avec avidité, ce qui calma un peu sa faim, puis elle insista :

— Penses-tu que le territoire des foudres-tueuses et des quatre pattes rondes est encore loin ?

La réaction de cet étrange personnage fut identique à la précédente, en plus frénétique. Ses cris, grognements et gémissements emplirent la forêt.

— Bon, conclut-elle. Merci pour les pommes. Mahisa doit partir.

Après avoir chargé ses mains de trois autres fruits, elle commençait à s'éloigner quand elle l'entendit pleurer chaudement. Il tendait les bras à travers les choses qui le retenaient prisonnier comme pour l'implorer de rester. Elle hésita. D'autant qu'une réaction physique bien visible entre ses jambes venait compliquer la situation ; elle n'avait pas du tout envie de s'accoupler.

*

Toro était en transe. La créature qui lui ressemblait émettait des sons qu'il n'avait jamais entendus, mais qui lui évoquaient quelque chose de si fort que les battements de son cœur l'ébranlaient tout entier. Oh ! Et aussi, quelque chose d'inexplicable se produisait quand il la regardait. Il sentait croître en lui un désir tellement troublant. Il n'eût su préciser, même à lui-même, comment il la trouvait, mais il n'arrivait plus à détacher ses yeux d'elle. Lorsqu'elle commença à s'éloigner, il ressentit une insupportable douleur intérieure, une déchirure intime et profonde qui l'anéantit. Il ne la vit plus qu'à travers ses larmes. L'expérience de l'écureuil avait été dure à vivre, mais si elle partait elle aussi ce serait tout sim-plement insupportable ; il le savait.

*

Ikklobar était un jeune vétérinaire métis, avec un peu plus d'écailles bleues que vertes. Ikkillu lui avait confié la tâche de s'occuper de Toro. Quand il vit sur les écrans des caméras de surveillance l'état dans lequel était le mâle reproducteur, il se demanda ce qu'il lui arrivait. Il ne s'était absenté qu'un ins-tant pour assouvir un besoin naturel et il avait aussi un peu discuté avec une technicienne du service d'entretien. Qu'avait-il pu se passer en si peu de temps ? Il n'en avait pas la plus petite idée. Ikkillu lui avait demandé de l'appeler en cas de problèmes importants. Il décida que c'en était un.

*

Ikkillu, Ekkbokk et Ikklobar descendirent du petit véhicule décapotable tout terrain et s'approchèrent de l'enclos.

— Alors, Toro ! lança Ikkillu. Que se passe-t-il ?

— Houla ! Ça sent les problèmes tout ça, dit Ikklobar. Vise ses yeux tout rouges !

— Il a peut-être été piqué par des insectes, proposa Ikkillu. Il a quelque chose aux yeux, c'est sûr. Ils sont inondés de larmes.

— Ces fichus bestiaux sont très fragiles des yeux, pesta Ekkbokk. On a trop souvent des problèmes avec ça.

— Endors-le, demanda sa chef. Je vais entrer l'examiner. Toi, Ikklobar, va visionner les enregistrements des caméras pour voir ce qui s'est passé sous tous les angles. Je t'appelle-rai quand tu devras venir nous chercher.

Ekkbokk plaça une fléchette dans la carabine hypoder-mique et tira sur Toro. Ils attendirent quelques secondes. Toro cessa de gémir et de gesticuler. Quand il s'affaissa lente-ment sur le côté, ils entrèrent dans l'enclos et commencèrent à examiner le mâle reproducteur.

— Il a dû vouloir fuir quelque chose, observa Ekkbokk. Regarde ces contusions sur sa gueule et un peu partout. On voit qu'il s'est précipité sur les barreaux.

— Oui, c'est possible qu'il ait été attaqué par un essaim de guêpes ou un truc du genre. Ikklobar le verra sur les enregistrements. C'est mal tombé quoi qu'il en soit, il faut que j'aille examiner la bête du patron que nous avons soigné hier.

— Tu sais toujours pas ce qu'il veut en faire ?

— Ben... non, dit-elle.

— En tout cas, c'est perso, puisqu'il nous a dit qu'il nous payerait lui-même.

— Va savoir ce qu'il a derrière la tête ! s'exclama-t-elle, en ouvrant chaque œil de Toro pour l'examiner de près.

— Peut-être un nouveau reproducteur. Mais le bestiau n'en a pas l'air, pourtant. Il est loin de ressembler à une machine à viande.

— Oui, mais il a peut-être un autre gène intéressant. Toro ne semble pas avoir un problème infectieux aux yeux. Je vais quand même faire un prélèvement pour le labo.

— T'as raison. Des fois qu'il aurait attrapé une connerie de bactérie. En tout cas, je ne comprends pas pourquoi on le laisse dehors. Ce serait tout de même plus sûr...

— C'est une idée de celui qui me précédait dans la fonction. Il disait que ça favorise la fertilité. Je n'ai pas jugé urgent de m'y opposer en arrivant au poste. Tu sais, ce n'est pas facile de tout remettre en question quand tu es nouvelle.

— Ouais, je comprends !

*

Si Ekklamisa semblait si figée devant son écran, c'était en fait parce qu'elle était vraiment figée devant son écran. Mais son esprit était loin de l'être, lui. Elle regardait la dernière image de la machine spatiale qui fonçait vers eux avec une fascination ineffable. J'observe le produit d'une ingénierie extraterumastre, ne cessait-elle de se dire. Bien sûr, sur Teruma on fabriquait aussi des antennes paraboliques identiques à celle qui équipait l'engin ; les mêmes besoins ont souvent les mêmes réponses technologiques. Mais que ses composants eussent été pensés et fabriqués par des esprits non teru-mastres suffisait à la rendre envoûtante. La liste de questions que cela entraînait semblait infinie. À quoi ressemblaient ses concepteurs ? Quel était leur niveau au moment du lance-ment de leur voyageur cosmique ? Et était-il à la portée d'un esprit uman d'imaginer celui qu'ils devaient avoir atteint à présent ?

Les derniers calculs étaient encore plus encourageants que les précédents. Plus encourageants, oui, mais plus anxiogènes aussi. Ils indiquaient en effet que la chose passerait à un maximum de cinquante mille kilomètres de la Teruma. Alors, bien sûr, c'était un espoir de plus d'arriver à l'intercepter, mais c'était tout en même temps la certitude d'une frustration d'autant plus grande en cas d'échec.

*

Mahisa avait été terrifiée quand elle avait vu arriver trois foudres-tueuses sur le dos creux d'un quatre pattes rondes. Elle s'était enfuie en poursuivant sa route toujours sous le couvert des arbres, mais sans perdre la lisière de la forêt de vue. C'était un bon moyen de ne pas s'égarer dans ses profon-deurs, où tous les arbres inconnus finissaient par se ressem-bler. Elle avait beaucoup couru. Ses poumons réclamaient beaucoup d'air. À présent, elle marchait. L'épuisement s'abat-tait sur elle. Elle avançait depuis trop longtemps. Il fallait qu'elle dorme. Elle s'enfonça un peu plus dans la forêt en pre-nant soin de prendre un repère pour retrouver la lisière à son réveil ; ce fut un arbre dont les cinq branches, s'élançant d'un tronc court et massif, faisaient penser à une grosse main. Le dépassant d'une dizaine de mètres, elle s'allongea dans une légère dépression capitonnée de mousse et d'herbe courte en se disant qu'il suffisait d'aller dans la direction de la main pour retrouver la lisière. La couche était confortable, elle s'endormit en pensant à Étos.

Le Visiteur

*

Étos s'éveillait lentement en pensant à Mahisa. Il avait le confus souvenir d'avoir fait un horrible cauchemar. Ses multiples douleurs finirent par le réveiller complètement. Il s'assit en serrant les dents et se regarda. Sa surprise fut grande quand il découvrit que sa jambe gauche et son bras droit étaient dans quelque chose qui était raide comme du bois. Ce quelque chose lui faisait mal. Après quelques secondes, il prit plus finement conscience du fait que la douleur n'était apparemment pas provoquée par ces enveloppes, mais qu'il avait mal quelque part à l'intérieur de ses membres. Ces choses étranges sur son corps ne lui furent pas pour autant sympathiques. Alors qu'il tentait de les enlever, il vit Gentille Foudre qui l'observait. Elle se mit aussitôt à siffler, comme elle avait l'habitude de le faire. Puis elle passa vivement deux bras à travers les branches lisses et debout qui formaient sa prison pour lui attraper la main gauche. Sa stupéfaction fut telle que la première seconde il oublia d'avoir peur et donc de se soustraire à ce contact. Les trois secondes qui suivirent n'accordèrent pas plus de place à la peur dans son esprit, car il fut captivé par les caresses que lui prodiguaient dix doigts souples et très doux. Il n'avait, pour l'heure, ni la concentration nécessaire ni la motivation de se livrer au difficile exercice de les compter, mais il vit d'un coup d'œil que les foudres-tueuses avaient beaucoup plus de doigts à chaque main que lui et les siens. Ceci ne lui avait pas vraiment échappé auparavant, mais il l'avait presque oublié. Ce n'était qu'une bizarrerie parmi tant d'autres chez ces créatures qui enfermaient le soleil la nuit. Celle-ci continuait à siffler doucement. Il jugea qu'il n'était pas urgent de retirer sa main, qu'elle caressait toujours. Les mots silencieux de ce langage universel l'apaisaient. La douleur diffuse dans sa jambe et dans son bras le ramena à ce qu'il prenait encore pour un épouvantable cauchemar, car le vague souvenir d'une chute et d'un choc brutal pouvait y être associé. Un doute commença alors à lui titiller l'esprit : s'agissait-il vraiment d'un rêve ?

Regardant autour de lui, il constata que le plancher qu'il pensait avoir brisé était en parfait état. Malgré l'herbe qu'on avait répandue dans sa cage pour son confort, il le voyait tout entier. Ceci le rendit de plus en plus perplexe, au fur et à mesure que les souvenirs de son escapade prenaient de la consistance dans son esprit. Quand la mer infinie de souffrance s'étala de nouveau devant lui, sur l'écran de sa mémoire, il émit un long gémissement et se mit à frissonner. Sa jambe raide lui rendait la position assise inconfortable et douloureuse. Il s'étendit. Ses yeux cherchèrent ceux de Gentille Foudre qui lui caressait toujours la main en sifflant.

— Étos voudrait tant être avec Mahisa, lui dit-il. Qu'arrive-t-il à Étos ? Que sont ces choses autour de la jambe et du bras d'Étos ? Étos a mal... Étos a vu tant et tant de souffrances dans la colline plate. Pourquoi les tiens enferment-ils le soleil ? Pourquoi les tiens nous foudroient-ils ?

*

Akkaliza vivait un moment inoubliable. Elle était persuadée que Cachottier lui parlait. Elle le voyait tout au fond de ses yeux. Elle s'était tue dès qu'il avait commencé à bogrogner. C'était une expérience si exaltante d'avoir réussi à obtenir cette volonté de communication, mais si frustrante de ne pouvoir décoder ce langage. Heureusement, tout était enregistré ; la caméra n'avait rien perdu de ce moment. Elle prévoyait d'étudier ces images avec sa tante, toutes les deux essayeraient de faire le lien entre les mouvements de sa gueule, et même de toute sa face, et les sons qu'il émettait. Cela ne permettrait pas pour autant de lire les pensées exprimées, mais elle serait fière de contribuer à un petit progrès de plus dans ce sens.

Quand Cachottier cessa ses bogrognements, elle dit :

— J'espère que tu me parleras encore souvent comme ça. Et j'espère aussi que tu me diras ce que tu as découvert dans cet horrible lieu où tu es tombé en te faisant si mal. Tu sais, Ikkillu va passer d'un instant à l'autre. Ce sera seulement pour voir si tu vas bien. Pour ma plus grande fierté, tu as fini par t'habituer à moi, mais je sais que, non sans raison, tu te méfies des autres umas. Aussi, je crains que tu aies peur d'Ikkillu et que tu ne la laisses pas t'examiner.

Bien que son bras inférieur gauche fût toujours pansé et un peu douloureux, Akkaliza n'était que très peu handicapée. Discrètement, de sa main droite inférieure, elle saisit une seringue dans la sacoche qu'elle portait en bandoulière.

— Je vais devoir t'endormir un peu, dit-elle en lui faisant une injection tout en lui caressant à présent le bras.

Les umas pouvaient aisément faire un grand nombre de choses à la fois grâce à leur quatre mains possédant chacune dix doigts fins et souples qui étaient tous opposables entre eux et qui pouvaient se plier dans tous les sens, car ils n'avaient pas plus d'articulations que les tentacules des pieuvres.

*

Ikkarix était un grand métis, plus vert que bleu, à l'allure dégingandée. Un brillant mathématicien qui développait une passion pour tout ce qui concernait les orbites. Le genre de personne qui calculait des transferts d'Hohmann, pour rien d'autre que le plaisir, comme ça, machinalement, comme d'autres eussent sifflé. Autant dire qu'Ekklamisa faisait parfaitement confiance à ses prédictions. Cela faisait pourtant la troisième fois qu'elle lui demandait s'il était certain de ce qu'il avançait.

— Je te le confirme, répéta-t-il. Et je te le reconfirme encore et encore. À partir des données astronomiques communiquées, je suis en mesure d'affirmer qu'elle passera à moins de vingt mille kilomètres de nous. Si l'observatoire n'a pas fait d'erreur, si leurs chiffres sont bons... Ce que j'avance est une certitude. Notre visiteur de l'espace ne passera pas plus loin de la Teruma. Il nous rasera !

Ekklamisa se frotta nerveusement les écailles des bras supérieurs avec les mains inférieures. Les frémissements de sa crête traduisaient sa fébrilité.

— Je ne me suis jamais sentie aussi tendue, dit-elle.

— Je le vois bien. Relaxe-toi un peu.

Ils étaient tous les deux chez elle, assis devant une table basse. Elle posa ses quatre mains sur ses genoux :

— Dire que si peu de gens sont au courant de ce qui se passe et qu'ils n'en mesurent pas l'enjeu.

Il se lustra le côté droit du bec d'un doigt discret en répondant :

— En même temps... S'ils ne sont pas au parfum, comment veux-tu qu'ils en mesurent l'enjeu, comme tu dis. Il faudrait faire plus d'annonces, tenir le public informé.

— Ça n'intéresse pas les chaînes plus que ça. Et sur internet, nous n'arrivons qu'à capter l'attention de deux ou trois pour cent de la population.

— De toute façon, qu'est-ce que cela changerait que tout le monde s'y intéresse ? Rien... N'est-ce pas ?

— Tu as raison.

Dans une attitude concentrée, Ikkarix produisit un petit « tip, tip, tip » en tapotant une griffe sur son bec. Au bout d'un moment, il s'exclama.

— C'est à nous de faire tout ce qui est en notre pouvoir pour l'attraper, cet engin ! Alors, faisons l'inventaire de tous les moyens à notre disposition. Imaginons que nous ayons une chance incroyable et qu'il passe sur le bon plan et du bon côté. Qu'avons-nous comme lanceurs prêts ?

— J'ai quatre navettes et trois lanceurs légers. Delta V de vingt kilomètres par seconde pour deux des navettes, quinze seulement pour les deux autres. Les lanceurs légers... ça dépend de la charge utile... Je vais te donner les caractéristiques pour tes calculs. J'ai équipé les quatre navettes d'un bras télescopique muni de crochets et d'organes de préhension. Je m'apprête à donner l'ordre de les lancer sur des orbites croisées à trente ou cinquante degrés. Deux dans le sens direct et deux en rétrograde. Espérons que l'une des quatre ne sera pas trop loin du bon endroit au bon moment et sur un plan proche de l'optimal pour la capture. Je ne sais que faire des trois lanceurs légers.

— Bon... on va voir tout ça.

*

Un rai de soleil presque vertical réveilla Mahisa. Elle se leva prestement pour se remettre immédiatement en route, se reprochant d'avoir perdu du temps alors qu'Étos était sans doute en danger. La présence des trois foudres-tueuses vues la veille était un signe encourageant indiquant qu'elle était probablement entrée sur leur territoire. Enfin ! De plus, le prisonnier qui lui avait donné des pommes, aussi singulier fût-il, permettait d'espérer qu'elles eussent également gardé Étos en vie.

Elle se dirigea vers l'arbre-main, le contourna et suivit la même direction pour retrouver la lisière. Cela fait, elle n'aurait plus alors qu'à tourner à gauche pour poursuivre son chemin dans l'espoir de bientôt revoir Étos. Elle se répéta qu'il y avait de fortes chances pour qu'il fût toujours en vie, retenu prisonnier comme le pauvre inconnu qui avait apparemment perdu l'usage de la parole. Pour libérer celui qu'elle aimait, elle serait prête à tout. Cette fois, elle ne fuirait pas les foudres-tueuses, même si elles étaient plus nombreuses que tous les doigts des deux mains. Formulant mentalement cette promesse, elle baissa la tête pour traverser une zone pleine de racines apparentes dans lesquelles elle risquait de se prendre les pieds.

Quand elle releva le yeux, au détour d'un buisson, elle découvrit plusieurs de ces étranges branches debout qu'elle avait déjà vues devant celui qui lui avait lancé des pommes. Ses yeux s'écarquillèrent et son cœur s'emballa lorsqu'elle reconnut Étos derrière celles-ci.

*

Ykkypol ouvrit la porte pour faire entrer Ikkillu dans son bureau. Après l'avoir refermée, il invita la responsable du service vétérinaire à prendre place dans un fauteuil. Il ne s'assit lui-même qu'à moitié en posant une jambe sur le bord de son bureau et, croisant les quatre bras, il demanda :

— Alors ? Quel est le problème ? Je sais que vous avez laissé un message à Akkal, mais il préfère que je vous reçoive parce qu'il n'a pas beaucoup de temps.

Elle ignora un instant la question pour lui adresser un compliment :

— Vous avez un très joli vernis.

— Merci ! C'est gentil...

Ykkypol était un uma particulièrement coquet qui aimait parer son bec de vernis à son avantage. Celui-ci était d'un rouge vif brillant qui contrastait vivement avec ses écailles bleues satinées.

— Oui, reprit-elle, je sais que le patron est très occupé, en ce moment. Je viens d'aller voir le bov sauvage qu'il garde dans une cage, celui qui s'est blessé dans une chute en s'introduisant chez les laitières.

Elle marqua une pause pour laisser à son interlocuteur le temps de lui apprendre éventuellement quelque chose à ce sujet, mais celui-ci resta silencieux.

— Je voulais parler de Toro, fut-elle obligée de poursuivre.

— Ah bon ? J'espère qu'il va bien ! Nous avons assez de problèmes comme ça.

— Sa vie ne semble pas en danger, mais nous avons tout de même un problème.

— ... ?

Ikkillu raconta ce qu'elle avait constaté et fait sur place.

— Alors ? Vos analyses ?

— Les analyses, rien de particulier à signaler, pour l'instant, mais il est encore tôt pour se prononcer. En revanche, j'avais demandé à Ikklobar de visionner les enregistrements des caméras et grâce à ça nous savons ce qui l'a mis dans cet état d'excitation. C'est une femelle sauvage, figurez-vous.

— Ah bon ! Est-il possible qu'elle lui ait transmis un germe ?

— C'est tout à fait envisageable. Attendons les analyses lacrymales, mais même si elles sont négatives... ce sera toujours une hypothèse valable. On peut encore soupçonner un agent pathogène qui échappe aux investigations du labo.

— Bon, alors ?

— Alors... D'abord, j'avoue que je me demande si c'est une bonne idée de laisser Toro dehors. Il y aurait moins de risques si on le gardait enfermé. Ensuite, ce serait tout de même bien d'envisager de réguler la population de ces bêtes dans la forêt. Elles peuvent être porteuses de vecteurs de maladies susceptibles de contaminer tout l'élevage. Vous savez, le vent transporte tout.

— Oui, c'est vrai. Je vais déjà prier la sécurité de traquer cette femelle et de l'abattre. Puis, je demanderai au préfet d'organiser une battue.

— Bien... Mais pensez à ce que je vous ai dit au sujet de protéger Toro entre quatre murs.

— Hé bien ! Je n'ai pas besoin d'y penser. Faites ce qu'il faut pour ça. C'est vous la responsable du service véto. Réclamez un local fermé à la technique, de ma part.

— Bien ! Je vais m'en occuper.

— Ça vous serait utile pour vos analyses que je vous fasse livrer le corps de la femelle ?

— Éventuellement, oui...

— Bien ! Sinon, où en est-on en ce qui concerne la modification des laitières ?

— Vous parlez de l'ablation des membres... Une équipe est déjà au travail.

— Bon, c'est bien ! Mais je préfère que nous employions le terme « modification » plutôt qu'« ablation des membres ». C'est moins dérangeant.

— Je comprends, en effet. Alors, les modifications sont en cours.

— Bien ! Avez-vous vu notre dernière pub ?

— Non, pas encore, avoua Ikkillu.

— C'est l'agence de communication qui nous propose ça. Je la trouve pas trop mal. Vous me direz ce que vous en pensez. Regardez !

Il fit passer la vidéo en question sur son ordinateur de bureau. On y vit des dizaines de bovs s'ébaudissant dans des prairies vertes et grasses inondées de soleil. Ces animaux heureux, très umanisés, se mirent à danser en chantant que les produits laitiers sont des amis pour la vie.

*

Les yeux de Mahisa se remplirent de larmes de joie. Étos dormait étendu sur d'étranges bouts de bois tout plats recouverts d'herbe. Son bras et sa jambe anormalement gros, raides et entourés d'une chose inconnue l'inquiétèrent. Elle fit le tour de ce qui le retenait prisonnier sans trouver une issue pour le rejoindre. Le toucher était impossible, car il était hors de sa portée.

— Étos ! Étos, mon chéri ! s'écria-t-elle.

Les effets du narcotique commençaient à se dissiper dans les circonvolutions cérébrales d'Étos. Dans ce qu'il croyait être un rêve, il entendait son amour l'appeler et il lui répondait :

— Mahisa ! Celle que Étos aime ! Tu es enfin là ! Mahisa ! Mahisa ! Mahisa !

Dans sa semi-conscience, un ardent bonheur le transporta. Il était si heureux que son allégresse lui fit presque mal à la poitrine.

Mahisa émit un petit cri de joie quand elle l'entendit répondre. Bien que ses mots fussent prononcés d'une voix pâteuse, ils étaient les plus beaux du monde parce qu'ils étaient les siens et qu'il les lui adressait pour lui exprimer son amour.

Elle se sentit dès lors capable de tout pour le libérer. Secouer, essayer d'écarter ou mordre les branches debout ne donna rien. Elle s'apprêtait à monter sur la chose qui l'enfermait quand Étos s'éveilla complètement et lui tendit les bras.

Ils s'étreignirent à travers les branches debout en échangeant des mots d'amour, en pleurant de joie et en se caressant avec tendresse, emportés dans une ivresse de bonheur. L'analgésique qu'Ikkillu avait injecté à Étos, à la demande d'Akkaliza, était heureusement toujours actif.

— Qu'a Étos au bras, à la jambe et sur l'épaule ? s'enquit Mahisa.

Manquant d'air de tant s'embrasser et la poitrine comprimée par l'exaltation de leur cœur, ils arrivaient à peine à parler. Leur félicité les étouffait.

— Étos ne sait pas.

— Ce sont les foudres-tueuses qui ont fait ça à Étos ?

— Certainement, oui. Étos s'est réveillé avec ces choses. Étos ne sait rien d'autre.

— Je vais Étos libérer. Étos me racontera plus tard.

— Comment as-tu retrouvé Étos ?

— L'amour a guidé Mahisa et lui a donné la force de marcher.

Étos se mit à pleurer de tendresse à chaudes larmes. Ils s'étreignirent de nouveau aussi fort qu'ils pouvaient.

— Mahisa a rencontré un inconnu enfermé, comme Étos, derrière des branches debout incassables, dit-elle. Le pauvre ne savait pas parler... Étrange, non ?

— Tout est étrange dans le monde des foudres-tueuses, dit-il en reniflant et en essuyant ses larmes de tendresse. Mais Étos est presque content de savoir qu'Étos n'est pas le seul à subir ça.

— Quand Étos sera sorti de là, Mahisa te fera toucher mon ventre, lui souffla-t-elle à l'oreille. Il y a un petit quelqu'un dedans.

À ces mots, Étos qui s'était à peine calmé se remit à pleurer plus fort encore. Toute sa face tremblait d'émotion. Et il libérait des séries de petits cris qui eussent passé pour des plaintes si l'on n'eût su que c'était à un trop vif bonheur qu'ils étaient dus.

C'est à ce moment-là que deux sifflements se firent entendre. Étos reconnut instantanément l'un d'eux. C'était celui de Gentille Foudre.

— Enfuis-toi vite, ma chérie ! dit-il.

— Des foudres-tueuses ! Je ne t'abandonnerai pas. Je veux les affronter.

— Va ! je t'en supplie. Elles ne vont pas me tuer. Mais toi ?

Il eut beaucoup de peine à la convaincre.

— Je te supplie de me faire confiance. Cache-toi et reviens prudemment plus tard.

Elle partit à regret, mais ne s'éloigna pas trop, cherchant à voir et à entendre ce qui se passait pour lui.

*

— Il ne va pas tarder à retrouver ses esprits, dit Akkaliza à sa tante. C'est horrible qu'il lui soit arrivé ça. Je pensais le libérer dans un jour ou deux, mais il ne pouvait pas savoir.

— Ben, non... Continue à le filmer, en tout cas. C'est très instructif. Tu sais, je suis de plus en plus convaincue que les infimes déformations du bord de la gueule et les plissements de la peau autour des yeux ont une importante signification dans leur communication... en plus des sons, bien sûr.

— Oui, je le filme en permanence en ce moment. J'espère qu'il n'a pas été traumatisé par ce qu'il a vu chez les laitières.

— Certainement qu'il a dû avoir un choc ! Ce sont ses congénères. Nous avons bien été choquées, nous, toutes les deux, en voyant cela. Et pourtant ce ne sont pas les nôtres, de congénères.

— En tout cas, c'est vraiment bien que tu reviennes un peu à la maison. C'est en partie grâce à Akkalo.

— Oui, ton frère y est pour beaucoup, en effet. Je sais que ça te faisait du mal ce qui se passait entre ton père et moi. La situation n'était facile pour personne. Mais, tu sais, cette mé-sentente avec mon frère n'est qu'idéologique. Je le plains beaucoup en fait, et jamais je ne lui souhaiterai de mal.

— Je le sais bien…

Le dernier buisson contourné, elles arrivèrent devant la cage de Cachottier. Akkaliza remarqua tout de suite qu'il n'était pas dans son état habituel.

— Quelque chose ne va pas, dit-elle. Il est extrêmement nerveux. On dirait qu'il a peur.

— Sans doute de moi, parce qu'il ne me connaît pas. Je recule pour ne pas l'effrayer. Ce serait même mieux que je te laisse seule avec lui.

— Il a peut-être peur de toi, oui, mais je sens qu'il y a autre chose. Regarde comme ses yeux sont mouillés. Non, ne pars pas. J'aimerais qu'il s'habitue à toi. Mais reste un peu en retrait. Un peu en retrait et sur le côté aussi, pas derrière moi, pour qu'il puisse voir que tu n'as pas d'arme. Je suis certaine qu'il sait reconnaître un fusil.

— Certainement ! Il a dû voir ton père le mettre en joue.

Okkala se tint trois mètres derrière sa nièce et un peu à sa droite. Deux mains dans les poches de son pantalon et les deux autres bras croisés sur la poitrine, elle attendit sans bouger.

*

Kklapos et Ikklussu, du service sécurité, avaient la mission d'abattre la femelle sauvage repérée dans les environs. Ils marchaient rapidement derrière l'hinec de chasse que Kklapos tenait en laisse. Il était bien visible que l'animal était sur une piste.

— Un peu de gibier ne fera pas de mal, dit Ikklussu. J'espère que personne ne nous réclamera la viande.

— Ben si ! Nous devons la ramener aux vétérinaires…

— Ah bon ! Tu ne me l'avais pas dit, ça.

— Tu ne me l'avais pas demandé, répondit Kklapos.

— Qu'est-ce qu'ils vont en faire ?

— Il paraît qu'ils vont vérifier qu'elle n'a pas une maladie qui risquerait de contaminer tous les bovs de Manger Nature.

— Ah ah ! s'écria Ikklussu. Laisse-moi, rire ! Les enfoirés ! Ils vont se partager la viande, oui !

— Tu as raison, je pense ! J'espère régler ça vite, parce que je comptais finir plus tôt ce soir. Je dois amener mon thac chez le vétérinaire.

— Qu'est-ce qu'il a ?

— Il a mal aux oreilles. Pheu... Je m'en serais bien passé, car ce n'est pas donné, le véto !

— Les vétos de Manger Nature ne peuvent pas...

— Je ne veux pas demander, dit Kklapos. Ne pas être redevable. Je préfère payer. Qu'est-ce que tu veux, quand on aime les bêtes, il ne faut pas regarder à la dépense, hein !

— Sûr !

— Quand je pense qu'il y en a qui les abandonnent dès qu'ils sont malades...

— Ouais ! Ou, juste quand ils sont fatigués de s'en occuper...

— Moi, je te les foutrais en prison, ça serait vite fait !

— Chut ! Elle ne doit pas être loin, regarde comment l'hinec s'excite.

*

Ykkypol était en train de regarder les actualités sur l'ordinateur de son bureau quand Akkal fit irruption.

— Alors, que voulait notre chef des vétos ? demanda-t-il en refermant la porte.

Ykkypol baissa le son pour répondre :

— Oh ! petits problèmes de vétos...

— C'est-à-dire ?

— Toro avait mal aux yeux. Elle soupçonne une bov sauvage de l'avoir contaminé.

— Si ce n'est que ça...

— ...

— Que regardais-tu ?

— Les infos, dit Ykkypol.

— Ah !...

— ...

— Alors ? lâcha Akkal.

— Ils parlaient de cette chose qui vient d'on ne sait où dans l'espace. Ils vont essayer de l'attraper au passage.

— Ah oui... j'en ai entendu parler aussi. Étrange ! pas vrai ? C'est drôle de se dire qu'on ne serait pas seul dans l'Univers. C'est fou !

— Oui, en effet !

— Comment vont-ils faire pour l'attraper ?

— Comment veux-tu que je le sache ? s'étonna Ykkypol en vérifiant l'état du vernis de son bec dans le reflet que lui offrait un miroir mural.

— Je me disais que peut-être tu savais...

— Hum... et si tu me disais ce que tu cherches à me dire depuis que tu es entré dans mon bureau ! Au lieu de gagner du temps.

Akkal se gratta les écailles du front.

— Tu as raison, reconnut-il. Je me demandais si... comment dire...

Ykkypol se tint le menton d'une main, se tapota le bec d'une autre et croisa et décroisa les doigts des deux dernières, attitude par laquelle il montrait qu'il attendait patiemment. Akkal se sentit obligé de poursuivre :

— Je me demandais si... si ça te dirait de me racheter mes parts.

Ykkypol ouvrit de grands yeux dilatés par la stupeur :

— Qu'est-ce qui t'arrive ? balbutia-t-il.

— ...

— Écoute ! dit Ykkypol en posant ses quatre mains à plat sur le bureau, tu passes un mauvais moment, mais ça va aller mieux. Nous allons renouer avec les bénefs. Je le sais. Les laitières modifiées seront bientôt en production et nous allons écraser Ralchadomac, c'est sûr ! Tu ne vas tout de même pas nous lâcher ! On en a vu d'autres tous les deux !

— ... Je ne sais que te répondre. Je vais peut-être vendre. C'est pas sûr, mais peut-être... Mais si je vends, je préfère que ce soit à toi. Ou que, du moins, tu me rachètes ce qu'il te manque pour être majoritaire, si tu ne peux pas ou ne veux pas tout me reprendre.

— Mais... qu'est-ce qui ?

— Autre chose : finalement, ce sera peut-être moi qui débattrai contre ma sœur à la télé.

— Quoi ! Mais, je ne te trouve pas très motivé pour défendre nos affaires !

— C'est vrai, tu as raison, reconnut Akkal la crête soudainement si molle qu'on l'eût cru en train de couler sur sa tête. Je ne sais plus trop où j'en suis. Je ne sais plus trop où j'en suis...

*

Étos était assis, le menton posé sur le genou de sa jambe valide repliée. Il regardait les derniers feuillages se refermer derrière les deux foudres-tueuses. Tendant l'oreille pour être certain qu'elles continuaient à s'éloigner, il attendit afin qu'elles fussent le plus loin possible. Il dut lutter contre lui-même pour se contraindre à être patient. La foudre-tueuse qui accompagnait Gentille Foudre n'avait pas une chose qui tonne et qui tue en mains, mais... mieux valait pourtant être trop que pas assez prudent. Au moment où il se retournait en pivotant sur les fesses pour appeler Mahisa, le son d'une chose qui tonne et qui tue le fit tressaillir.

Mahisa ! hurla son cœur en s'emballant douloureusement. Il sentit l'angoisse lui serrer la poitrine. Ses yeux affolés fouillèrent les interstices des buissons.

Dans un bruit de feuillages agité, Mahisa surgit de la forêt. Elle entoura ses doigts autour des branches debout de sa prison, et lui sourit.

— Mon amour ! dit-elle.

Le soulagement le fit passer instantanément d'une horrible terreur à une joie insane. Le choc de cette transition avait été si violent que, sans même s'en rendre compte, il avait réussi à se lever sur sa seule jambe valide.

— Mon amour ! répondit-il, entrelaçant ses doigts aux siens.

Mais soudain, Mahisa émit un râle et s'effondra. Étos découvrit alors l'énorme trou ruisselant de sang sous sa nuque. Il se jeta sur le plancher de sa cage en hurlant et tendit le bras pour la toucher, pour l'attirer à lui, pour essayer de lui venir en aide. Deux de ses doigts seulement arrivaient à effleurer son épaule. Il sentit sa peau. Criant Mahisa sans s'arrêter, il se trémoussa en forçant pour avancer davantage son bras. La vision de l'horrible blessure livrant à son regard exorbité l'intérieur de la chair de son amour lui arracha des hurlements de désespoir. Il ne remarqua pas l'animal qui venait d'arriver. Pas plus qu'il ne vit les deux foudres-tueuses, dont l'une tenait ce dernier par le cou au bout d'une longue chose.

En cet instant, pour lui, le monde se réduisait à Mahisa et à son accablement. Plus rien d'autre n'atteignait sa conscience. Le bras tendu vers celle qu'il aimait, il ne cessa pas de l'appeler. C'était la seule chose qu'il pouvait faire pour essayer d'infléchir l'insoutenable cours des événements.

Jamais bov et uma n'avaient pleuré à l'unisson

Ikklussu se baissa pour calmer Yepp. Gémissant d'excitation, soulevant les feuilles mortes avec sa truffe, l'hinec de chasse tirait de toutes ses forces sur la laisse.

— La chevrotine, il n'y a que ça de vrai ! s'exclama Kklapos. T'as vu le trou que je lui ai fait ! Je l'ai explosée, la bestiole !

— Sûr ! Mais que fout cette bête-là, couchée dans cette cage ?

— Sais pas ! On est pas loin de la maison du patron, là. Il doit faire des expériences. Avec tous ces trucs qu'il a sur lui...

— On dirait pas plutôt des plâtres pour réparer les fractures ? Non ?

— Peut-être. En tout cas, il n'a pas l'air bien, à bramer comme ça. On ferait mieux de se barrer. S'il crève, on risque de nous faire des reproches, encore.

— Tu as raison ! approuva-t-il. Tu vas voir que ça va être notre faute ! Surtout que je te rappelle qu'on nous a demandé d'éliminer cette bête parce qu'elle risque d'être contagieuse pour les bovs. Un truc aux yeux, il paraît.

— Non, mais... Elle n'a pas pu contaminer celui-ci si vite.

— Qui te dit que c'est la première fois qu'elle l'approche ? On dirait bien qu'il a un problème aux yeux justement.

— C'est vrai. Il n'arrête pas d'essayer de la toucher en plus.

— Touche pas, merde ! s'irrita Kklapos en donnant un coup de pied sur le bras tendu du bov en cage. Il va chopper le virus, cet abruti de bestiau, et ça va nous retomber dessus ! Il vaut mieux se barrer vite d'ici et dire qu'on l'a tuée ailleurs, plus loin. Yepp ! ça suffit ! Du calme, du calme, Yepp !

— Ho, hé ! pas notre faute si elle est venue crever là ! Tu as tiré plus loin, là-bas...

— Oui, mais... tu sais quand ils sont pas contents, il leur faut des responsables. Transportons-la plus loin.

Chacun la tenant par un pied, ils déplacèrent la bov de quelques mètres. Kklapos revint relever l'herbe avec les pieds pour dissimuler les traces de sang, puis ils la traînèrent dans les profondeurs de la forêt.

— J'aurais bien emporté une cuisse, mais j'ai plus envie d'en prendre pour chez moi, si elle est malade. Ce n'est peut-être pas bon pour la santé, dit Ikklussu.

— De toute façon, je t'ai déjà dit qu'ils veulent la récupérer pour des analyses. Alors, nous n'avons pas le choix. Allons-y, charrions-la jusqu'à la voiture. On dira qu'on l'a abattue près de Toro.

— Ouais, mais tire cette bête plus fort ! Déjà que je tiens Yepp, qui part dans tous les sens sauf dans le bon ! Pas facile !

— Dur métier...

— Yepp ! Calme-toi ! Arrête de tirer !

*

Toro ressentait une souffrance intérieure qu'il n'avait jamais connue. La nature avait donné la parole à sa testostérone, mais l'avait aussi frappé en plein cœur. Or, c'était un cœur tendre d'adolescent très vulnérable au si légendaire coup de foudre de cupidon. La créature était si semblable à lui et pourtant si différente de lui aussi ! Bien que Toro fût, sans le savoir, des milliers de fois père, il n'avait jusqu'alors encore jamais rencontré une congénère. Celle qui était restée un moment près de lui occupait la totalité de son esprit. L'image, la voix, l'odeur, la gestuelle, tout d'elle s'était engouffré dans sa mémoire. On eût pu même dire que sa mémoire n'était plus qu'elle, tant il ne pensait à rien d'autre.

Il avait à peine remarqué les êtres qui sifflaient près de lui depuis un moment. Bien que leur présence fût très souvent liée à l'apport de nourriture, il ne leur accorda pas la moindre importance. Il restait étendu sur le ventre contre la terre, les membres en croix, à l'écoute de sa souffrance, seule chose qui lui restait de cet instant magique dans sa vie si monotone.

*

— On le transportera plus tard, dit Ikkillu. Si on est sûr qu'il n'a rien de grave.

— Sinon, toujours rien du labo ? demanda Ekkbokk.

— Non, rien.

— Pourtant, il n'a pas l'air de se porter comme un charme.

— C'est le moins que l'on puisse dire ! s'exclama Ikklobar. Je ne l'ai jamais vu comme ça. Il ne veut rien manger. D'habitude, quand je lui jette des bananes et des pommes... Il ne se fait pas prier.

— Serait-il atteint d'un agent contaminant inconnu ? se demanda Ikkillu en se pinçant pensivement le dessous du bec.

— Ou une allergie à la con... proposa Ekkbokk.

— Ou une allergie, oui, pourquoi pas.

— À la nourriture, vous croyez ? demanda Ikklobar.

— Je pense plutôt à quelque chose que portait la femelle sur elle, dit la chef.

— Putain de bestiau ! Il nous en aura fait voir ! fit philosophiquement observer Ekkbokk. Où va-t-on le mettre quand il aura fini de faire le con ?

— Je l'ignore encore, avoua Ikkillu. Le service technique a libéré un local, mais je ne sais pas exactement où...

Un bruit dans la forêt les interrompit. Tournant la tête, ils virent arriver les deux chasseurs qui traînaient leur proie.

— Ha ! vous l'avez eue finalement ! fit Ekkbokk.

— Oui ! Pas facilement, mais oui, répondit assez fièrement Kklapos.

Pas fâchés de se reposer un peu, ils lâchèrent le corps à une dizaine de mètres de la cage.

— Il faut qu'on l'apporte au labo, expliqua Ikklussu. Il paraît qu'ils vont faire des analyses pour savoir si...

Ikkillu l'interrompit :

— Je sais, je sais ! C'est pour moi, en fait. Vous n'avez qu'à la laisser là. Nous nous en occuperons.

— Ah ! Ben, c'est pas de refus ! Je dirai qu'on vous... Yepp ! Arrête un peu de tirer ! C'est fini, oui ! ... ...Excusez-moi, je disais qu'on signalera qu'on vous l'a laissée, alors.

— Oui, c'est ça. Merci, pour votre aide !

— Pas d'quoi !

Les deux agents de sécurité saluèrent et s'éloignèrent.

— Qu'est-ce qu'il a, lui, à s'énerver comme ça, à présent ? ronchonna Ekkbokk.

Toro secouait les barreaux de son enclos en bogrognant si fort qu'il s'étouffait à moitié.

— Tu vois bien que c'est la femelle qui le met dans cet état, fit remarquer Ikkillu. C'est la première fois qu'il en voit une.

— Ha ! les hormones ! Hé ! mais, il va se défoncer, le con, regarde ça !

Toro se cognait de toutes ses forces contre les barreaux.

— Vite ! cria Ikkillu. Enlevez-la ! Portez-la dans la voiture, pendant que je le calme.

Elle prépara une fléchette de tranquillisant.

*

À plat ventre, Étos tendait son bras à travers les branches debout pour attraper des brins d'herbe qu'il posait sur ses lèvres tordues de douleur. Le corps de Mahisa avait été allongé sur eux. Ils avaient été en contact avec sa peau. Une foudre-tueuse avait piétiné l'endroit, mais il restait encore quelques brins tachés de rouge. Étos avait cueilli tous ceux qui étaient à sa portée. Il les embrassait et les frottait sur ses joues, pleurant à perdre toute l'eau de son corps. La torture qu'endurait son cœur était si grande, qu'il n'existait plus que par elle. Il n'était plus rien d'autre. Tout ce qu'il fut avait disparu, soufflé par l'explosion de sa souffrance. Il n'était plus qu'une douleur. L'image du sang et de la chair à nue dans le dos de Mahisa brûlaient son esprit. Elle ne voulait pas le quitter. Secouant la tête comme pour la chasser, il hurlait sa détresse et son désespoir. Il continuait à tendre ses doigts tremblants vers l'herbe pour ramasser tous les brins sacrés. Aveugle et sourd au reste du monde, il ne voyait pas et n'entendait pas Gentille Foudre qui lui parlait et le touchait.

*

Akkaliza caressait tendrement le dos de Cachottier en pleurant, elle aussi, à sa façon.

À sa façon, parce que, à proprement parler, on ne pouvait pas vraiment dire qu'elle pleurait, car les umas montraient leur tristesse d'une manière tout à fait différente. En effet, rien ne changeait dans leurs yeux ; leurs glandes lacrymales ne traduisaient aucune émotion, elles ne servaient qu'à mouiller la cornée quand c'était nécessaire.

Lorsqu'un uma « pleurait », les deux parties de son bec, vibrant l'une contre l'autre, produisaient un son très particulier reconnu par tous ses congénères, qu'ils fussent bleus ou verts. C'est ce que faisait Akkaliza en caressant l'animal auquel elle s'était tant attachée. Elle ressentait son immense détresse et la partageait.

Jusqu'alors, jamais bov et uma n'avaient pleuré à l'unisson. C'était la toute première fois.

Le bec d'Akkaliza vibrait d'une façon qui eût ému l'uma le plus endurci. En ce moment plus que d'habitude, elle ressentait l'immense frustration de la barrière de communication interespèces. Elle ne comprenait pas ce qui rendait Cachottier si triste, mais elle le sentait souffrir. Que la suractivité des glandes lacrymales ne traduisait pas seulement une douleur physique, devint pour elle une certitude. Le jour commençant à décliner, elle se disait qu'elle n'aurait jamais le courage de le laisser seul dans cet état. Sans cesser de le caresser, elle saisit la caméra pour visualiser ce qui s'était passé durant son ab-sence, espérant trouver la cause de cette accablante détresse.

Comme ses 199 999 compagnons

Ekklamisa leva encore les yeux vers l'écran géant du centre de contrôle spatial. Celui-ci affichait la même chose que tous les moniteurs personnels en face de chaque membre de l'équipe au sol :

Coordonnées de la cible au moment optimal T = 0 :
X = 32° 27' 42".
Y = 27° 33' 56".
Z = 18 023 056 m.
V dans le sens direct = 11 103 m/s.

T actuel = - 117,334.

— On va l'avoir ton beau jouet venu d'ailleurs, lui dit Ikkarix à voix basse. Arrête de regarder le décompte toutes les quatre secondes ! Tu vas finir par user les chiffres ! Pourra plus s'en servir après !

Le grand métis était assis à sa droite. Les quatre mains posées sur les cuisses, il arborait un air amicalement goguenard. En réponse, Ekklamisa émit sur commande un crissement en agitant les écailles de son cou, ce qui était un rire forcé.

— Très drôle ! Mieux vaudrait pour l'umanité n'avoir plus de chiffres que de perdre cet engin qui voyage depuis au moins un million d'années pour arriver jusqu'à nous.

— Oui, mais sans chiffres, elle ne saurait pas ce que veut dire un million.

Ekklamisa fit basculer sa crête d'un côté puis de l'autre, mimique aimablement exaspérée qui dans sa signification ressemblait un peu à un haussement d'épaules exprimant l'impatience.

T = - 117,311, vit-elle sur son moniteur.

La navette Aventure était la mieux placée. Ekklamisa avait une grande confiance en son commandant de bord et son l'équipage. Tout devrait bien se passer. La manœuvre de changement de plan orbital s'était parfaitement déroulée. Aventure se trouvait sur la bonne inclinaison. Pour la navette, il ne manquait plus que la bonne accélération, au bon moment. Ce n'était qu'un rendez-vous spatial après tout. À moins d'une panne de moteurs au dernier moment...

Mais il y avait beaucoup plus complexe. Il fallait ralentir l'engin pour le capturer, car il passerait à 11 103 m/s alors que la navette ne serait qu'à 9 500 m/s à cette altitude. Il fallait donc lui faire perdre 1 603 m/s. Sans cette précaution, toute tentative de le retenir provoquerait une terrible collision qui détruirait et la cible et la navette. Heureusement, Ikkarix et son équipe de matheux avaient travaillé dur. Les ingénieurs et les techniciens aussi. Résultat de toute cette belle intelligence sur laquelle Ekklamisa s'appuyait : À T = - 30, Aventure lancerait un engin propulsé, appelé Faucon, qui devancerait la cible pour la capturer dans un filet, à T = 0, afin de la ralentir pour la placer en orbite terumastre. À T = 0, Faucon devrait se trouver juste devant la cible à 11 102,5 m/s. Il ne lui manquerait plus alors qu'à utiliser ses rétrofusées pour faire perdre de la vitesse à sa capture.

Si cela marchait, on pouvait dire que la mission était réussie, car une fois la cible en orbite autour de la planète, la récupérer n'était plus alors qu'un rendez-vous spatial comme un autre. Tout avait été calculé pour qu'Aventure l'intercepte deux tours d'orbite plus tard, mais si cela ne marchait pas on aurait dans ces conditions le temps de recommencer autant de fois que nécessaire.

T = - 117,107, lut Ekklamisa sur l'écran géant. Elle se retint d'appeler Aventure pour demander une énième vérification de Faucon.

Il faut que je fasse tout pour ne pas m'évanouir à T moins trente, se dit-elle.

— Fais un effort pour ne pas t'évanouir à T moins trente, lui souffla Ikkarix.

— Je ne sais pas pourquoi, mais j'ai envie de te mordre, répondit-elle.

*

Les connaissances de 122 724 étaient encore plus réduites que celles de Toro.

Comme 1, comme 2, comme 3, comme 267 ou comme 23 796 ou bien aussi comme 200 000, il ne savait pour ainsi dire rien. Les 200 000 bovs castrés savaient seulement qu'il existait de la nourriture devant eux, des barrières si proches qu'il était impossible d'étendre un membre, des démangeaisons sur tout le corps, des plaies postérieures à cause de la grille sur laquelle ils étaient assis, et pour finir une extrême lassitude de vivre.

À cette courte liste se résumait tout ce qu'ils connaissaient de l'existence.

Comme ses 199 999 compagnons d'infortune et comme Toro, mais contrairement à ses semblables libres, 122 724 ne savait pas communiquer, car, isolé, il n'avait appris aucun langage. Gavé de tout ce qu'il fallait pour grandir et grossir le plus rapidement possible, il avait très rapidement atteint la taille optimale pour être consommable ; si rapidement en fait, qu'il n'était encore qu'un adolescent. Le moment était donc venu pour lui d'être découpé en morceaux de viande.

Aujourd'hui, lui et quelques centaines de ses compagnons allaient connaître ce sort.

Bien que ces animaux d'élevage fussent tous littéralement déformés à cause de leur musculature hypertrophiée par les stéroïdes anabolisants, aucun ne savait marcher, car aucun dans sa vie n'avait eu l'occasion d'effectuer un seul pas. Mais, ils n'avaient pas besoin de marcher, car tout avait été prévu.

Un employé de Manger Nature passa un anneau autour de sa cheville gauche et une attache réunissant ses deux poignets dans son dos ; la fréquence relativement faible de ces gestes sur chaque poste ne justifiait pas d'investissement pour les automatiser. 122 724 sentit les objets, mais il n'eut pas le temps de s'en préoccuper, car il fut aussitôt sans ménagement retourné sur lui-même et soulevé par la jambe à l'aide d'un treuil monté sur un rail fixé au plafond. Ce dispositif de levage commença à rouler. Suivant un réseau d'aiguillage, il transporta horizontalement 122 724, tête en bas, à une dizaine de mètres au-dessus de ses semblables. Sous lui ils étaient deux centaines de milliers, tous assis, comme il l'avait été lui-même si longtemps.

Pourtant, ce qu'il vit de là-haut ne lui inspira absolument rien, car n'ayant jusqu'à ce jour pratiquement rien vu d'autre que sa mangeoire, il ne l'appréhenda pas. Il n'avait même pas les moyens cognitifs de réaliser qu'il était en l'air. Mais, malheureusement, nul besoin d'être particulièrement érudit pour ressentir la douleur et la peur. 122 724 avait très mal à la cheville et il était terrorisé. La pénible sensation de la pression du sang qui descendait dans sa tête augmenta encore sa détresse. Il émit des bogrognements déchirants en gesticulant instinctivement, mais, plus il bougeait, plus il avait mal à la cheville et à la jambe. Vingt mètres devant lui, 122 723 subissait les mêmes tourments, le devançant de quelques secondes vers la mort. Une mort somme toute libératrice. Lui-même devançait 122 725 qui était victime d'une adversité analogue. D'autres et d'autres, encore et encore, devant 122 723 et derrière 122 725, s'agitaient et hurlaient d'épouvante et de douleur, tous pendus tête en bas. Le long défilé de détresse suspendu ne prenait jamais fin ; guirlande macabre qui avançait sans cesse. Sans cesse ou presque, pourrions-nous dire, car les quelques rares fois où le mécanisme s'était un instant arrêté correspondaient à de courtes pannes rapidement réparées. Manger Nature et Ralchadomac étaient d'énormes machines qui devaient produire leur tonnage de chair chaque jour.

122 724 fut ainsi transporté jusqu'à la chaîne d'abattage. Là, le câble se déroula pour le faire descendre jusqu'à ce que son cou fut à une hauteur confortable pour l'opérateur.

Bien que sa vision fût inversée puisqu'il était à l'envers, 122 724 reconnut un uma. Il en avait déjà vu de temps en temps dans sa courte vie. Dès la première fois, quelque chose en lui, quelque chose d'inné, lui avait fait deviner qu'il s'agissait d'un être. Un être différent de lui, mais un être comme il en était un lui-même. Bien sûr, comme il ne possédait aucun vocabulaire pour fixer ce concept, cette certitude était restée une pensée sans nom. Mais, l'image mentale qui se rattache aux mots être ou créature n'en était pas moins claire dans son esprit.

122 724 reconnut donc un uma, mais il ne comprit pas pour autant ce que celui-ci lui voulait. Mais, les hurlements de ses compagnons d'infortune et l'odeur du sang lui donnaient une idée de ce qui l'attendait. La terreur l'emplit tout entier.

La procédure officielle exigeait que les animaux fussent tués instantanément et sans douleur avant la découpe. Mais le poste chargé de cette besogne était un peu délaissé, car il n'était pas un élément important au service du rendement ; il ralentissait même le travail. Les pistolets à tige perforante, destinés à perforer le crâne pour détruire le cerveau, ne fonctionnaient qu'une fois sur deux. Il est vrai que ce matériel jugé superflu pour la productivité n'était pas entretenu, mais de toute façon pour aller plus vite les employés « oubliaient » souvent de l'utiliser. Ainsi, 122 724 arriva parfaitement conscient devant le premier poste de la chaîne qui allait le transformer en morceaux de viande en barquettes pelliculées destinées aux consommateurs.

Quand la lame ouvrit sa gorge et qu'il commença à s'étouffer en inspirant son propre sang, sa vision s'obscurcit. Les cordes vocales tranchées, il fut réduit à endurer en silence. Il se débattit au bout de son câble, mais la douleur dans sa gorge fut telle qu'il ne sentit plus sa cheville. Une réduction du débit sanguin dans les artères cérébrales lui eût offert une opportune perte de connaissance, mais la position dans laquelle il se trouvait favorisait hélas l'irrigation du cerveau, retardant ainsi la syncope libératrice. Continuant à avancer jusqu'à l'opérateur suivant, il était encore parfaitement conscient quand la scie circulaire commença à le découper. Nul n'est en mesure de décrire ses souffrances, car nul témoin n'a survécu à un tel traitement.

*

Divorcée et sans enfant, Ikkillu vivait seule. Elle regardait tranquillement la télévision en mangeant de la chair de 122 124, un bov à viande qui avait subi un traitement identique à celui qu'avait enduré 122 724, deux jours auparavant. C'était un plat en sauce qu'elle affectionnait particulièrement. De temps en temps, Kkamdora, sa hinec de race, venait lui quémander un morceau de chair cuite. Elle lui en donnait un en répétant toujours la même phrase :

— Ça suffit de mendier, vilaine ! Voilà, c'est le dernier, hein !

Aux informations locales, le présentateur parlait d'un jeune uma condamné à deux mois de prison pour avoir maltraité un petit thac en le jetant contre un mur devant des témoins scandalisés.

Deux mois ! se dit-elle. Ce n'est pas assez ! Je lui aurais foutu dix ans, moi ! Faire souffrir les bêtes comme ça... Saleté, va ! Ça ne mérite pas de vivre des gens comme ça !

Elle portait un morceau de viande dans son bec quand la sonnette d'entrée retentit.

Qui vient à cette heure sans prévenir ? se demanda-t-elle.

Sa hinec grogna.

— Chut, Kkamdora ! lui intima-t-elle.

Avalant rapidement, elle se leva et marcha jusqu'à la porte. Surprise de voir son patron sur l'écran du judas, elle ouvrit en oubliant toute formule de politesse :

— Monsieur Akkal ? Que ?... Que... ?

— Bonsoir Ikkillu. Excusez-moi de vous déranger aussi tard, mais je devais vous voir de toute urgence.

— Bonsoir, Monsieur Akkal. Excusez ma tenue décontractée, mais je n'attendais personne...

— Je n'ai pas beaucoup de temps. Chaque seconde compte. Je vous donnerai tout ce que je possède, si vous arrivez à...

— À quoi ? Mais entrez, entrez... Que se passe-t-il ?

Akkal ne fit que deux pas pour franchir l'ouverture. Elle put à peine refermer la porte sans le bousculer. La crête molle, le vernis de son bec un peu écaillé, il avait l'air abattu et négligé.

— Où est la bov sauvage blessée par le service de sécurité ?

— Au labo. Pourquoi ?

— Venez tout de suite avec moi, c'est urgent. Je vous donne tout ce que j'ai si vous arrivez à la sauver.

— Mais...

— Nous perdons du temps. Il faut agir maintenant !

La situation était tellement inattendue qu'Ikkillu avait du mal à vraiment saisir ce qui se passait. Elle ne savait comment réagir. Devait-elle insister pour qu'il entre au moins le temps de s'expliquer plus clairement, ou devait-elle le suivre comme il le demandait ? Dans ce cas, devait-elle se changer pour être plus présentable ou...

— Je vous en prie Ikkillu, dit Akkal en se grattant les écailles du front. C'est une question de vie ou de mort. Je vous offre toutes mes parts de Manger Nature si vous gardez cette bête en vie.

— Mais, Monsieur... elle est déjà morte.

— En êtes-vous certaine ?

— ...

— Vous en êtes-vous assurée ?

— Non.

— Toutes mes actions de Manger Nature, Ikkillu. Toutes ! Cinquante et un pour cent. Vous serez la patronne à ma place.

C'était tellement surréaliste qu'il lui fallut trois secondes pour se décider :

— Allons-y.

*

Ekklamisa était chez elle. Elle n'arrivait pas à empêcher ses yeux de se tourner vers le décompte : T = -85,532.

Celui-ci était affiché sur son ordinateur portable, posé sur la table de la salle de séjour, ainsi qu'au mur, sur le moniteur relié au centre spatial. Ikkarix lui tenait compagnie. Elle l'avait invité à passer la soirée avec elle. Son humour était parfois agaçant, mais elle avait besoin de lui pour attendre moins anxieusement. Ils avaient avalé un plateau-repas devant la télévision. Ikkarix, qui était végane depuis des années, tenait à voir Antenne Enquête sur Chaîne 2. Adhérent de l'association Deux Un Quatre, il ne cachait pas son admiration pour sa présidente Okkala. L'émission était sur le point de commencer.

— Ça me fera patienter et je vais apprendre des choses qui me permettront de mieux comprendre ton véganisme, dit Ekklamisa.

— J'espère que tu t'y mettras. Ça sera plus compatible avec ton métier...

— Pourquoi ?

— Parce que consommer des produits d'origine animale, c'est éthiquement primitif !

— Primitif ?

— Ben, oui ! Tu sais bien que j'ai toujours rêvé d'être spationaute...

Ikkarix n'avait pas pu embrasser cette carrière à cause de problèmes de vue.

— Oui, je sais... mais quel rapport ?

— Je me suis imaginé à bord d'une navette, prêt à partir dans l'espace, dans ma belle combinaison, entouré des technologies les plus pointues... avec de la chair animale dans le ventre ! Ah ! Quel anachronisme, n'est-ce pas ! Pourquoi pas une massue sur l'épaule aussi ! Tu devrais penser à ça, pour toi, tu sais ! Toi qui diriges des opérations de missions spatiales...

— ...

— ... Du muscle mastiqué dans ton estomac et une massue posée à côté de ton clavier ! Ah ah ah !

Il émit un crissement, en agitant les écailles de son cou, qui correspondait à ce petit rire sec qui agaçait souvent Ekklami-sa. Mais cette fois, elle fut plus décontenancée qu'agacée.

Une marche de plus sur l'escalier du progrès

Okkala fut très surprise de voir Ukkosal parmi les invités de l'émission. Il avait un air fermé quelque peu inquiétant. Elle n'avait pas pu lui adresser la parole parce qu'il était arrivé au dernier moment, presque à l'instant où l'animateur les avait tous installés face aux caméras. Elle le trouva vraiment bizarre. Basculant nerveusement sa crête toutes les quelques secondes d'un côté puis de l'autre, il évitait apparemment de lui accorder un regard. Il préférait fixer un point indéfini droit devant lui. Elle espéra qu'il ne ferait pas un scandale contre-productif.

— Chers téléspectateurs et chères téléspectatrices, bonsoir ! commença l'animateur Ukkaire. Bienvenue sur le plateau d'Antenne Enquête, sur Chaîne 2. Le thème de l'émission de ce soir est : « Le véganisme est-il une mode passagère ou un mouvement naissant destiné à se développer ? » Je vais vous présenter les neuf invités venus pour en débattre. Afin d'être impartiaux, nous avons essayé de réunir des personnes concernées de tous bords.

Le champ de la caméra s'élargit pour montrer un demi-cercle de fauteuils blancs dans lesquels les invités étaient installés. Tous faisaient face à l'animateur situé au centre de cet arc.

— Alors, je commence à gauche, poursuivit Ukkaire. Bonsoir, madame Ukkuulaaé ! Vous êtes à la tête d'une petite exploitation. D'après ce que me dit ma fiche, vous avez, madame, une centaine de laitières et un peu moins de bovs à viandes, n'est-ce pas ? Vous me corrigerez si je me trompe.

— Bonsoir... C'est bien ça, oui...

Le Visiteur

La caméra montrant un gros plan sur chaque invité :

— Bonsoir, monsieur Akkoronta ! Vous êtes là, vous, pour vous exprimer au nom de la société Ralchadomac, une des plus grandes unités de production de viande et de produits laitiers. Ralchadomac ce n'est pas moins de quatre-vingt mille laitières et trois cent mille bovs à viande. C'est énorme !

— Bonsoir, monsieur Ukkaire ! Oui, c'est pas mal, en effet.

— Madame Okkala, bonsoir ! Vous êtes ici la porte-parole de l'association Deux Un Quatre. Vous nous direz plus tard l'origine de ce nom étrange. Nous vous avons invitée parce que vous êtes l'une des figures du véganisme. Attendez-vous donc à être criblée de questions puisque c'est bien de cela que nous allons parler ce soir. Vous militez purement et simplement contre l'exploitation animale et pour une alimentation exclusivement végétale.

— Bonsoir. Nous sommes véganes, donc nous refusons de consommer et d'utiliser tous produits d'origine animale. Pas seulement l'alimentation. Nous n'utilisons pas de la peau de bête, par exemple.

— Peau de bête ?

— Oui, la peau des animaux. Vous appelez ça du cuir, vous, pour oublier que c'est de la peau d'animal.

— Heu... oui ! D'accord, vous nous en parlerez plus précisément dans un instant.

L'animateur s'adressa à l'invité suivant :

— Bonsoir, monsieur Ykkypol !

— Bonsoir.

— Vous représentez vous aussi une très grande exploitation. Elle est bien connue par les consommateurs et s'appelle Manger Nature. Cette entreprise exploite cinquante mille laitières et deux cent mille bovs à viande.

Ykkypol opina de la crête. Son vernis à bec écarlate brillait comme de l'or pur sous la généreuse lumière des projecteurs.

— Bonsoir, Madame la Ministre de l'Agriculture !

— Bonsoir, monsieur Ukkaire.

— Merci d'avoir honoré notre invitation.

— Je vous en prie...

— Nous comptons sur vous pour répondre aux questions de nos invités, mais vous aurez bien entendu tout le loisir de vous exprimer spontanément pour enrichir le débat.

Okkala remarqua que le regard d'Ukkosal n'avait pas dévié d'un degré. Il continuait à fixer en face de lui un endroit du mur sans détail particulier. Son bec n'était pas verni. Dans la vie courante, c'était une apparence déjà jugée très négligée, pour un uma. Alors, sur un plateau de télévision... Il était le point de convergence de nombreux regards désapprobateurs.

— Bonsoir, monsieur Akklonp !

— Bonsoir, monsieur Ukkaire !

— On ne présente plus le grand philosophe bien connu que vous êtes. Nous ne doutons pas de la pertinence de vos interventions et de l'éclairage qu'elles nous apporteront ce soir.

— Monseigneur Ikkroya, bonsoir. Vous êtes ici pour nous donner la vision théologique du rapport uma-animal. Je suis certain que votre présence offrira des éléments enrichissants à notre débat.

— Bonsoir, monsieur Ukkaire.

— Professeure Kkmura, bonsoir. Vous êtes éthologue.

— Oui, bonsoir.

— Votre expertise au sujet de la psychologie des bêtes nous sera précieuse ce soir.

— Et pour finir, faisons connaissance avec monsieur Ukkosal. Bonsoir, Monsieur !

— ... soir, marmonna Ukkosal, en tournant enfin ses yeux vers l'animateur.

— Monsieur Ukkosal sera notre Monsieur Candide ce soir. Il pourra poser les questions qui lui passeront par la tête. Précisons que monsieur Ukkosal nous a confié que ses parents étaient éleveurs, qu'ils vivaient d'une petite exploitation, mais que cette affaire n'a pas survécu à la concurrence de l'élevage industriel. N'est-ce pas ?

— C'est ça.

Okkala avait du mal à détacher ses yeux d'Ukkosal qui faisait, lui, visiblement toujours tout pour éviter son regard.

Les présentations terminées, Ukkaire dit :

— Je propose de commencer par madame Okkala. Pas par favoritisme, mais uniquement parce qu'elle est venue avec quelques images qu'elle aimerait montrer pour ouvrir le débat. De toute façon, les temps de parole seront comptés et nous nous efforcerons de le partager équitablement entre vous. Pour éviter toute contestation, la durée de la projection sera décomptée sur le temps de parole de madame Okkala.

Cinquante secondes de scènes prises chez Ralchadomac et chez Manger Nature apparurent. Vue en perspective d'une rangée de laitières, quelques courts gros plans sur des gueules de bovs en train de manger, des morceaux de viande en fin de la ligne d'abattage et pour finir des produits conditionnés dans des barquettes pelliculées défilant sur un tapis roulant.

— Voilà, madame Okkala. Vous avez la parole. D'où proviennent ces images, avant tout ?

— Avant cet avant tout, je tiens à faire remarquer que vous n'avez montré qu'un court extrait de ce que je voulais révéler au public et que vous n'avez gardé que des vues d'ensemble qui n'ont pas beaucoup d'intérêt lorsqu'elles sont isolées.

Vous avez notamment enlevé tout ce qui montre l'exiguïté des cages dans lesquelles vivent les animaux, les scènes d'abattage où on les voit se débattre, la tête en bas, en train de se noyer dans leur propre sang quand on les égorge. La chair conditionnée, tout à la fin de mes images, n'était là que pour que le public fasse le lien entre ce qu'il achète et les terribles souffrances vécues par les êtres sensibles, découpés en morceaux encore vivants après avoir vécu l'enfer.

— Nous ne voulions pas choquer le public, madame Okkala. Nous avons une déontologie. À ce titre, je vous serais reconnaissant de modérer vos propos, nous sommes à une heure de grande écoute et...

— Et vous avez peur de perdre de l'audience, n'est-ce pas ? Vous préférez que les téléspectateurs continuent à nous regarder en mangeant tranquillement la chair qui est dans leur assiette sans savoir d'où elle vient. Cette chair vendue dans des petites barquettes par Manger Nature ou Ralchadomac ! Il ne faudrait pas qu'ils apprennent que l'animal était encore conscient quand l'opérateur d'abattage a commencé à le découper à la scie électrique ! Qu'il ne pouvait pas hurler sa douleur parce que ses cordes vocales étaient tranchées !

— Madame Okkala, je vous jure que nous nous efforçons de respecter la liberté d'expression, mais vous allez trop loin. Je vous serais reconnaissant de ne pas en abuser pour choquer les téléspectateurs. Pensez que des enfants peuvent être devant la télévision.

— Vous me donnez le droit de m'exprimer, mais en censurant mes images et en me demandant de dulcifier mes propos...

— De les présenter d'une manière moins agressive, disons. Nous ne voulons pas que les téléspectateurs se sentent agressés. Ils n'ont rien demandé, eux...

— Ils n'ont pas non plus explicitement demandé qu'on leur cache la vérité, que je sache ! Pourtant, en filtrant l'information que j'apporte, tant par mes images que par mes propos, c'est ce que vous contribuez à faire. Vous me demandez de respecter les gens qui nous écoutent, mais c'est justement ce que je fais en leur apportant les éléments de réflexion que vous leur dissimulez. Que vous leur dissimulez sciemment, oui ! Et pourquoi ? Pour plaire à Ralchadomac et à Manger Nature, bien sûr ! Vos patrons ne voudraient surtout pas perdre les revenus que leur rapporte la publicité de leurs produits.

— Monsieur Akkoronta et monsieur Ykkypol, vos méthodes d'exploitation sont mises en cause par Madame Okkala. Souhaitez-vous réagir ?... Vous voulez commencer, monsieur Akkoronta, on vous écoute.

— Je fais seulement remarquer que cette dame prône le véganisme. Qu'elle décide de ne plus consommer de viande, c'est son affaire, mais qu'elle impose ses choix à tous, c'est là que ça ne va plus ! Tout le monde doit être libre de manger ce qu'il veut...

— Ne plus ingérer de la chair est la seule solution pour faire définitivement fermer vos camps de la mort, le coupa Okkala. De mettre enfin un terme à votre univers concentrationnaire.

Ykkypol fixa la sœur de son associé et prit la parole :

— On peut discuter des méthodes de production et d'abattage, mais sachez que nous faisons ce que nous pouvons pour le bien-être animal. Nous les abattons dans le respect et...

Ukkosal laissa échapper un long crissement des écailles de son cou qui exprimait un rire sinistre. Il fut un court moment l'objet de tous les regards, mais Ykkypol reprit :

— Je disais qu'on peut discuter des méthodes de production et d'abattage, mais madame Okkala déplace le débat en parlant de la légitimité de manger des animaux. Je lui ferais remarquer que c'est ainsi que fonctionne la nature. Les animaux se dévorent entre eux. Les lions, par exemple, chassent les herbivores pour les manger. Nous, umas, nous sommes en haut de la chaîne alimentaire parce que de toute évidence notre espèce domine toutes les autres. Il n'est pas question d'en tirer de l'orgueil, mais c'est ainsi parce que nous sommes les plus évolués. Les plus forts mangent les plus faibles.

Même nos amis les hinecs mangent de la viande. N'est-ce pas, madame ?

— Mais, monsieur Ykkypol, puisque vous estimez que nous devons prendre exemple sur les animaux, je vous fais à mon tour observer que les lions, qui inspirent votre conduite, tuent les nouveau-nés qui ne sont pas d'eux et que les hinecs que vous citez avec tant de sagacité se reniflent assez souvent l'anus entre eux. Devons-nous pour autant tuer des bébés en les mordant et nous entre-renifler le postérieur ? C'est un bien drôle de paradoxe de souligner que nous sommes les plus évolués tout en prenant pour exemple ceux qui le seraient, donc, moins que nous. « Je justifie mes actes en te prenant comme modèle, car tu es inférieur à moi » ne veut absolument rien dire ! J'espère que vous en conviendrez de bonne grâce !

— ...

— Oui, madame Ukkuulaaé, dit l'animateur. Vous souhaitez intervenir ?

— En effet ! Contrairement à madame Okkala, moi, je défends le droit de manger de la viande. Cependant, j'ai pourtant beaucoup de reproches à faire aux grands élevages comme Ralchadomac ou Manger Nature. Je voudrais expliquer mes problèmes en tant que gestionnaire d'une petite exploitation.

— Nous vous écoutons...

— Je ne partage qu'une partie de ce que vous dites, madame Okkala. Je ne doute pas que les conditions d'élevage et d'abattage soient inumanes dans ces exploitations démesurées. Mais d'ici à préconiser l'arrêt de la consommation de la viande ! C'est une position vraiment extrémiste.

— Les téléspectateurs noteront que le véganisme est le seul cas où l'extrémiste est celui qui s'oppose à la mort. Dans tous les autres cas, c'est celui qui n'hésite pas à tuer.

— Moi et mon mari nous aimons notre métier et nos bêtes. Il ne faut pas mettre tous les agriculteurs dans le même sac. Nous respectons nos animaux, nous.

— En les amenant finalement à l'abattoir. Cela me fait bien peur ! J'espère que vous ne projetez pas de me respecter !

Là encore, on entendit un rire d'Ukkosal, plus discret, mais tout aussi sinistre.

— Mais enfin ! Nous devons manger pour vivre !

— Bien sûr ! Mais là, devant vous, je suis la preuve vivante que nous pouvons vivre sans manger de la chair.

— Je ne suis pas prête à parler de ça. Nous avons toujours mangé de la viande et j'ai du mal à comprendre ce mouvement végane, comme vous dites, qui décide du jour au lendemain que nous pouvons nous en passer. Je veux bien en débattre plus tard, mais pour l'instant j'ai d'autres préoccupations. Je préfère m'adresser à madame la Ministre de l'Agriculture.

— Je vous écoute, madame, dit l'intéressée.

— Les produits en magasin de Ralchadomac et de Manger Nature sont vendus moins cher que mon prix de revient. Je suis donc obligée de vendre à perte, et de beaucoup, pour que les centrales d'achat des distributeurs acceptent de me les prendre. Je ne suis pas la seule dans cette situation, je me fais la porte-parole de tous les petits exploitants qui sont dans mon cas. Je voudrais vous demander, Madame la Ministre de l'Agriculture, ce que vous pensez de ça et ce que vous comptez faire pour nous.

— Croyez que je suis très sensible à vos problèmes, madame. Mais, en définitive, le consommateur est roi. Nous ne pouvons pas exiger que les produits soient vendus plus cher pour vous aider. Mais nous envisageons d'aider les petits producteurs en diminuant les charges sociales. Je vais m'occuper de ce dossier urgent dans les plus brefs délais. Mais, comme j'ai la parole, j'en profite pour interroger madame Okkala.

— Je suis à vous, madame, déclara la présidente de Deux Un Quatre.

— Oui... Heu... Ne trouvez-vous pas indécent, madame, compte tenu de la situation actuelle des éleveurs, de défendre les animaux avec autant d'acharnement ? À trop aimer les bêtes, ne méprise-t-on pas les umas ? Et ma question portera même plus loin : avec tout ce qui se passe dans notre monde, tous ces conflits qui le déchirent, ne trouvez-vous pas dérisoire de défendre le confort de quelques bovs et de quelques poulets ou canards ? Moi, je trouve que votre sensiblerie déplacée est une marque de mépris envers les umas.

— Ce que je trouve indécent, c'est que vous encourageriez une industrie basée sur le meurtre journalier de millions de créatures sensibles, que vous participiez aux manœuvres de dissimulations pour que les consommateurs ne fassent plus le lien entre ce qu'ils achètent et ces crimes. Ce que je trouve indécent c'est que vous m'accusiez de mépris envers mes semblables alors que je viens leur apporter la vérité pendant que vous vous efforcez de m'empêcher de le faire dans le but de garder les voix des éleveurs. Quant à ce que je trouve dérisoire, ce sont les efforts pathétiques de votre question pour porter plus loin, comme vous dites.

— Vous venez de nous faire part du peu d'estime que vous avez pour tous les éleveurs qui nous nourrissent et pour moi en particulier. Il est possible que certains téléspectateurs sensibles à vos paroles se fassent une moins bonne opinion de moi. Mais, pour autant, vous n'avez pas vraiment répondu à ma question : pensez-vous qu'il soit pertinent de s'occuper des bêtes quand les umas ont tant de problèmes ?

— Imaginez-vous sous le joug d'une espèce supérieure à nous qui nous exploiterait, comme nous exploitons nous-mêmes les autres espèces de la Teruma. Imaginez aussi que ces êtres, qui nous domineraient, soient aussi occupés que nous à se massacrer les uns les autres, avec autant de folie que nous. Ne souhaiteriez-vous pas de tout votre cœur que certains d'entre eux luttent pour nous libérer, pour faire fermer leurs abattoirs ? Ou trouveriez-vous cet activisme déplacé, tant que tous leurs propres conflits et autres problèmes ne seraient pas réglés ?

— Vos images de science-fiction nous éloignent du vrai sujet, madame... Je ne m'attendais pas à une réponse aussi fantasque !

— Et moi, à une réplique aussi vide de sens, Madame la Ministre. Heureusement que vous aviez fait l'effort, méritoire, mais vain, de porter plus loin. Il ne s'agit pas de science-fiction, mais d'une image destinée à vous mettre à la place des êtres que nous opprimons. Je veux vous faire réaliser qu'il ne s'agit pas de « s'occuper des bêtes » ainsi que vous l'avez dit, mais seulement de cesser de les exploiter. Je ne parle pas d'un appui actif. Il n'est donc même pas question de dépenser du temps ou des moyens pour venir en aide à ces peuples, car ce sont bien des peuples, mais seulement d'arrêter de les exploiter.

Alors que la ministre de l'Agriculture s'efforçait de garder son calme et une contenance à son avantage, le philosophe se gratta la gorge et fit bouger sa crête d'une manière significative.

— Monsieur Akklonp, vous désirez intervenir, semble-t-il ?

— Oui... Je souhaite m'adresser à madame la présidente de Deux Un Quatre.

— À votre disposition, monsieur ! dit Okkala.

— Avant d'aborder le fond de mon propos, pouvez-vous préciser pour le public ce que veulent dire ces trois chiffres ?

— Il s'agit de la référence à la loi qui déclare que « Tout animal étant un être sensible doit être placé par son propriétaire dans des conditions compatibles avec les impératifs biologiques de son espèce », monsieur.

— Vous voyez qu'il est bien précisé « de son espèce », madame.

— Je le vois, oui. Il n'y a pas lieu de s'en étonner. Les conditions à assumer pour un poisson ne sont pas les mêmes que pour un oiseau.

— Bien sûr, bien sûr, mais je voudrais faire remarquer que tenir compte de l'espèce va plus loin que les conditions de confort physique. Selon le terme que vous aimez beaucoup employer, vous, véganes, vous vous désignez comme antispécistes. Pouvez-vous expliquer la signification de ce mot à cette assemblée, s'il vous plaît ? Cela m'aidera à en venir au fait.

— Antispéciste veut dire contre le spécisme. Le spécisme est l'idéologie de la discrimination basée sur l'espèce. Comme le racisme est de la discrimination basée sur la race. Il est indispensable d'avoir un mot pour désigner le mal, pour le traquer, lorsqu'il est sournoisement tapi dans les recoins sombres de nos habitudes culturelles. Avant que le mot « raciste » n'existe, nous l'étions sans le savoir. Avant que le mot « sexisme » ne soit ajouté à notre vocabulaire, il était difficile de faire observer à quelqu'un qu'il était atteint de cette tare. Il faudra à présent vivre avec ce nouveau mot « spécisme » qui nous aidera à progresser en débusquant ce mal qu'il montre du doigt.

— Je vois bien que vous êtes une grande passionnée et que vous exposez vos convictions avec beaucoup de ferveur. L'antispécisme veut donc défendre l'idée selon laquelle toutes les espèces se valent, n'est-ce pas ? Autrement dit, elles sont égales ? Est-ce cela ?

— En droit, oui. Toutes les créatures devraient avoir le droit de vivre librement leur vie sans être exploitées. C'est pour cette raison que nous devons commencer par ne plus les manger. Il s'agit d'une égalité concernant ce droit-là et non d'une égalité de traitement bien sûr, car il va de soi qu'un oiseau n'a pas les mêmes besoins qu'un uma, une taupe ou un bov. Pour résumer, chaque espèce a le droit de vivre libre dans le milieu qui lui correspond et qui lui est nécessaire.

— Heum... Je comprends. Devons-nous donc supporter les piqûres de moustiques sans chercher à nous en débarrasser puisque notre sang leur est nécessaire ?

— Je n'ai jamais nié le droit de se défendre. Se défendre et exploiter, ce n'est pas la même chose. J'ai seulement dit qu'il n'était pas moral d'exploiter une espèce. Pensez-vous que torturer cruellement des bovs, qui eux ne nous piquent pas, nous protégera des moustiques ? Si c'était vraiment le cas, nous n'aurions rien à craindre de ces insectes !

— D'accord, je comprends ce que vous voulez dire. Selon vous, toutes les espèces se valent en ce qui concerne leur droit de disposer librement de leur vie.

— Exactement.

— Heum... Pourtant le sacrifice de la vie d'un animal peut servir l'intérêt d'un uma. Pour la nourriture, pour le cuir, pour faire des expériences dans la recherche médicale, aussi et pour beaucoup d'autres choses que je dois oublier. Et, concevez qu'il est difficile d'accorder la même importance à la vie d'une volaille qu'à celle d'un uma ! Toutes les vies ne se valent pas !

— Pourquoi ?

— Mais enfin ! intervint le représentant de Ralchadomac. C'est une évidence ! La vie d'un poulet est moins importante que celle d'un uma, parce qu'un poulet est beaucoup moins intelligent. Les umas ont une vie complexe. Ils tendent vers un but. Ils ont des espoirs, des projets, des... Un poulet ne fait pas grand-chose d'autre dans sa vie que de manger et dormir.

— Et vous, monsieur Akkoronta, répliqua Okkala sur un ton affable, que faites-vous d'autre dans votre vie que de picorer de l'argent et de dormir ? Pensez-vous vraiment que votre existence ait plus de sens que celle d'un poulet ? L'un remplit son jabot de grain, l'autre son compte en banque d'argent. Ce seul changement de contenant et de contenu suffirait-il à vous rendre si supérieur ? Sauriez-vous nous expliquer pourquoi ? Éclairez-nous s'il vous plaît, car, à première vue, il saute à l'esprit que l'essence de ces deux activités semble identique.

— Madame...

— Mais, quoi qu'il en soit, il ne s'agit pas de mesurer la valeur d'une vie selon quelque critère que ce soit. Là n'est pas la question en ce moment. Il est évident que la vie d'un moustique est de moindre valeur que celle d'un uma, déjà du seul fait que celle du premier est bien plus éphémère que celle du deuxième. Mais comme je le disais, il ne s'agit pas de ce débat-là, mais d'un tout autre. Il s'agit de prendre conscience qu'une certaine quantité de souffrance est toujours la même quantité de souffrance, quelle qu'en soit la victime. Face à la souffrance, nous sommes tous égaux. De plus, il y a éthiquement une différence énorme d'intention entre écraser un moustique pour éviter ses piqûres et élever un être sensible dans les pires conditions d'existence dans le but d'utiliser son corps comme une simple ressource. Je rappelle qu'il n'est pas question de faire le choix entre la vie d'un uma ou celle d'une mouche, mais seulement de prendre conscience que nous produisons de la souffrance en exploitant des créatures douées de sensibilité, tout aussi sensibles que nous. Non, aucun intérêt d'un uma ne justifie la production de cette souffrance. Demandons à madame Kkmura ce qu'elle pense de la sensibilité des animaux non umans. Ne sont-ils pas aussi sentients que nous ?

L'éthologue prit la parole :

— Je ne peux qu'appuyer les dires de madame Okkala. Les animaux possèdent comme nous un système nerveux qui leur fait ressentir la douleur. J'espère que c'est une certitude pour tout le monde. Le dressage en est une preuve puisqu'on utilise très souvent la sanction de la douleur pour imposer un comportement aux animaux, ce qui implique qu'ils ressentent aussi la peur. En fait, ils ressentent certainement autant de choses que nous. La tristesse, la joie. L'amour, celui pour leurs enfants, celui pour un congénère. La compassion, aussi. Même la compassion pour un membre d'une autre espèce, j'ai eu l'occasion de l'observer. Ce n'est pas facile de se rendre compte de tout ce que ressentent les animaux, car ils n'ont pas toujours des attitudes faciales et corporelles faciles à lire pour nous. Elles sont si différentes des nôtres ! Par exemple, nous umas, nous exprimons notre tristesse en pleurant, c'est à dire par des vibrations particulières de notre bec. Les bovs, eux, n'ont pas de bec, mais ils pleurent tout de même à leur manière.

— Comment cela ? s'étonna l'animateur.

— Ça va vous surprendre, mais j'en suis convaincue. Ils manifestent leur souffrance morale ou physique en remplissant leurs yeux de larmes. En effet, j'ai noté que quand ils ont des raisons d'être tristes, leurs glandes lacrymales s'emballent. C'est donc en quelque sorte, leur manière de pleurer.

Après un court moment de silence durant lequel on marqua de l'étonnement ou de l'incrédulité, l'éthologue ajouta :

— Autre difficulté qui ne facilite pas notre empathie envers eux : le spectre sonore dans lequel ils s'expriment se situe en partie dans les infrasons, pour nos oreilles ; il est d'ailleurs possible qu'en retour, nos voix soient très aiguës pour eux. Nous n'entendons donc que la moitié de leurs cris, environ. Pour terminer, j'ajoute que nous sommes nous-mêmes des animaux. Et je confirme que, comme le prétend madame Okkala, les animaux non umans sont comme les animaux umans, c'est-à-dire doués de sensibilité.

Okkala reprit :

— Voyez-vous, monsieur Akkoronta, vous qui vous enorgueillissez d'être plus intelligent qu'un poulet ! Nul besoin d'avoir de grandes capacités intellectuelles pour ressentir la souffrance, la peur, la tristesse. Si les capacités intellectuelles sont un critère de discrimination, les plus intelligents d'entre nous devraient manger les plus bêtes. N'est-ce pas ? Devons-nous commencer par égorger et dévorer nos handicapés mentaux ?

La crête de l'éthologue ondula en un sourire entendu adressé à Okkala.

— Que d'horribles mots entends-je ! s'indigna Monseigneur Ikkroya. Dévorer nos handicapés mentaux ! Est-il vraiment nécessaire de dire de pareilles horreurs pour argumenter, madame ?

— L'église s'indignerait-elle si promptement pour des mots tout en restant coite devant les actes de torture ?

— ... Madame...

— Puisque vous me faites l'insigne honneur de m'adresser la parole, Monseigneur, j'en profite pour adresser un message à tous ceux qui prient Dieu, pour lui demander telle ou telle grâce, de faire fructifier leur commerce, de guérir tels ou tels maux pour eux-mêmes ou un proche, de faire pleuvoir sur une récolte, de les faire gagner à la loterie, de leur donner la gloire, la fortune, l'amour, la santé... toutes ces sortes de supplications qu'ils lui adressent. Ce que je veux leur dire, pour qu'ils en prennent conscience, c'est qu'eux-mêmes sont aussi des dieux pour les créatures qui sont à leur merci. Pourquoi Dieu s'empresserait-il d'exaucer leurs vœux lorsqu'il les voit eux-mêmes sourds aux souffrances des autres créatures qu'il est censé avoir créées ? Celles qu'ils dominent sans la moindre pitié. Celles qu'ils réduisent en l'esclavage. Celles dont ils s'habillent. Celles qu'ils mangent. Celles dont les yeux remplis de terreur implorent la commisération devant l'abattoir ou les mauvais traitements. Celles dont ils pourraient améliorer le sort par leur simple vouloir, en cessant seulement de les exploiter. Oui, je m'adresse à ceux qui osent demander, en haut, bien plus que ce qu'ils n'accordent, ici-bas. En réponse à toutes leurs prières, qu'ils s'estiment heureux que Dieu ne les mange pas eux-mêmes !

Okkala s'était un peu emportée, mais elle avait tout de même su garder son calme. Elle avait parlé avec passion, mais sans réelle colère. Sa dernière phrase suscita toutefois quelques murmures indignés.

— Madame, vous dites d'épouvantables horreurs ! Que Dieu vous pardonne !

— Oh ! Ce n'est pas à moi qu'il a le plus à pardonner. J'ai beaucoup moins besoin de son absolution que ceux qui soutiennent tous ces crimes !

— Je reconnais que votre foi en la cause animale semble des plus authentiques et que cette sincérité la rend assez touchante. Mais vous êtes tout de même loin de convaincre, madame. Je ne dirais pas que le sujet est sans aucun intérêt, mais la force de votre engagement me fait regretter que vous ne dépensiez pas toute cette belle énergie pour l'umanité.

— Mais, Monseigneur, je vous jure que tous ceux qui luttent pour la libération animale s'occupent, tout autant et tout à la fois, des créatures que l'umanité exploite et de l'uma lui-même.

— Ha bon ? comment cela ?

— En essayant de convaincre les consommateurs de ne plus manger de chair, nous œuvrons pour les umas au moins sur trois points de la plus grande importance.

— Trois points de la plus grande importance ? répéta Monseigneur Ikkroya visiblement intrigué et captivé.

— En effet, trois points. Déjà, cela libérerait les énormes quantités de ressources alimentaires végétales produites par les régions pauvres de notre monde et qui ne servent qu'à nourrir les créatures sensibles que nous mangeons ici. Comme il faut quatre quantités de protéines végétales pour produire une seule quantité de protéines animales, la quantité de nourriture disponible serait multipliée par le même facteur. Ce serait donc une réponse à la faim dans le monde.

— Et le deuxième point ? voulut savoir le prélat.

— Le deuxième point concerne la santé, Monseigneur. Les pauvres créatures élevées par l'industrie de la chair et du lait sont gavées d'antibiotiques, d'hormones et d'anabolisants qui se retrouvent dans l'alimentation mise sur le marché. Et même sans ces substances, il est aujourd'hui reconnu que les protéines d'origine végétale sont meilleures pour la santé umane.

— Admettons ! Mais qu'allez-vous nous dire pour le troisième point ?

— Le troisième n'est pas d'ordre matériel, Monseigneur. Il s'agit d'élever l'uma. De l'élever éthiquement, ou spirituellement si vous préférez. C'est certainement celui qui vous touchera le plus.

— Voilà qui est fort intéressant ! Je vous écoute avec attention.

— La seule loi qui autorise les umas à exploiter les créatures qui partagent leur monde s'appelle la loi du plus fort. Tout le monde sait que cette loi ne peut pas être juste. Car si nous la trouvions juste, on ne pourrait pas reprocher à un tyran de régner brutalement, on ne pourrait pas blâmer un uma de battre sa compagne physiquement plus faible que lui et on trouverait aussi normal que les plus robustes d'entre nous réduisent à l'esclavage les plus faibles et même les handicapés. Si cette idée nous révolte, c'est que dans les cas que je viens de citer nous pensons que la loi du plus fort est injuste. Il n'y a aucune raison pour que nous ne la trouvions pas également injuste pour toutes les formes de domination, si ce n'est que l'habitude et la culture nous empêchent d'y réfléchir. Nous devons augmenter le rayon de notre sphère de considération morale. Si les umas réalisent cela et qu'ils abandonnent définitivement la loi du plus fort dans toutes les situations, ils grandiront. Ils se bonifieront éthiquement ou spirituellement ; appelez ça comme vous voudrez, mais ils seront meilleurs.

— ...

— Pour résumer, Monseigneur, il suffit de cesser d'exploiter les peuples non umans qui sont nos compagnons pour supprimer la faim dans le monde, nous alimenter plus sainement et pour nous élever moralement.

— Croyez que vos paroles donnent à réfléchir, madame. Et, vous prétendez qu'il est possible de s'alimenter sans consommer de viande ?

— Sans chair et sans aucune ressource animale, Monseigneur. J'en suis la preuve vivante devant vous.

— Pourquoi dites-vous « chair » ?

— Parce qu'il faut appeler les choses par leur nom. « Viande » est un terme spéciste, car on ne l'emploie que pour les non umans. On ne dit jamais la viande umane, mais la chair umane. Il faut chasser de notre vocabulaire les termes qui nous font oublier que les choses dont on parle viennent du corps d'un être qui fut vivant. Par exemple, le cuir est de la peau.

— Tout cela n'est que de l'obscure philosophie, intervint Akkoronta, le représentant de Ralchadomac. Dans la réalité, pour mériter une considération égale à celle que nous devons aux umas, les bêtes devraient être nos égales. Or la différence d'intelligence fait que jamais l'animal ne s'élèvera au niveau de l'uma.

— Mais il ne tombera jamais aussi bas, répliqua Okkala. Cela fait une moyenne. Comme je l'ai déjà dit, ce n'est pas la performance intellectuelle qui compte, mais la capacité à souffrir. Mais puisque vous tenez tant à rester sur le terrain de ce que vous appelez l'intelligence, monsieur Akkoronta, je vous invite à ne pas confondre la vôtre avec celles des élites de notre espèce. Ce que vous prenez pour votre propre intelligence n'est que ce que vous avez appris d'eux. Nous sommes presque tous dans ce cas. Dites-nous ce que vous avez inventé, vous-même tout seul, qui puisse vous placer au-dessus d'un de ces simples poulets que vous méprisez tant.

— ...

— Les umas ont la mauvaise tendance de mesurer l'intelligence d'une créature à sa faculté à leur ressembler. Si les bovs sauvages faisaient la même chose à votre égard, ils mesureraient votre capacité intellectuelle à votre aptitude à vivre dans la jungle avec votre seul corps pour outil. Pensez-vous qu'ils vous trouveraient très intelligent ? Les oiseaux migrateurs regarderaient comment vous pouvez sans aucune aide traverser des milliers de kilomètres sans vous perdre. Vous prendraient-ils pour un génie ?

Monsieur Akkoronta grommela quelque réponse qui eut du mal à franchir son bec.

— Alors, et vous, monsieur Ukkosal ? dit l'animateur. Vous n'avez pas posé beaucoup de questions, ce soir, pour un Monsieur Candide. C'est étonnant parce que c'est vous qui avez spontanément pris contact avec nous pour proposer votre rôle dans l'émission. Nous n'avions pas prévu un Monsieur Candide, nous. Mais devant votre insistance, nous nous sommes dit que ce pourrait être intéressant pour animer le débat. Comment se fait-il que...

— Ne vous inquiétez pas, je vais être très utile. Le plus utile même, j'en suis sûr, répondit l'interpellé d'une voix étonnamment forte. Car, c'est vrai que je n'ai pas de questions, en effet. Mais, j'ai une solution !

— Une solution ?

Ukkosal parut changer délibérément de conversation :

— Notre ennemi ne se trouve pas sur un quelconque front. Non non ! Comme les terroristes, il est parmi nous. Nous ne le voyons pas. N'est-ce pas, que nous ne le voyons pas ?

Ukkaire avait visiblement du mal à comprendre où son interlocuteur voulait en venir.

— Heu ?... fit-il.

— Nous avons pour ennemi notre culture, nos habitudes, nos traditions. Elles nous empêchent d'y voir clair. Nous sommes atteints d'une cécité morale. Pour cette raison, il nous faut un grand débat public pour changer un élément de notre civilisation qui nous maintient dans l'obscurantisme et la cruauté. Il nous faut un choc pour ébranler les consciences et nous obliger à monter une marche de plus sur l'escalier du progrès. C'est ça la solution.

Ukkaire hésita :

— Solution ? C'est-à-dire, monsieur Ukkosal ?

— Oui, le choc ! C'est le choc, la solution ! Il nous en faut un.

Sur ce, il se leva brusquement, brandit une arme et fit feu à plusieurs reprises sur Akkoronta et Ykkypol. Tous les deux s'écroulèrent sous les regards horrifiés d'Okkala et surpris de tous les autres.

Il y eut des hurlements de tous ceux qui étaient sur le plateau et des différents techniciens aux alentours. L'animateur et les invités prirent le large, sauf Ukkosal et Okkala. Le premier resta debout face à la deuxième. Il la regarda dans les yeux pour la première fois ce soir :

— C'est la solution, lui dit-il en laissant tomber son arme. C'est la solution...

Elle le plaignit et culpabilisa. Que de gâchis ! Elle aurait dû voir qu'il était trop fragile. Quelle erreur ! Elle n'aurait jamais dû lui confier cette mission. Heureusement que son frère avait délégué sa participation à l'émission.

Le racisme et le spécisme ont la même essence

Il faisait bien nuit quand Okkala sortit de l'immeuble de Chaîne 2. Elle s'apprêtait à prendre un taxi pour se rendre à la gare, mais elle changea d'idée. Se disant qu'il y avait bien longtemps qu'elle n'avait pas fait de sport, elle décida finalement d'y aller à pied. Elle n'avait fait qu'une centaine de pas lorsqu'elle entendit derrière elle son nom précédé et suivit de petits coups de klaxon :

— Madame Okkala ! Madame Okkala !

Elle se retourna et vit madame Ukkuulaaé qui, roulant tout doucement dans une petite voiture rouge, l'interpellait en ouvrant la portière du côté passager.

— Voulez-vous que je vous accompagne quelque part ? proposa-t-elle.

— Volontiers, si ça ne vous dérange pas !

Se disant que ce n'était tout de même pas de sa faute si le destin refusait qu'elle fît du sport, elle entra dans le véhicule et remercia :

— Merci beaucoup, c'est très aimable.

— Ho, pensez-vous ! Où voulez-vous que je vous conduise ?

— À la gare, s'il vous plaît.

— C'est parti !

Coup d'œil dans le rétroviseur, clignotant... Elle s'engagea en demandant :

— Où habitez-vous, si ce n'est pas indiscret ?

— À Ravalés.

— Ha bon ! Ça alors !

— Quoi donc ?

— C'est là que j'habite aussi !

— Non !

— Si, si ! Du coup... Plutôt que la gare... si vous voulez bien faire le voyage avec moi...

— Ah... dans ce cas... j'accepte bien sûr très volontiers de profiter de cette heureuse coïncidence.

Ukkuulaaé conduisait avec une certaine aisance dans les embouteillages. Au bout de deux minutes d'un silence gêné, ce fut elle qui le rompit :

— Quel drame ! Quel terrible drame ! Connaissiez-vous ce monsieur Ukkosal ?

— Oui, dut avouer Okkala.

Elle ne pouvait pas nier, puisqu'elle était la seule à ne pas s'être enfuie du plateau et que beaucoup avaient remarqué qu'Ukkosal lui avait adressé la parole après avoir commis son acte insensé. En attendant l'arrivée de la police, le service de sécurité de la chaîne était intervenu pour isoler Ukkosal. Il n'avait opposé aucune résistance. Pour dissimuler son envie d'en rester là, elle se crut obligée de rajouter un petit complément sans conséquence à sa réponse sans doute trop laconique :

— Il est de Ravalés, lui aussi.

Ukkuulaaé sentit son malaise. Elle eut la délicatesse de changer de conversation pour éviter un silence pesant :

— Vous savez... fit-elle en cherchant ses mots.

— Oui ?

— Tout à l'heure, sur le plateau d'Antenne Enquête, je vous ai dit que j'aime et respecte mes bêtes.

— Oui...

— Vous avez ironisé en répliquant que vous espériez ne pas être respectée par moi, pour que je ne vous conduise pas à l'abattoir.

— C'était une boutade, en effet. Mais... n'empêche...

— Mes bovs sont dans un enclos en pleine nature. Ils ne sont pas emprisonnés toute leur vie dans un bâtiment comme chez Manger Nature ou Ralchadomac. Je ne voudrais pas que vous me mettiez au même rang que ces gens-là. Je vous jure que j'aime les bêtes.

— Je sais ça, Ukkuulaaé. Je le sais. Je vous connais bien plus que vous ne le croyez, savez-vous ?

— Ha bon ? Comment ça ?

— Je vous ai déjà vue à la télévision. Dans le cadre d'une émission dont le thème était le racisme. Je vous ai entendue parler avec amour de votre hinec et de vos deux thacs. Ce n'était pas le sujet, mais vous avez tout de même parlé d'eux en vous présentant et en nous apprenant quelques détails sur votre famille. Vous avez participé à cette émission parce que vous avez difficilement enduré le racisme. Vous êtes verte. Votre mari est bleu. Vous avez deux enfants métis. Vous souffrez chaque fois que des gens médisants se plaignent qu'il y ait trop de bleus ici. Chaque fois que vos enfants subissent des moqueries blessantes sur le mélange de couleurs de leurs écailles. Je me souviens de ça.

— Quel rapport ?

— Le rapport c'est la discrimination, Ukkuulaaé. Le rapport c'est la discrimination.

— Je ne comprends pas...

— Vous avez décidé arbitrairement, ou plutôt vous ne l'avez pas décidé, car une décision arbitraire est un non-sens. Disons alors que, par éducation, vous discriminez les animaux. Vous estimez en effet que votre hinec et vos thacs méritent caresses et bons soins tout le long de leur vie, alors que vos bovs sont faits pour être mangés. Pourquoi ? Pourquoi ne mangez-vous pas votre hinec ? Ou vos thacs ? Pourquoi ne choyez-vous pas vos bovs jusqu'à leur mort ?

— ... C'est la vie... C'est comme ça. Qu'est-ce que j'en sais, moi ?

— Quand les verts asservissaient les bleus... C'était la vie, c'était comme ça. Aujourd'hui, heureusement que ce n'est plus ainsi, car sinon, votre mari serait un esclave et vous seriez sévèrement punie d'avoir eu des relations avec lui. L'idéologie sur laquelle s'appuyait l'esclavage des bleus s'appelle le racisme. Celle qui permet que l'on exploite les animaux, comme nous le faisons, se nomme le spécisme. Ces deux idéologies sont de même nature. Le racisme et le spécisme ont la même essence : la discrimination de celui qui est différent.

Un nouveau silence s'installa. Elles sortaient de la grande ville s'engageant sur une autoroute.

— Il y a des emplois, beaucoup d'emplois dans ce domaine, Okkala...

— L'abolition de l'esclavage a fait, elle aussi, perdre beaucoup d'emplois. Tous ceux qui vivaient de ce commerce. Il y avait ceux qui capturaient des esclaves pour les vendre, tous les revendeurs, ceux qui les fouettaient pour les faire travailler, les fabricants de chaînes et de fouets... Houlala ! Cela dut être une catastrophe économique !

Encore un silence. Elles étaient à présent sur l'autoroute.

— Vous avez raison, Okkala. J'ai d'autant plus de facilité, et moins de mérite, à l'admettre que de toute façon... Vous savez... Je ne crois pas que la ministre fera quoi que ce soit pour nous, petits éleveurs. Nous allons mourir.

— Je n'osais pas vous le dire. Le pire étant toujours plus rentable que le meilleur et la rentabilité gagnant toujours à la fin... Ça ne peut que s'aggraver. Votre seul moyen de survivre serait d'être pire qu'eux. Or ça, il est évident que vous n'y arriverez jamais, Ukkuulaaé ; ils ont bien trop d'avance sur vous !

Silence. Son de l'air sur la carrosserie. Phares des voitures dans la file inverse.

— Vous savez, Ukkuulaaé... je ne vous ai pas encore dit quelque chose.

— Heum ?

— Mes parents étaient éleveurs.

— Ah !

— Oui... Ils avaient une affaire à peine plus grande que la vôtre. Trois cents têtes environ.

— Ah bon ! Je ne m'en serais pas doutée.

— Il y a autre chose dont vous vous doutez encore moins...

— ...

— Figurez-vous que le dirigeant, l'actionnaire majoritaire, le patron en fait, de Manger Nature... C'est mon frère.

— Quoi ! Mais... Nonnnn... Vous me faites marcher !

— Non. Je vous jure que c'est la stricte vérité. Manger Nature n'est que la petite entreprise de mes parents que mon frère a su faire grandir. Il est très doué en affaires... Il a pris des associés et aujourd'hui, il a toujours cinquante et un pour cent des actions.

— Mais... Ce doit être tendu entre vous non ? Comment heu...

— C'est souvent très très tendu, oui.

— Si je comprends bien, vous auriez pu vous aussi être riche, mais... vous avez choisi vos convictions.

— Oui.

— Mais, de quoi vivez-vous ?

— Je suis éthologue.

Silence.

— Mais, Okkala ! Quand vous me disiez à l'instant qu'en matière de pire ils ont de l'avance sur moi, c'est, entre autres, de votre propre frère que vous parliez.

— Oui. Mais que voulez-vous que je vous dise ? Je ne porte pas un jugement manichéen sur l'industrie de l'exploitation animale. Comme Ukkosal l'a déclaré tout à l'heure, la seule responsable est notre culture. Ce sont avant tout les consommateurs de l'exploitation animale qui entretiennent celle-ci. Ralchadomac et Manger Nature ne sont que deux des nombreux monstres en compétition que ce marché a créés.

— Vous gagnez à être connue, Okkala.

— Vous aussi, Ukkuulaaé.

— D'une certaine manière, je vous envie parce que vous donnez du sens à votre vie.

— ...

— Plus qu'un poulet, en tout cas... Oups ! Évitons de vous mettre en colère en faisant cette comparaison spéciste. Je voulais dire plus que monsieur Akkoronta.

Okkala sourit :

— Vous êtes une bonne personne, Ukkuulaaé. Vous devriez rejoindre Deux Un Quatre.

Agitant les écailles de son cou, Ukkuulaaé émit un son qui était l'équivalent d'un rire désenchanté :

— Et de quoi ma famille et moi vivrons-nous ?

— On trouvera une solution tous ensemble. Pourquoi ne pas vous reconvertir dans la production de produits bio pour les véganes ? Céréales, légumineuses, oléagineux... Vous pourriez même fournir des produits finis tel que le tofu ou le seitan. Je vous ferais connaître dans le milieu végane.

— Je vais en parler avec mon mari et y réfléchir avec lui.

— N'hésitez pas à m'appeler si vous avez besoin de moi.

— Merci. J'aimerais vous demander... votre compagnon et vos enfants ?...

— Mon compagnon ! Mon militantisme a fini par le fatiguer. Il est parti.

— Et vos enfants ? Je suppose que vous leur avez donné une éducation végane. Ça n'a pas dû être toujours facile... la cantine de l'école, par exemple.

— J'ai une fille, majeure. Je ne lui ai pas donné une éducation végane, non. Je ne l'étais pas encore quand elle était mineure.

— Ah bon ! Et comment ça se passe en ce moment avec elle par rapport à ça ?

— Il ne se passe rien à ce sujet. Elle préfère que je ne lui en parle pas.

— Tiens donc ! Et... comment dire ? ... Ça vous fait quelque chose ?

— Au début sans doute, mais aujourd'hui plus grand-chose. Je m'en suis fait une raison. Ne dit-on pas que nul n'est prophète en son pays ?

— C'est étonnant que vous ayez renoncé à en parler avec elle, alors que vous faites ouvertement et officiellement la guerre à la société de votre frère.

— Étonnant ! Pas vraiment... D'abord, ma fille ne gère pas une usine de meurtre. Ensuite, c'est plus difficile de s'opposer sur une idée avec un enfant qu'avec son frère. Un frère, on se sent son égal. Un enfant n'hésitera pas à revendiquer son droit à être adulte, même s'il a toujours besoin de vous matériellement. Si vous essayez de le convaincre, il se rebiffera, presque par principe.

— Oui, mais ça, ce n'est qu'à l'adolescence !

— Certaines adolescences durent plus longtemps que d'autres.

Ukkuulaaé resta un moment silencieuse, paraissant se concentrer sur la conduite.

Okkala repensa à Ukkosal, aux années de prison qui l'attendaient. Elle ne put s'empêcher de culpabiliser en se disant qu'elle y était forcément pour quelque chose, qu'elle n'aurait jamais dû lui confier cette mission, qu'elle aurait dû se rendre compte qu'il n'était pas assez fort pour le supporter. Ukkuulaaé la détourna de ses pensées :

— Voilà notre ami commun, s'exclama-t-elle.

Elle doublait un gros camion sur la bâche duquel « Ralchadomac » était écrit en grandes lettres blanches sur fond rouge. Sous ce logo le dessin d'une lionne et de trois lionceaux accompagné d'un slogan : « L'instinct d'une mère sait ce qu'il y a de meilleur pour ses enfants ! ».

— Ah ! Le fameux exemple des carnivores qui justifieraient le fait que nous mangions nous-mêmes des animaux !

— Ça me rappelle la réplique au sujet des lions que vous avez adressée à Ykkypol sur le plateau tout à l'heure.

Ils pleurent avec les yeux

Il était minuit. Dans le laboratoire vétérinaire de Manger Nature, la responsable du service, accroupie près du corps de la bov sauvage, observait l'écran de son appareil médical.

— Ne prenez aucun risque, Ikkillu. Je veux dire n'essayez pas de la sauver toute seule pour avoir le mérite à mes yeux de l'avoir fait. Faites appel à d'autres moyens ou à d'autres personnes si nécessaire. L'unique chose qui compte, c'est la réussite de cette entreprise. Je paierai. Je paierai.

Elle leva les yeux vers son patron :

— Monsieur Akkal, son cœur ne bat plus...

— Ne peut-on pas essayer de la réanimer ? Massage cardiaque, défibrillation... que sais-je, moi ?

Ikkillu n'y croyait pas trop, mais vu ce qui était en jeu apparemment pour lui, mais surtout pour elle, elle était décidée à tout essayer.

— Transportons-la le plus vite possible à la clinique Animal Confort. C'est la meilleure et j'y ai exercé trois ans. Il faut appeler une ambulan...

Akkal criait déjà dans son téléphone :

— Je veux deux types tout de suite dans le labo véto. C'est de la plus extrême urgence.

Il répondit au regard interrogatif de la vétérinaire :

— Le temps que l'ambulance arrive, nous aurions perdu du temps. J'ai demandé de l'aide à la sécurité. J'avoue que ça sort du cadre de leur attribution, mais... Et puis c'est là qu'on trouve les plus costauds.

Les deux agents arrivèrent en courant les quatre coudes au corps.

— Monsieur Akkal, que... ? bredouilla le plus gradé.

— Transportez cette bête à la clinique vétérinaire Animal Confort dans les plus brefs délais et aussi avec le maximum de précautions possibles. S'il lui arrive quoi que ce soit, vous serez tous licenciés sur-le-champ. Cessez donc de me regarder avec cet air ahuri ! J'ai dit que c'était urgent ! Utilisez à votre convenance le véhicule de service le plus approprié. Nous vous suivrons. Madame Ikkillu, surveillez les gestes de ces messieurs afin qu'ils la soulèvent convenablement.

*

Allongé sur le dos, Étos semblait regarder le plafond de sa cage. Ses pupilles en projetaient bien l'image sur ses rétines, mais, pour autant, il ne le distinguait même pas, car son esprit ne voyait que Mahisa. Il ne sentait pas non plus Gentille Foudre qui était allongée près de lui et dont la tête reposait sur sa poitrine. Elle lui parlait, mais il ne percevait pas ses sifflements, parce que sa conscience n'entendait que Mahisa. Tout en lui avait faim d'elle. Ses mains voulaient la caresser, ses bras l'enlacer, ses yeux la contempler, ses oreilles l'écouter, toute sa peau sentir la sienne. Ses doigts rêvaient de se glisser dans les longs poils de sa tête.

Étos et les siens savaient parfaitement ce qu'était la mort. Ou du moins, ils en connaissaient autant que les umas en ce qui concernait les effets visibles, c'est-à-dire qu'elle transformait un être en objet inanimé.

Étos ne faisait plus attention à ce qui raidissait ses membres brisés. Pour être plus précis, il était même sourd à tous les signaux de son corps... enfin, presque tous. De tout le monde extérieur à lui, il ne sentait que les brins d'herbe qu'il tenait précieusement dans sa main droite. Ces quelques débris végétaux tachés du sang de Mahisa étaient son trésor. De temps en temps, il les embrassait tendrement et ses yeux rougis les regardaient avec cette ferveur enfiévrée que seul l'amour passionné peut faire brûler dans un cœur.

Selon les images mentales qui passaient au premier plan dans son esprit, sa face changeait de physionomie. Lorsqu'il pensa aux jolis éclats de rire de Mahisa quand il soufflait fort en agitant sa bouche sur son cou gracile, un sourire attendri étira ses lèvres, bien que ses yeux fussent encore inondés. Il souriait de tendresse en pleurant. Mais, toujours revenait l'horrible blessure, cette trace indélébile incrustée dans sa mémoire endolorie comme une marque au fer rouge sur la peau. Alors ses cris redoublaient de tonalités déchirantes et il embrassait son poing serré fort gardant son trésor, ou bien il le pressait sur sa joue.

*

Akkaliza qui relevait de temps en temps la tête pour observer Cachottier ne sut interpréter finement cette expression complexe. Elle la considéra comme une grimace de douleur comme une autre.

Si on lui avait dit qu'elle raterait l'émission Antenne Enquête sur Chaîne 2 le jour où sa tante y serait invitée, et cela pour l'incroyable raison que ce soir-là elle aurait autre chose à penser, elle ne l'aurait pas cru, bien sûr. Ce moment tant attendu était pourtant complètement sorti de son esprit. Elle reposa sa tête sur la poitrine de Cachottier. Quelque chose avait changé : elle se sentait encore plus en communion de sentiments depuis que les images de la caméra lui avaient révélé ce qui le faisait tant souffrir. Elle savait. Elle savait que le bov pleurait la perte de celle qu'il aimait. Il la pleurait avec les yeux, comme les umas eussent dans une circonstance analogue pleuré avec le bec. Elle l'avait compris, elle en était certaine. Comme les umas, les bovs connaissaient l'amour. Le même, tout aussi fort, tout aussi beau. Elle était de plus en plus persuadée qu'ils éprouvaient une palette de sentiments non moins riche que celle de sa propre espèce. Une intuition lui disait que Cachottier se laisserait mourir, s'il ne pouvait retrouver celle qu'il aimait. C'est ce qu'elle avait expliqué à son père en lui montrant les images du bov réagissant à la mort de sa compagne.

— Regarde-le ! lui avait-elle dit. Regarde-le tendre son bras pour attraper des brins d'herbe tachés de sang. Regarde comme il chérit la seule chose qui lui reste d'elle. Regarde ! Regarde et comprends ! Papa, je vais entrer dans sa cage. Je mangerai quand il mangera. Je boirai quand il boira. S'il se laisse mourir, je ferai comme lui.

Était-ce uniquement dû à l'émotion que portait la voix de sa fille, ou Akkal avait-il été touché par les images elles-mêmes ? Sans doute les deux. Toujours était-il qu'il avait paru bouleversé. Il ne s'était pas opposé à ce que sa fille entrât dans la cage de l'animal.

— Je vais faire tout ce qui est en mon pouvoir pour arranger les choses, avait-il simplement promis avant de s'éloigner en courant.

*

T = 5,130.

Ekklamisa zigzaguait en tous sens dans son salon sous les yeux de Ikkarix, qui, lui, restait placidement assis dans son fauteuil. Alors qu'il grattait tranquillement le vernis de son bec à l'aide de son grattoir démaquillant, elle lançait, çà et là, des « Yaaaahou ! » et toutes sortes de cris d'enthousiasme en levant brusquement les quatre bras au ciel.

Sur le grand écran mural, les deux spationautes de la navette Aventure la regardaient grâce à la caméra qui filmait l'ensemble de la pièce. On pouvait les voir flotter en apesanteur affichant un air réjoui et amusé par les gesticulations de la responsable des missions spatiales.

Tout s'était bien déroulé. Faucon avait parfaitement accompli la mission pour laquelle il avait été conçu en toute hâte. La machine mystérieuse qui venait des abîmes de l'espace avait été suffisamment ralentie pour être capturée par la gravitation de la Teruma. Ekklamisa, enfin libérée des pires transes, se sentait pousser des ailes. Tous ceux de l'équipe de contrôle au sol et les deux spationautes avaient uni leur voix pour hurler de joie. Le Visiteur, c'est ainsi qu'ils avaient fini par le nommer tacitement, se trouvait sagement parqué sur une orbite presque circulaire. Il ne pouvait plus leur échapper. Pour Ekklamisa, c'était comme s'il était posé là, près d'elle, sur le sol de son salon.

Ikkarix replia soigneusement le mouchoir en ouate qui contenait les petits éclats de vernis de son bec et le porta dans la poubelle de la cuisine. Cela fait, il posa un flacon de vernis noir brillant et un miroir sur la table, s'assit sur une chaise et commença à revernir son bec avec application.

— Comment fais-tu pour rester aussi calme avec ce qui se passe ? s'étonna-t-elle. J'ai du mal à penser que tu ne mesures pas l'importance du moment !

— Je la mesure bien plus que toi, apparemment !

— ... ?

— Comment savoir ce que nous avons capturé ? Qui te dit qu'il n'y a pas, à l'intérieur, quelque chose d'assez intelligent pour être sensible à la qualité de notre accueil. Je ne sais pas, moi... une sorte de programme informatique si évolué que... Ou alors, quelque chose de vivant, même... Dans quelques heures, après les précautions de décontamination, nous le ramènerons sur Teruma et... Je ne voudrais pas paraître négligé. On ne sait jamais.

Ekklamisa cessa toute démonstration d'enthousiasme pour aller s'enfermer dans la salle de bain afin de se repoudrer la crête.

*

Assis dans la salle d'attente de la clinique vétérinaire, Akkal se grattait les écailles du front.

Il venait de résumer la situation à Akkali au téléphone. Elle se faisait beaucoup de souci pour Akkaliza.

— Je vais essayer de la convaincre de se reposer à la maison, avait-elle dit. Elle ne peut tout de même pas passer la nuit dans cette cage !

Il avait raccroché, las de l'entendre gémir.

Ikkillu lui avait demandé de l'attendre là. Il n'avait pas d'autre choix que de lui faire confiance et d'espérer. Tous les membres du personnel avaient été très étonnés qu'on amenât une bov aux urgences. C'était la première fois qu'ils voyaient ça dans leur carrière. D'habitude, c'était surtout des hinecs ou des thacs, mais parfois des oiseaux, des hamsters, des lapins et autres animaux de compagnie. Il s'agissait principalement d'animaux qui avaient la grande chance d'être considérés comme « mignons » par les gens. Ne se trouvant pas dans cette catégorie, mais plutôt culturellement désignés pour être mangés, les bovs ne se voyaient jamais dans une clinique vétérinaire. C'était aussi incongru qu'une banane dans une caisse à outils, ou une perceuse dans un congélateur. Les furtifs regards perplexes que portaient sur Akkal les quatre autres personnes, qui attendaient avec lui, et qui avaient vu arriver l'animal anachronique, en disaient long sur leurs interrogations. Ils lui donnaient l'impression d'être un de ces excentriques blasés qui, ne sachant que faire pour dépenser leur argent, inventaient chaque jour un caprice nouveau pour se distinguer. Sans doute s'imaginent-ils que demain, j'amènerai un chameau au cinéma, se dit-il avec amertume. Mais leur regard ne le préoccupait pas plus que ça. Il pensait au jour où il avait tiré deux coups de feu sur ce bov. Deux petits gestes de rien du tout. Deux petites flexions d'un seul doigt. Et encore, une seule comptait puisqu'il n'avait fait mouche qu'une seule fois ! Et voilà ! Pour un mouvement de doigt, il se retrouvait là, en pleine nuit, sous les regards entendus, à prier de toute son âme pour qu'une autre bov, qu'il n'avait jamais vue auparavant, ne meure pas. Comment la vie pouvait-elle prendre de tels labyrinthes aux chemins si déroutants ? Comment le destin pouvait-il faire de pareilles pirouettes ? Quel rapport pouvait-il bien y avoir entre un mouvement de doigt quelque part dans une forêt et la menace que sa fille se laisse mourir de faim quelques jours plus tard ?

À propos de doigt sur la détente, la femme d'Ykkypol l'avait appelé au téléphone, ce matin de très bonne heure, pour lui apprendre que son mari avait été la cible d'un fou sur le plateau d'Antenne Enquête. Les téléspectateurs n'avaient pas vu la scène, car l'émission était diffusée en léger différé, afin de couper les passages susceptibles de heurter le public. Ykkypol était actuellement aux urgences d'une clinique. Akkal espéra qu'il n'était en rien responsable de cet événement-là.

Il repensa à cette bov qui semblait si liée à celui que sa fille avait baptisé Cachottier. Elle avait probablement fait cent kilomètres pour retrouver son compagnon. On ne peut pas vraiment appeler ça de l'amour, se dit-il. C'est de l'instinct, ça. C'est l'instinct des bêtes... Mais, il eut le plus grand mal à se convaincre lui-même.

Dieu poursuit-il un dessein pour me faire comprendre quelque chose... ou pour me punir de mes actes ? se demanda-t-il.

Ne s'adressant à lui que dans de pareils moments difficiles, il se mit à le prier avec ferveur, yeux fermés, les quatre mains sur ses genoux jointes par ses quarante doigts enchevêtrés.

*

La pleine lune s'infiltrait à travers les feuillages peu denses au-dessus de la cage.

— Akkaliza ! dit doucement Okkala. C'est moi. Ta mère m'a appelée pour me raconter ce qui se passait. Réponds-moi, s'il te plaît.

Akkaliza leva la tête. La crête chiffonnée, elle regarda sa tante comme si elle ne la reconnaissait pas. Puis elle s'exclama d'une voix fanée :

— Okkala... c'est gentil de venir nous voir.

— Ton bras va-t-il mieux ?

— Oui, dit Akkaliza en montrant son pansement. Je n'ai plus vraiment mal.

— Bien ! ... Tu ne vas pas passer toute la nuit ici ?

— J'ai promis à Cachottier que je resterai avec lui.

— Heum... Raconte-moi ce qui s'est passé, demanda Okkala en posant une main affectueuse sur un pied de sa nièce.

— Cachottier est amoureux, on a tué sa compagne. Il va se laisser mourir. Je lui ai promis de l'accompagner jusqu'au bout. Je mangerai ou boirai quand il le fera lui-même.

— Comment ça, Cachottier est amoureux ?

Akkaliza enfonça sa main dans une de ses poches et en sortit une carte mémoire de sa caméra. Elle la tendit à sa tante :

— Regarde, tu sauras aussi.

Okkala prit l'objet.

— Tu sais... ajouta Akkaliza. J'ai appris quelque chose. Les bovs...

— Oui ?

— Ben... Ils pleurent avec les yeux. En les mouillant.

— ... C'est drôle que tu me dises ça aujourd'hui.

— Pourquoi ?

— Parce que je viens de l'apprendre de la professeure Kk-mura, durant l'émission d'Antenne Enquête.

— Ah ! Excuse-moi... Je n'ai pas regardé. Pas pensé.

— Ce n'est pas grave. Je te comprends. À ta place, j'aurais oublié aussi.

Okkala ne jugea, pour l'instant, pas nécessaire de lui parler du drame survenu sur le plateau. Elle introduisit la carte dans son téléphone pour voir la vidéo.

*

Bras supérieurs croisés sur la poitrine, les deux autres dans les poches de son pantalon, Akkali tournait autour de la grande table du salon-salle à manger. Elle se demandait pourquoi sa fille donnait tant d'importance à la vie de cette bête qu'elle n'avait jamais vue et pourquoi Akkal au lieu de chercher à la raisonner passait son temps à la clinique vétérinaire. Il doit être perturbé par ce qui est arrivé à Ykkypol, se dit-elle. Il lui avait brièvement téléphoné pour le lui apprendre. Elle s'arrêta deux secondes pour reprendre sa ronde autour de la table dans l'autre sens.

Les yeux des têtes de bovs empaillés assistaient à cette manifestation d'anxiété avec la froideur du verre dont ils étaient faits. Pourtant, n'eût été la certitude qu'elles ne pouvaient plus penser, on eût pu croire que ces créatures savaient que la fin de ce tourment dépendait du rétablissement d'une congénère. Et que celui qui avait contribué à poser la vie de celle-ci sur le fil d'un rasoir n'était autre que celui qui avait mis un terme à la leur. C'est en tout cas ce que ressentait la mère d'Akkaliza au moment où Okkala entra.

— Alors ? lança Akkali en cessant sa ronde infernale autour de la table.

— Elle ne rentrera pas. Elle va passer la nuit dans cette cage. Si vous aviez vu ce que je viens de voir, vous la comprendriez.

— Tu ne peux pas la convaincre de dormir dans son lit ? insista Akkali sans se rendre compte qu'elle tutoyait sa belle-sœur pour la première fois.

Okkala lui répondit en s'accordant sur ce ton :

— Non. Comme je te l'ai dit...

Elle lui tendit son téléphone et compléta :

— Regarde cette vidéo et tu comprendras. Donne-moi deux couvertures, s'il te plaît. Une pour elle et une pour moi. Je vais aller passer la nuit à côté d'elle. Tu me rendras le téléphone quand tu auras vu. Il faudra appeler Akkal pour avoir des nouvelles.

Résignée, Akkali alla chercher les deux couvertures et les donna à sa belle-sœur qui repartit aussitôt. Dès qu'elle fut seule, elle se laissa tomber dans un fauteuil et regarda la vidéo. Avant d'arriver à la dernière image, son bec se mit à vibrer. Et quand elle eut tout vu, elle leva les yeux pour regarder les têtes empaillées. Sur le mur en face d'elle, il y avait trois femelles et deux mâles. Les premières étaient facilement reconnaissables à leur face glabre, les seconds, au contraire, aux poils tout autour de leur gueule.

Pourquoi, jusqu'à cet instant, n'avais-je jamais vraiment réalisé que ces choses n'ont pas toujours été des objets ? fut la question qui frappa soudainement son cœur et son esprit.

Au moment où elle s'apprêtait à rappeler son mari, le bruit d'une porte qu'on ouvre violemment la fit sursauter. Akkal traversa la pièce comme un ouragan, arracha presque la poignée en ouvrant la porte donnant sur le jardin et disparut dans l'obscurité. Elle courut derrière lui.

*

Okkala avait pris un siège de jardin devant la maison pour l'utiliser ici, devant la cage, afin de passer la nuit en compagnie d'Akkaliza et de Cachottier. Après avoir donné une couverture à sa nièce, elle s'était assise et avait posé l'autre sur ses genoux.

— Tu n'es pas obligée de faire ça, ma tante...

— Non. Personne ne m'y oblige. J'ai juste envie de passer la nuit avec vous deux.

— Tu as vu la vidéo alors ?

— Oui.

— As-tu vu combien il l'aimait ?

— Oui. C'est pour ça que je suis ici, avec vous. J'ai laissé mon téléphone à ta mère pour qu'elle regarde aussi ta vidéo. Je pense que ça va...

Elle fut interrompue par l'irruption d'Akkal qui s'agrippa des quatre mains aux barreaux de la cage pour hurler :

— Elle est en vie ! Akkaliza, elle est en vie ! La bov de ton Cachottier est en vie ! Ils l'ont réanimée !

Deux créatures y étaient dessinées

T = 35,172.

Le Visiteur n'était qu'à cinq mètres d'Aventure.

Kkarms, le commandant de bord de la navette, regardait Kkagaryne à travers les hublots avec envie et jalousie. Pénétré du sentiment que le moment était historique, il eût tout donné pour être à sa place. Kkagaryne, chargé de faire entrer le Visiteur dans la soute, était en sortie extravéhiculaire. Sa combinaison était fixée dans le dos au bout du bras de la navette et il manœuvrait ce dernier au moyen d'un boîtier de commande sanglé à son avant-bras gauche inférieur. En le manipulant avec précaution, il s'était tout doucement rapproché de l'engin mystérieux, sous les regards de Kkarms et de toute l'équipe au sol. Conscient qu'il n'avait plus qu'à tendre un bras pour toucher la chose venue d'ailleurs, il était habité par des sentiments exaltés.

Il déplaça légèrement un curseur pour avancer encore un petit peu afin d'être en mesure de saisir la machine extraterumastre. Les deux caméras, situées au-dessus de sa visière, permettaient à une partie de l'équipe au sol et à Kkarms de voir ce qu'il regardait en stéréoscopie.

— Kkagaryne en ligne. Voilà ! j'y suis, dit-il. À première vue, il me semble que je peux commencer par toucher le bord de la parabole. Cette partie semble suffisamment rigide pour résister sans déformation à une légère traction. Il y a des plaques rectangulaires à l'arrière... Qu'est-ce que c'est ?... Mystère !

— Ekklamisa en ligne. Regarde dans la direction de chacun des trois mâts, s'il te plaît.

Kkagaryne s'exécuta. À l'arrière de l'antenne parabolique, qui mesurait presque trois mètres de diamètre, trois mâts s'écartaient radialement, tous les cent vingt degrés. Il y en avait un de très fin, un simple cylindre pas plus épais qu'un doigt et de quelque quatre mètres de long. Les deux autres étaient plus courts et un peu plus gros.

Kkagaryne commença par montrer le plus fin, s'attardant sur le petit dispositif qu'il portait à son extrémité.

— Ekklamisa en ligne. Celui-ci semble bien fragile. Montre les deux autres, s'il te plaît.

Kkagaryne se tourna vers l'un d'eux sans faire de commentaires. À première vue, ils étaient identiques et portaient les mêmes appareils. Ces derniers étaient dix fois plus volumineux que le dispositif situé à l'extrémité du mât le plus fin et le plus long.

— Ekklamisa en ligne. Montre l'autre.

Kkagaryne obéit. Juste devant lui, le bord de l'antenne parabolique le fascinait. Encore une fois, il essaya de s'imaginer les créatures qui avaient fabriqué cette machine. Étaient-elles umanoïdes ?... Ou avaient-elles dix bras ?... Ou des pédoncules souples comme les pieuvres ?... Il repensa à ces représentations d'extraterumastres dans ses bandes dessinées d'adolescent, qui, en le faisant rêver, avaient participé à orienter le choix de son métier d'aujourd'hui. Comme quoi, se dit-il, il ne faut jamais perdre ses rêves d'enfants...

— Ekklamisa en ligne. Toujours vivant Kkagaryne ?

Le spationaute sortit brutalement de sa transe :

— Kkagaryne à l'écoute.

— Ekklamisa en ligne. Je te demandais si tu veux bien caresser du bout du doigt le bord de la parabole avec la plus extrême prudence. Tu n'as droit qu'à une pression maximum d'un nanogramme !

Un nanogramme n'était bien sûr qu'une boutade. Elle donnait toutefois une mesure des précautions qu'il était opportun de prendre pour manipuler la fascinante chose venue d'un ailleurs si lointain.

— Kkagaryne en ligne. Compris. Je le fais.

Tout le monde vit sa main approcher tout doucement de l'antenne. Flottant dans le poste de pilotage, Kkarms suivait l'événement, alternativement à travers le hublot et sur son écran.

— Veinard ! murmura-t-il dans leur liaison privée.

Quand son doigt ne fut plus qu'à un demi-centimètre du Visiteur, Kkagaryne sentit son cœur monter en régime et sa gorge se nouer. Ses années d'études et d'entraînement trouvaient là leur justification. Une légère pression au bout de son doigt lui indiqua qu'il avait touché la chose. Bien sûr, à proprement parler, ce n'était pas vraiment un contact physique ; l'épaisseur de son gant l'en séparait encore. Pourtant, subjectivement, c'était si impressionnant !

— Médic en ligne. Tu as le droit de respirer Kkagaryne. Nous te le recommandons, même.

Kkagaryne sortit brutalement de son apnée au moment où ses poumons commençaient à hurler leur besoin d'oxygène. Il ne savait pas depuis combien de temps il avait oublié de les ventiler, mais durant une demi-seconde, il fut un peu agacé de se sentir ainsi surveillé par ceux de l'équipe médicale qui suivaient tout ce que les capteurs de sa combinaison leur mouchardaient. Il les ignora et dit :

— Kkagaryne en ligne. Je l'ai touché.

— Ekklamisa en ligne. Ton impression ?

— Kkagaryne en ligne. Ça m'a l'air assez costaud pour être saisi par la pince.

— Ekklamisa en ligne. Tu as mon accord pour le pincer. Prends tout le temps qu'il te faudra.

— Kkagaryne en ligne. Compris, je procède au pinçage.

Kkagaryne se prépara à faire le geste qu'il avait à maintes reprises répété en piscine. Il approcha lentement la pince ouverte et la referma sur le bord de la parabole. Sa mâchoire de faible serrage et garnie de plastique tendre était conçue pour causer le moins de dégâts possible. Afin de limiter au mieux les risques, on avait décidé de ne pas ramener le Visiteur sur Teruma. Il était plus prudent de l'étudier, au moins dans un premier temps, en apesanteur. Il y avait des chances en effet que des éléments fussent endommagés par la gravité. On ne pouvait pas savoir dans quels champs de gravitation cette machine avait été conçue. Ce pouvait être un monde très léger. Elle pouvait même avoir été assemblée en orbite. Kkagaryne avait donc pour mission d'embarquer la chose dans la soute de la navette qui serait ensuite pressurisée pour faciliter son étude.

— Kkagaryne en ligne. Le Visiteur est pincé. Il n'y a plus qu'à le ramener à la maison.

— Ekklamisa en ligne. Tu peux procéder. Comme convenu, un centimètre par seconde. Pas plus !

Kkagaryne confirma son instruction et obtempéra. Le bras d'Aventure commença à se contracter, rapprochant le Visiteur de la soute à la vitesse de soixante centimètres par minute.

*

Au petit matin, dans un local de la clinique vétérinaire Animal Confort.

— Oui, nous confirmons que nous avons réussi à faire repartir son cœur, affirma Ikkillu.

— Quand reprendra-t-elle connaissance ? demanda Akkaliza.

— Je ne sais pas... dans un quart d'heure, une demi-heure... peut-être un peu plus.

La bov se trouvait sur une table de soins. Elle était allongée sur le dos. Ses quatre membres attachés par des sangles tendues vers les angles formaient un X. Une muselière dissimulait sa gueule.

— Risque-t-elle de souffrir ?

Le mouvement de crête d'Ikkillu eût pu être traduit par une mimique marquant l'incertitude et un léger étonnement devant le peu d'intérêt de la question :

— Peut-être... On ne sait pas grand-chose de ce que peuvent sentir les bovs. Ils doivent être très durs à la douleur, je pense... Mais bon...

— Pouvez-vous faire ce que vous pouvez pour limiter tout risque de souffrance, s'il vous plaît ?

Ikkillu dirigea son regard vers celui d'Akkal. Celui-ci lui fit comprendre qu'il était d'accord avec sa fille.

— Je vais chercher ce qu'il faut pour lui faire une injection, dit la chef des vétérinaires.

Elle quitta la pièce. Kklibab, le jeune chirurgien qui était là et qui observait Akkal comme on regarde un riche excentrique prêt à dépenser une fortune pour sauver la vie d'un animal que d'autres mangent, sourit de la crête d'un air un peu gêné et dit :

— Nous avons pu extraire les deux chevrotines de sa nuque, mais...

— Mais quoi ? demanda Akkaliza.

— Mais, je ne vous cache pas que cette bête ne va pas pouvoir gambader tout de suite. À part ça, elle avait aussi quelques petites blessures à la gueule ; nous les avons suturées.

— Merci, dit Akkaliza. Elle a dû se faire mal en tombant.

Elle tendit ses quatre bras en direction des sangles et ajouta :

— Est-il vraiment nécessaire de l'attacher de la sorte ?

— Ce sont les consignes de sécurité. Nous voulons éviter les griffures et les morsures.

— Je comprends ! Mais ne pouvez-vous pas détendre un peu les sangles ? Elle est presque écartelée, là !

— C'est vrai, appuya Akkal.

Le chirurgien lorgna le pansement sur le bras inférieur gauche d'Akkaliza :

— J'espère que ce n'est pas elle qui vous a fait ça !

— Non ! s'indigna-t-elle. Il s'agit d'un accident qui n'a rien à voir avec elle.

Son père baissa la crête.

Kklibab desserra légèrement les liens. Il y eut un silence au bout duquel la curiosité le poussa à demander :

— Est-ce un animal apprivoisé ?

— Non, répondit Akkaliza. C'était une bov libre et amoureuse !

Amoureuse ? s'étonna in petto le chirurgien en lisant dans l'expression du père une corroboration de cette information. Il y en a des fois ! Il insista malgré lui en l'interrogeant du regard.

— Je ne suis pas le mieux placé pour vous expliquer quelque chose que j'ai compris il y a quelques heures à peine, lui avoua Akkal avec un accent de sincère émotion qui fit vibrer son bec.

Comme quoi, on peut être totalement fou et riche, conclut Kklibab.

Ikkillu revint. Elle tenait une boîte en carton d'où elle sortit une seringue sur laquelle elle régla la dose à injecter en tournant une molette. Après avoir rempoché la boîte vide, elle s'approcha de la surface de soins sur laquelle reposait la bov réanimée. Elle désinfecta une zone sur le bras à l'aide d'un coton imbibé d'antiseptique et fit l'injection.

— Ah ! elle se réveille, dit-elle.

*

Une douleur lancinante extirpa Mahisa de l'inconscience. Elle vit une surface blanche. Assez rapidement, elle eut conscience d'être allongée sur le dos et que cette surface blanche était donc au-dessus d'elle. Sur tous les côtés de son champ de vision, il y avait aussi du blanc. Il s'agissait du haut des quatre murs de la pièce dans laquelle elle se trouvait, mais elle ne pouvait pas le savoir. Elle voulut tourner la tête pour découvrir ce qu'il y avait autour d'elle, mais à son extrême surprise, elle ne le put. Non pas que sa tête fût maintenue immobile par quelque dispositif la rendant prisonnière, mais tout simplement parce que sa volonté de la faire bouger demeurait sans effet.

Elle associa cette effrayante incapacité à la douleur qui irradiait sa nuque, mais peu à peu elle eut de moins en moins mal. Son esprit se sentit dériver dans une sorte de douceur ouatée. Elle pensa à Étos. Lui revinrent en tête des souvenirs de lui. Celui de l'avoir vu enfermé derrière des branches debout, très lisses et très dures. Celui de ses bras passant entre ces drôles de choses pour l'étreindre avec passion et tendresse. Celui de l'avoir entendu la supplier d'aller vite se cacher. Puis elle se souvint aussi du terrible foudroiement de la chose qui tonne et qui tue.

Elle voulut de nouveau regarder autour d'elle, mais sa tête refusait toujours de tourner. Comme tout le monde l'eût fait à sa place, elle essaya une rotation de tout son corps, mais il resta inerte. Quoi qu'elle désirât mettre en mouvement, quelque effort de volonté qu'elle fît, aucune partie d'elle ne bougea ni même ne trembla. Pour aggraver cette situation déjà critique, elle remarqua seulement maintenant qu'elle était au milieu de cris stridents de foudres-tueuses. Elle en entendait tout autour d'elle.

*

— Elle a peur, dit Akkaliza. Elle est terrorisée. Pourtant... Oh ! c'est horrible ! C'est horrible !

— Qu'y a-t-il ? s'enquit Akkal, en alerte à la moindre contrariété de sa fille.

Ikkillu et le chirurgien la regardèrent.

— Elle est paralysée, s'écria-t-elle. C'est certain ! Voyez ses yeux comme ils expriment la terreur et pourtant elle n'effectue pas le plus petit mouvement ! Si elle avait l'usage de son corps, elle tirerait sur les sangles pour tenter de s'enfuir.

*

Le bras d'Aventure continuait à réduire la distance qui séparait le Visiteur de la soute, mais il avait ralenti son mouvement. La machine venue des fins fonds mystérieux de l'espace n'approchait plus qu'à cinq millimètres par seconde. Kkagaryne diminua encore cette vitesse, passant à trois millimètres par seconde. Il savait que l'on comptait sur lui. Le moindre choc contre un élément de la navette pourrait causer des dégâts. Les mots « le Visiteur n'a pas voyagé des millions d'années pour se faire massacrer par nous ! » répétés à l'envi par Ekklamisa résonnaient dans sa tête comme s'ils eussent été les seuls qu'il eût entendus durant toute sa vie. Tous les yeux de l'équipe au sol pouvaient voir, depuis les multiples points de vue offerts par les caméras fixées un peu partout sur la navette, comment les choses se passaient. Le Visiteur arriva enfin juste au-dessus de la soute. Il ne manquait plus qu'à le faire entrer à l'intérieur. Débloquant le mécanisme magnétique qui le soudait au bras d'Aventure, Kkagaryne se mit à flotter dans l'espace seulement relié à la navette par le cordon de sécurité. Il passa derrière la parabole et, cherchant le meilleur point de vue pour opérer, il s'approcha du corps du voyageur interstellaire. Et là !... !...

Il crut tout d'abord que l'importance de sa mission lui avait fait perdre la tête. Puis, il pensa qu'il était victime d'une plaisanterie grotesque, mais cette hypothèse se volatilisa sur-le-champ, car personne d'autre que lui n'avait la possibilité d'agir ici et maintenant. Il ne restait que l'hallucination comme explication ; sans son casque, il se fût frotté les yeux. Peut-être que cet objet fabriqué par... ?... était capable d'agir sur son cerveau ou sur ses rétines.

— Ekklamisa en ligne. Que se passe-t-il ? Quelle est donc cette chose ?

Il n'entendit pas la question. Devant lui, fixé sur le corps du Visiteur, il y avait quelque chose d'insane. Quelque chose qui ne pouvait pas être, mais qui pourtant semblait être. Il tendit un doigt ganté vers cet objet qui ne pouvait être qu'une illusion. Cependant... il constata qu'il était touchable.

Suis-je victime d'une double hallucination, visuelle et tactile ? se demanda-t-il.

— Ekklamisa en ligne. Kkagaryne ! Réponds ! Réponds ! D'où sors-tu ça ? Arrête tes conneries, s'il te plaît ! Hein !

Kkagaryne se souvint qu'une partie de l'équipe au sol voyait la même chose que lui, notamment Ekklamisa qui refusait, elle aussi, l'existence de cette chose. Elle devait croire qu'il avait trafiqué les caméras de son casque ou qu'il avait lui-même amené l'objet pour leur jouer un tour. Elle s'irrita :

— Ekklamisa en ligne. Kkagaryne ! Je t'ordonne de virer ce truc grotesque de là et de finir ton travail !

— ... Je... Je jure que je n'y suis pour rien. Je viens de découvrir ça comme vous. Tu vois bien qu'il y a quatre fixations ! Quand aurai-je eu le temps de les mettre en place ?

C'était bien ce qu'Ekklamisa se disait, en fait. Et elle n'était pas la seule ; ceux qui partageaient cette vue s'étaient fait la même réflexion. C'était contre sa propre raison qu'elle s'était emportée.

— Putainnnn... murmura Kkarms en oubliant de commuter la communication sur le canal privé.

Il s'agissait d'une plaque métallique dorée d'un peu plus de vingt centimètres sur quinze. Différents motifs y étaient gravés. On y voyait clairement le dessin du Visiteur et aussi celui d'une étoile accompagnée de ses planètes, un trait courbe, figurant une trajectoire, indiquait duquel de ces mondes la machine spatiale était partie, du troisième en l'occurrence. Tout cela pour dire qu'il ne pouvait y avoir aucun doute sur l'utilité de cette plaque : c'était un message apportant des informations au sujet de la provenance de la machine. De sa provenance et de ses concepteurs, car deux créatures y étaient dessinées. C'était précisément cela qui avait inspiré la concise, mais explicite, remarque de Kkarms ainsi que la stupéfaction générale de l'équipe au sol.

Sans aucune ambiguïté possible, ces deux créatures étaient des bovs. Une femelle et un mâle. Une bov et un bov. Le doute n'était pas permis. Leur représentation était trop claire pour laisser la place à la moindre incertitude. Le Visiteur avait été conçu par un peuple de bovs.

Différence entre ignorance et refus de savoir

C'était le milieu de l'après-midi.

Okkala savait que les fonctions vitales d'Ykkypol et d'Akkoronta n'avaient pas été menacées. Ukkosal n'avait commis aucun meurtre ; il avait seulement utilisé des projectiles chargés d'un puissant narcotique. Pour autant, sa situation juridique restait préoccupante, mais elle aurait pu l'être bien davantage.

L'employée de la prison, une grande métisse d'apparence peu commode, fit signer un registre à Okkala avant de l'accompagner au parloir.

— Vous avez un quart d'heure maximum, lui dit-elle en la faisant entrer dans une petite pièce séparée en deux par une grille derrière laquelle se trouvait déjà Ukkosal.

— Je suis obligée de vous enfermer. Si vous voulez partir avant, sonnez, dit la gardienne en montrant un bouton près de la porte.

Cette dernière se referma dans un bruit métallique qui refroidit le cœur d'Okkala.

— Alors ? Qu'est-ce qui t'a pris ? Tu es devenu complètement fou, hein !

Les quatre mains dans les poches de sa combinaison de détenu, il répondit :

— C'était la solution. Il fallait déclencher un battage médiatique. Il était nécessaire de créer un événement qui concentre toutes les attentions, pour que tout le monde en parle.

— Tu veux bien t'arrêter de parler une seconde ?

— Quoi ?

— Alors, d'abord, on en parle très peu. La chaîne a tout fait pour étouffer ton buzz.

— Hein ?

— Ensuite, tu as fait beaucoup plus pour la cause avec les images que tu as rapportées qu'avec ton action d'éclat. Car celle-ci ne fait qu'une chose : nous faire passer pour des fous.

— Personne n'en parle ?

— Non.

— Tu m...

« Tu mens » allait-il lui dire, mais il vit dans son regard et à l'expression de sa crête qu'elle disait la vérité.

Ukkosal leva ses deux mains supérieures pour se masser les paupières. Avec les deux autres, il s'appuya sur la grille.

— Je suis épuisé, dit-il. Je fais des cauchemars jour et nuit. Tout ce que j'ai vu chez ton frère me hante.

— J'en suis désolée. Ressaisis-toi. Je vais voir ce que je peux faire pour te sortir de là. Et surtout, ne fais pas de déclarations qui pourraient se retourner contre toi. Le mieux serait que tu ne dises rien.

La regardant appuyer sur le bouton d'appel, il s'abstint de répondre.

*

— Nous sommes six à l'avoir vu, dit Ekklamisa à Ikkarix. Kkagaryne et Kkarms, bien sûr, plus toi, moi et deux techniciens de la transmission. J'ai insisté sur les consignes de discrétion habituelles. Tout le monde saura se taire. J'ai demandé à Kkagaryne de passer ses caméras en privé, toi, moi et Kkarms.

— Allons chez moi pour faire le point tranquillement.

— D'ac...

Durant le trajet dans la voiture d'Ekklamisa, Ikkarix se gratta la gorge, joignit ses quarante doigts avec application, comme s'ils eussent été les seuls motifs de sa concentration, et dit :

— Bon... Résumons. Nous avons entre les mains un engin conçu par des bovs habitant sur la troisième planète d'une étoile qu'ils...

— Qui habitaient, fort probablement, sur la troisième planète de leur étoile, au moment où ils ont conçu le Visiteur, rectifia Ekklamisa.

— Tu as raison. Un peuple de bovs originaires, aurais-je dû dire, d'une étoile qu'il nous reste à identifier, mais...

Regardant dans le rétroviseur pour changer de file, elle compléta pour montrer qu'elle devinait ses pensées :

— Mais, même sans l'identifier, nous savons qu'ils ont conçu cette machine il y a au moins un million d'années.

— Et que, s'ils existent encore, ils ont forcément aujourd'hui une avance technologique telle que nous ne sommes pour eux que des vers de terre.

— Et encore !

— Et encore, comme tu dis ! Et que...

— Compte tenu du fait que nous sommes en train de torturer et massacrer par millions ceux qui leur ressemblent trait pour trait, ici sur Teruma... Je veux dire ceux qui leur ressemblaient.

— S'ils le découvrent, ça risque de chier pour nous ! Et je pense qu'il faudra beaucoup plus que du beau vernis à bec pour leur faire bonne impression !

— Même conclusion ! s'exclama-t-elle en se garant devant la maison de Ikkarix.

Ce dernier décolla ses doigts pour descendre de la voiture.

Ikkarix avait aussi un grand écran mural relié à l'agence spatiale. Il l'alluma et dit :

— Installe-toi. Je vais chercher des trucs à grignoter.

— Pas de bov, surtout, hein ! lança-t-elle en se posant sur le canapé.

— Sûr ! Je vais tout virer de mon congélo en me cachant sous un drap, répondit-il depuis le coin-cuisine.

Elle eut un petit rire. Jaune, le petit rire.

— Mais, tu ne m'as pas dit que tu étais végane ?

— Si, bien sûr ! Je déconne pour le bov. Je n'ai pas de viande chez moi.

— ...

— Je nous fais réchauffer deux parts de pizza, de la végé, proposa-t-il en revenant. Ça te va ?

— Impec ! Si je comprends bien, tu as des chances d'être épargné si les concepteurs du Visiteur décident de nous punir. Alors que moi...

— Je te cacherai sous mon lit.

Il relia son téléphone portable à l'écran mural pour afficher une image de l'objet.

— Bon... Alors ?... fit-il.

— Alors, je n'ai pas le droit de garder cela secret trop longtemps. Juste le temps de nous en remettre et de comprendre mieux la chose avant de communiquer des infos à son sujet.

— Y'a du baratin en binaire, c'est sûr...

— Ça se voit, oui. Reste à comprendre ce que ça signifie.

— J'avoue que je suis encore tellement sous le choc que... avoua-t-elle.

— Ben, moi aussi, figure-toi. Je ne me sens pas capable de résoudre cette énigme dans la minute. Nous allons devoir demander de l'aide. Je te propose de soumettre la chose à la sagacité du plus grand nombre de têtes possible, en prenant dans un premier temps, la précaution d'effacer les deux bovs et sans dire d'où ça vient bien sûr.

— Oui, c'est une bonne idée. Faisons cela le plus vite possible. J'aimerais que tu t'en charges. Autant d'enlever les deux créatures que de diffuser le casse-tête spatial aux meilleurs cerveaux de la planète. Moi, je suis exténuée. J'ai dormi moins d'une heure ces derniers jours.

— Bien, je m'en occupe de suite.

— Merci... Tu sais... J'y pense... Qu'est-ce qui nous prouve que ce soient eux les concepteurs finalement ?

— Que veux-tu dire ? s'étonna-t-il.

— Que ces deux animaux ne sont peut-être là que pour... enfin pour une autre raison que pour nous dire : « Coucou ! c'est nous qui avons fait ça ! »

— Tu vois une autre explication ?

— ...

— Pour décorer ? plaisanta-t-il.

— ... Heu...

— Parce que les bovs étaient sacrés chez eux ?

— Tu as raison ! Je suis ridicule, capitula-t-elle. C'est parce que je n'arrive pas à imaginer que des bovs aient pu... Sinon, autre chose...

— Heum ?...

— Je pense qu'on devrait contacter quelqu'un que tu connais. Tu devrais même peut-être commencer par ça.

— Qui ?

— Celle qu'on a vue à la télé, là... La végane.

— Okkala ?

— C'est ça, oui. Tu la connais bien, j'imagine.

— Pas plus que ça. Je suis simple adhérent à Deux Un Quatre pour les aider un peu. Mais je la connais un peu, oui. Tu crois que...

— Oui. Tu peux. Tu as mon feu vert. Je suis sûre que tu en meurs d'envie avec ton air faussement surpris. Avoue que tu y as songé.

— J'avoue...

— Penses-tu qu'on peut lui faire confiance ? Je veux dire que j'aimerais qu'on lui demande ce qu'elle en pense, mais qu'elle garde le secret le temps de nous laisser trouver le meilleur moment pour officialiser l'info.

— Je pense que tu peux lui faire cette confiance-là, oui. Si on ne garde pas le secret des années, bien sûr.

— Alors, vas-y. Appelle.

*

— Salut ! lança Okkala en entrant.

Elle découvrit Ykkypol allongé dans son lit médical. Il regardait la télévision. Une voix parlait de la chose venue de l'espace que des spationautes allaient intercepter.

— Tiens, vous ? s'étonna-t-il.

Il baissa le son du téléviseur.

— Mon frère est-il passé vous voir ?

— Pas encore, non.

— Il va certainement venir d'un moment à l'autre.

— Que me voulez-vous, vous ? Ne me dites pas que vous vous souciez de mon état de santé !

— Non, je l'avoue. Vous ne me croiriez pas, si je vous le disais.

Il la fixa un moment, utilisa son boîtier de commande pour faire monter son lit de manière à être presque assis et dit :

— Passez-moi cette trousse, là, sur la table de chevet.

Okkala lui donna l'objet qu'il lui montrait.

— Merci. Alors ?

Il ouvrit la trousse pour en sortir un miroir, une bouteille de vernis à bec et un pinceau. Puis, la regardant d'un air interrogatif, il ajouta :

— C'est si difficile à dire ?

— Non, pas tant. Tout d'abord, contente de voir que vous n'allez pas si mal que ça. Vous vous êtes vite remis.

Tenant le miroir d'une main supérieure, il utilisait les trois autres pour faire de petites retouches çà et là sur son bec.

— D'accord, merci. Ensuite, alors... l'objet de votre visite.

— Je voudrais savoir si vous portez plainte contre celui qui vous a fait ça.

— Vous pouvez le nommer, vous savez ! Je pense que vous le connaissez. Pour ma part, je l'ai bien reconnu. Il a travaillé chez nous un moment. C'est probablement un espion envoyé par vous, si ce n'est pas par Ralchadomac. Bien sûr que je porte plainte ! Pourquoi ne le ferais-je pas ?

— Justement parce que c'est bel et bien un lanceur d'alerte envoyé par moi, enfin par moi... par Deux Un Quatre, disons plutôt.

Il déplaça son miroir et tourna la tête de différentes façons, pour observer son bec sous plusieurs angles avant de répondre en la fixant :

— Deux Un Quatre ou vous, qu'importe ! C'est pareil non ? Pourquoi cela me dissuaderait-il de porter plainte ?

— Parce que j'ai suffisamment d'images pour causer beaucoup de tort à Manger Nature.

— Pensez-vous ! Laissez-moi rire ! La télé n'en veut même pas de vos images !

— La télé, sans doute, mais Ralchadomac sera content de les utiliser pour vous faire de la publicité.

Un peu crispé, il posa le miroir sur le lit, ferma le flacon de vernis et le remis dans la trousse.

— Vous feriez du tort à la boîte de votre frère ?

— Vous savez très bien que oui et sans aucun état d'âme.

— Pauvre Akkal ! Il n'a pas de chance avec une sœur comme ça ! Mais...

— Mais quoi ?

— Vous me prenez pour un imbécile parce que vous allez certainement aller voir Akkoronta, si vous n'en venez pas déjà, pour lui proposer le contraire. C'est-à-dire de lui fournir les images pour qu'il ne porte pas plainte de son côté. Car, il va forcément le faire.

— Vous n'avez qu'à moitié raison.

— C'est-à-dire ?

— C'est-à-dire que je vais effectivement aller le voir, mais je ne lui offrirai pas vos images. Je lui ferai une proposition symétrique de celle que je viens de vous faire. Car j'ai aussi des images de Ralchadomac qu'il n'aimerait pas que je vous remette.

— Ha ! J'applaudis des quatre mains ! Vous êtes le Diable !

— Assez de compliments, vil flatteur ! Mais se faire traiter de Diable par un dirigeant de camp de concentration ! Vous voyez ce que je veux dire ? Je dois filer.

— ...

— Et pensez à retirer votre plainte au plus vite, ajouta-t-elle en partant.

Le dernier mot faillit être prononcé de l'autre côté de la porte.

La chambre d'Akkoronta se trouvait dans la même clinique, à quelques pas de là. Alors qu'elle s'en approchait, Okkala vit une uma et trois enfants en sortir. Probablement sa femme et sa progéniture, se dit-elle. Elle ralentit le pas pour leur laisser le temps de s'éloigner, puis elle entra.

— Okkala ? Que... ?

— Vous n'êtes pas mort, Akkoronta ! Dommage ! On peut dire que vous faites tout pour me contrarier !

— On peut dire que vous donnez le ton !

— Bah ! Pourquoi faire des salamalecs ! Vous connaissez la vastitude de tout le mépris que j'ai pour vous ! Alors...

— Moi aussi, je vous hais, et vous le savez aussi.

— Oui. Et j'en suis très flattée. Donc, mettons fausses politesses et autres hypocrisies de côté. N'appuyez pas sur la sonnette d'alarme, je ne suis pas venue vous tuer.

— Votre uma de main a pourtant bien essayé.

— Je suis justement venue vous parler de lui. De un, ce n'est pas mon uma de main. Et de deux, je vous demande de ne pas déposer ou retirer votre plainte. Je vais vous expliquer pourquoi vous allez suivre ce conseil.

Elle lui tint le discours qu'elle venait de servir à son concurrent. Mais, quand elle eut fini, contre toute attente, il la regarda d'un air amusé :

— Ma pauvre Okkala ! J'imagine que vous avez utilisé le même argument du côté d'Ykkypol. D'ailleurs, je me demande bien pourquoi ce n'était pas votre frère qui était sur le plateau, mais là n'est pas le sujet. Vous avez dit la même chose à Ykkypol, n'est-ce pas ?

— Oui.

— Vous êtes sans aucun doute une uma de principes, Okkala, et certains trouveront cela noble. Mais, vous n'êtes pas une stratège ; de ce côté-là, vous êtes une enfant !

— ...

— Je vais porter plainte contre Ukkosal et aussi contre vous sous le prétexte que c'est votre uma de main. Peu m'importe que ce soit vrai ou faux, au demeurant. Je vais encourager Ykkypol à faire de même. Nous avons tous les deux intérêt à vous affaiblir. Je lui dirai simplement que s'il s'engage à ne pas utiliser vos images contre moi, je m'engage aussi à ne pas les utiliser contre lui. Il n'y a rien de plus simple. Votre chantage symétrique ne peut pas marcher, puisqu'il nous suffit de nous entendre pour nous en protéger.

La confiance d'Okkala s'effrita : ce type était un dur à cuire !

C'est à ce moment-là que son téléphone vibra dans sa poche. Elle regarda l'écran et lut le message suivant :

« Adhérent de Deux Un Quatre, j'ai une information capitale ! Appelez-moi le plus tôt possible. C'est très important que vous soyez dans les premières à en prendre connaissance, mais je ne pourrai pas la garder indéfiniment secrète. »

— Comme vous voudrez, Akkoronta ! Libre à vous de prendre ce risque !

Elle sortit sur ces mots pour ne pas lui montrer qu'elle avait été ébranlée par sa contre-attaque. Mieux valait le laisser sur un doute.

Dans le couloir de l'hôpital, elle appela l'expéditeur du texto :

— Allo ! fit un uma. Okkala, je vous envoie mon adresse. Venez au plus vite, je vous en prie.

Il avait déjà raccroché. Elle posa un doigt sur l'adresse pour ouvrir le plan. Ce n'était pas loin d'ici. Elle décida de s'y rendre à pied. Le nom de l'expéditeur lui disait vaguement quelque chose. Si c'était vraiment un adhérent, il ne devait pas se montrer souvent. Sortie de l'hôpital, elle pressa le pas.

*

— Nous devrons nourrir votre bête avec une sonde naso-gastrique, expliqua le jeune chirurgien vétérinaire. Elle ne pourra pas s'alimenter elle-même naturellement.

— Nous avons suivi votre instruction, Akkaliza, ajouta Ikkillu. Nous l'avons rendormie. Ainsi, elle ne souffre plus et elle n'a plus peur.

Ikkillu et Kklibab parlaient avec Akkal et sa fille dans un bureau de la clinique Animal Confort.

— Restera-t-elle longtemps paralysée ? demanda Akkaliza.

Ikkillu regarda Akkal puis son collaborateur en hésitant. Du regard, elle l'incita à se prononcer.

— Il y a de fortes chances pour que ce soit définitif, avoua le chirurgien.

Akkaliza ne savait plus si la réanimation de la bov était une bonne ou une mauvaise chose, finalement. D'abord, elle se demandait comment Cachottier réagirait en la voyant dans cet état. Ensuite, en essayant d'imaginer ce que serait désormais la vie de cette pauvre bête condamnée à rester immobile, elle commença à fortement douter que son retour à la vie fût une bonne nouvelle.

Dépassé par ce qu'il était en train de vivre, Akkal parlait peu, mais il s'enquit :

— Concrètement, comment pourrons-nous... euh... comme dire ? Comment pourrons-nous rendre sa compagne à Cachottier. Enfin... je veux dire...

— Cachottier ? s'étonna Kklibab.

Ikkillu le renseigna :

206

— Cachottier est le nom du mâle de la bov que tu as opérée. C'est Akkaliza qui l'a choisi, n'est-ce pas ?

— Qui a choisi le mâle ?

— Non. Le nom. C'est elle qui a choisi de l'appeler comme ça.

Elle adressa un regard à l'intéressée. Plongée dans ses pensées, celle-ci opina de la crête distraitement.

— Ah !... fit Kklibab. Donc pour répondre à votre question... Houla ! Ça ne sera pas facile de la déplacer pour la porter à son mâle. Même une insémination artificielle sera problématique. Euh... À ce propos, ce n'est peut-être pas la peine, car elle est toujours en gestation.

Ne sachant que dire de plus, il chercha de l'aide en regardant Ikkillu dans les yeux. Après tout, ce ne sont pas mes clients, pensait-il. J'ai fait mon boulot, qu'elle se débrouille !

— Vous ne comprenez pas, dit Akkaliza. Il ne s'agit pas d'une saillie ! Ces deux êtres s'aimaient ! Mon père demandait comment les rendre l'un à l'autre. Comment leur rendre leur vie, en fait, tout simplement et plus généralement ?

Kklibab eut du mal à dissimuler combien il trouvait la question surréaliste et les préoccupations qui l'avaient fait naître futiles. Bien que des années d'exercice dans cette clinique lui eussent appris à faire bonne figure devant les caprices les plus extravagants des clients, il était, là, pris au dépourvu.

« Comment rendre l'un à l'autre deux bovs qui s'aiment ? » J'aurai décidément tout entendu, se dit-il. À moins qu'un prochain fou furieux me demande de soigner une limace écrasée qui voulait se marier avec une chèvre.

— Nous avons fait ce que nous avons pu, affirma Ikkillu en regardant Akkal avec insistance.

Elle essayait de lui faire comprendre qu'elle avait rempli sa partie du contrat et qu'elle ne tenait pas à ce qu'il remette son engagement en question. La bov était en vie : il devait donc lui donner toutes ses actions de Manger Nature.

Voulant de bonne foi aider sa collègue à satisfaire ses clients particulièrement exigeants et excentriques, qu'il voyait comme des enfants capricieux, Kklibab tenta :

— J'admets que ce ne sera pas facile pour vous d'avoir les rapports affectifs que vous aviez avec cette bov. Il faut aussi savoir que la garder en vie dans ces conditions va nécessiter des soins occasionnant des frais importants. Je comprends que c'est très difficile de perdre un animal auquel on s'est attaché... Mais si vous décidez d'en rester là, je connais une excellente taxidermiste. Elle pourra vous l'empailler toute entière, si vous voulez. Dans une pose très naturelle.

À ces mots, Akkaliza ne put retenir ses pleurs et à ceux de sa fille, Akkal libéra les siens. En entendant les vibrations de ces deux becs, Ikkillu adressa au chirurgien un regard par lequel elle lui fit comprendre qu'elle désirait rester seule avec ses clients.

— Je suis désolé, mais je dois vous laisser un instant, dit-il en partant.

*

Okkala serra les deux mains gauches du grand métis qui l'accueillait chez lui.

— Bienvenue ! dit celui-ci.

Il l'entraîna dans le salon et lui montra son canapé :

— Asseyez-vous, je vous en prie ! Installez-vous à côté d'Ekklamisa. Je vais vous présenter l'une à l'autre.

Okkala s'exécuta. Elle se tourna vers sa voisine et toutes les deux se serrèrent cordialement les mains gauches.

Ikkarix tira un fauteuil pour s'asseoir en face d'elles et dit :

— Okkala, je vous présente Ekklamisa, directrice de l'agence spatiale. Je travaille sous ses ordres en tant que mathématicien spécialisé dans les calculs orbitaux. Je suis adhérent de Deux Un Quatre, mais je ne suis allé qu'une fois ou deux aux réunions. Je cotise parce que je partage les idées défendues par l'association, mais j'avoue que je n'ai pas dépensé beaucoup de temps et d'énergie pour les promouvoir. Vous allez bientôt comprendre que ce que nous avons découvert et que nous allons vous révéler me le fait beaucoup regretter. Ekklamisa, je te présente Okkala...

— Je connais Okkala, Ikkarix. J'ai eu le bonheur de la voir à la télévision. Je vous félicite, madame. Je me souviens en particulier du moment où vous avez interpellé ceux qui prient. J'ai même retenu les deux dernières phrases, car elles m'ont marquée : « Oui, je m'adresse à ceux qui osent demander, en haut, bien plus que ce qu'ils n'accordent, ici-bas. En réponse à toutes leurs prières, qu'ils s'estiment heureux que Dieu ne les mange pas eux-mêmes ! » La première m'a touchée, la deuxième m'a fait rire.

La crête d'Okkala afficha un sourire un peu gêné :

— Il m'arrive d'être un peu... passionnée, parfois, j'avoue.

— Ma chef ne m'avait pas confié que vous aviez fait une si forte impression sur elle, s'étonna Ikkarix. Je le découvre en même temps que vous. Je vais en venir au fait le plus rapidement possible, mais voulez-vous un rafraîchissement ?

— Pas pour l'instant, merci. J'ai hâte de savoir de quoi il s'agit.

Ikkarix alluma le grand écran mural qui affichait une partie des motifs de la plaque du Visiteur.

— Que voyez-vous là ? demanda-t-il à Okkala.

— Ben... un curieux dessin de deux étranges bovs, pourquoi ?

— Pourquoi sont-ils étranges ? intervint Ekklamisa.

Okkala se tourna vers elle :

— M'avez-vous invitée de toute urgence à passer un test psychologique ?

Ikkarix la rassura :

— Non. C'est seulement que ce que nous avons à vous dire est tellement... tellement...

— ... ?

— Avez-vous entendu parler de l'engin spatial de construction non umane ?

— Oui, oui... Je vous ai vu en parler, Ekklamisa, moi aussi je vous ai vue à la télévision. Mais quel rapport avec moi ?

Ikkarix l'interrogea :

— Savez-vous que nous avons réussi à l'intercepter et qu'il est actuellement parqué en orbite dans une navette ?

— Non. Je ne le savais pas. J'ai été très occupée et... Mais où voulez-vous en venir, enfin ?

— Je vais vous le dire à l'instant. Gardez bien à l'esprit que cette machine vient de quelque part dans l'espace. De très très très loin. Elle a voyagé, au moins, au moins j'insiste, un million d'années, à cinquante mille kilomètres à l'heure de moyenne pour arriver jusqu'à nous.

— J'avoue que c'est fascinant quand on y songe...

— Tout à fait ! N'est-ce pas ? Alors, je peux à présent vous dire que le dessin que vous voyez, là sur l'écran, se trouve sur cette machine.

Passé trois secondes de stupéfaction silencieuse, Okkala articula :

— Voulez-vous dire que les extraterumastres qui ont fabriqué cet engin ont des bovs sur leur planète et qu'ils ont jugé bon d'en dessiner sur leur machine ? Seraient-ce des animaux sacrés ou quelque chose du genre chez eux ?

Ekklamisa et Ikkarix échangèrent un regard. La première laissa la parole au second.

— En fait, ce n'est pas tout à fait ce que nous voulions dire, non. D'abord, il est important de parler au passé, car je le rappelle cette machine est partie de chez elle, il y a au minimum un million d'années.

— Oui, c'est vrai, reconnu Okkala. Ils avaient des bovs dans leur monde, voulais-je dire.

— Oui... C'est mieux... Mais ce que nous pensons, nous, c'est que ce sont eux qui ont conçu le Visiteur. Le Visiteur c'est le nom que nous avons donné à la machine.

— Qui eux ?

— Les bovs.

— ! ...

— Le Visiteur a été conçu, fabriqué et lancé dans l'espace par un peuple de bovs, insista Ikkarix.

Okkala resta incapable d'articuler un son, regardant alternativement les deux employés de l'agence spatiale dans les yeux.

— Nous sommes très sérieux, Okkala, finit par dire Ekklamisa dans l'espoir de la décoincer. Nous ne nous serions pas permis de vous...

— Combien de personnes savent ça ?

— À notre connaissance, pour l'instant, vous êtes la septième.

— Pourquoi me faites-vous cet immense honneur ?

— Qui est mieux placé que vous ?

Devant l'air perplexe de la présidente de Deux Un Quatre, Ikkarix expliqua :

— Récapitulons. Il y a au moins un million d'années, un peuple de bovs maîtrisait une science permettant de lancer des engins dans l'espace. Si ces créatures existent encore aujourd'hui, elles doivent avoir atteint un niveau tellement haut, que nous ne sommes pour elles que...

— Technologiquement des bovs, compléta Okkala. C'est drôle ! Nous serions des bovs pour ces bovs !

— Sans doute même pas, dit Ikkarix. Sans doute même pas. J'ai entendu dire que les bovs de chez nous savent fabriquer des outils. Des outils grossiers, mais des outils tout de même.

— C'est vrai, affirma Okkala.

— Dans ce cas, j'ai bien peur que nous ne soyons même pas des bovs de chez nous par rapport à ces bovs d'ailleurs.

— C'est étrange, remarqua Okkala. Sur le dessin, le mâle n'a pas de poils sur la gueule.

— C'est vrai, dit Ekklamisa. Nous avons relevé ce détail aussi. Il s'agit sans doute d'une espèce un peu différente de celle que nous connaissons sur Teruma.

— Et... pourquoi le mâle lève-t-il une main ainsi ?

— Nous n'en avons pas la moindre idée. Peut-être pour nous montrer ce détail de leur anatomie. La main est un organe important.

— C'est une explication, dit Okkala. En tout cas, la femelle ne fait rien, elle. Ils avaient la technologie nécessaire pour créer le Visiteur, mais peut-être qu'ils étaient encore dans une société sexiste phallocratique. Après tout, c'est bien toujours un peu notre cas, bien que nous puissions nous aussi envoyer des engins dans l'espace. Mais je vous ai interrompu, Ikkarix. Vous souligniez le niveau de technologie énorme qui nous séparerait de ces bovs, s'ils existent encore. Donc...

— Donc, vu comment nous nous comportons à l'égard de leurs congénères sur Teruma...

Okkala l'interrompit :

— Vous avez peur de leur vengeance, s'ils venaient nous rendre visite.

Ikkarix et Ekklamisa demeurèrent bec fermé.

— Et vous avez imaginé que le combat de Deux Un Quatre pouvait faire de moi une sorte d'ambassadrice pour racheter l'umanité à leurs yeux.

— Il doit y avoir un peu de ça, mais nous avions surtout envie d'en parler avec vous, d'entendre vos conseils. Nous nous demandions quand et comment le révéler à toute la planète.

Okkala ne savait que répondre. Elle ne savait même que penser. Assommée par cette information, il ne lui venait qu'une seule chose à l'esprit. Elle ne s'en cacha pas.

— Je suis désolée d'être si peu utile en cet instant, mais ce que vous venez de m'apprendre est si surprenant et inattendu que je n'en pense pour l'heure qu'une seule chose.

Deux regards interrogatifs la fixèrent intensément.

— Je me dis que ça ne peut que servir la cause de Deux Un Quatre. Les gens craindront d'éventuelles représailles de ces bovs ultras évolués. Leur instinct de conservation étant bien plus grand que leur compassion, la peur leur arrachera ce que leur cœur n'a jamais voulu donner. Malheureusement, nous ne saurons jamais si notre espèce aurait pu gravir cette ascension éthique sans cette menace.

— Tout le monde n'est pas au courant de ce qui se passe, plaida Ekklamisa.

— Au courant de quoi ?

— Ben... de ce que vous pensez, au sujet de ce que nous faisons subir aux autres espèces.

— Ah bon ? Vous savez ce que je pense ? Vous êtes donc bien au courant vous, de ce qui se passe comme vous dites !

Il y eut un silence pesant au bout duquel Okkala se radoucit un peu.

— Excusez-moi, dit-elle. Mais les mouvements de libération animale dépensent tant d'énergie pour apporter l'information au public ! Comment faire la différence entre ignorance et refus de savoir ? Car il y en a une, de différence essentielle, entre ne pas savoir et éviter de savoir. Quand on montre des vidéos, combien de fois avons-nous entendu : « Oh ! moi, je ne regarde pas, je suis trop sensible ! » Trop sensible pour regarder, mais assez indifférent pour planter sa fourchette dans un morceau de chair quelques heures après cette déclaration. Combien de fois avons-nous entendu « Quelle indécence de montrer des choses choquantes comme ça ! » Ainsi beaucoup trouvent indécent de montrer la vérité, mais ne trouvent pas indécent de participer à cette épouvantable cruauté en fermant les yeux et en se bouchant les oreilles. Je ne suis même pas désolée de vous dire que si tous ces gens-là se retrouvent sous le joug d'une espèce de bovs qui les domine, ils n'auront que ce qu'ils méritent.

— Mais, tous les umas ne méritent pas ce sort, Okkala, insista Ekklamisa. Moi, peut-être, mais Ikkarix, par exemple... Ikkarix, non, puisqu'il est adhérent à votre association. C'est qu'il n'est pas insensible à la souffrance animale. Et puis, comme vous le relevez vous-même, nous avons été éduqués comme ça. Dès la plus petite enfance, on nous a appris à...

— Excusez mon emportement, Ekklamisa. Vous avez raison, ma tolérance s'érode par moments. J'en suis désolée. Je ne sais que vous dire. Je suis autant que vous dépassée par cette stupéfiante information. J'en suis sonnée ! Mon esprit ne l'a pas encore entièrement digérée. J'ai du mal à mesurer toutes les conséquences de cette incroyable nouvelle. Les implications philosophiques sont à elles seules vertigineuses. Mais... il me vient une interrogation en tête, là, maintenant...

— Oui ?

— Si ce que vous dites est vrai... au sujet du million d'années d'avance qu'ils devraient avoir sur nous... Comment se fait-il qu'ils ne soient pas déjà ici ? Comment se fait-il qu'ils nous laissent pareillement maltraiter leurs semblables sans intervenir ? Avec un million d'années d'avance technologique et scientifique, ils devraient avoir les moyens de savoir ce qui se passe un peu partout, au moins là où est arrivé un de leurs engins en tout cas. Vous qui travaillez dans le domaine, allez vous me dire que vous ne savez pas où se trouvent nos sondes spatiales en ce moment ?

— Si, bien sûr, nous le savons. Nous connaissons même la position de celles qui ont quitté notre système stellaire.

— Ils doivent donc bien, eux aussi, savoir où se trouve le Visiteur.

— Vous êtes perspicace, Okkala, reconnut Ikkarix. Mais nous ne pouvons que faire des suppositions. Comment se fait-il qu'ils ne soient pas déjà ici ? En effet. Soit ils ne le veulent pas, soit ils ne le peuvent pas, soit ils n'existent plus... Nous ne faisons que vous rapporter des faits.

— Oui, je comprends. Je comprends... C'est incroyablement drôle ! L'Univers est fou !

Devant leur regard étonné, elle compléta :

— Oui ! J'ai si souvent utilisé l'image d'extraterumastres qui viendraient nous dominer et nous exploiter, comme nous exploitons nous-mêmes les animaux non umans de notre monde, pour essayer de faire comprendre que nous n'avons de notre côté qu'une seule loi, la plus injuste de toutes, la loi du plus fort. Or, voilà qu'aujourd'hui ces extraterumastres sont une réalité ! Non seulement ils sont une réalité, mais en plus, ironie du sort, ils sont des bovs, une des espèces que nous exploitons le plus ici.

— Ils étaient des bovs il y a un million d'années, ou plus, rectifia Ikkarix en accentuant le mot « étaient ». Rappelons-nous que le Visiteur vient d'un ailleurs tout aussi lointain dans l'espace que dans le temps. Il est important de le garder sans cesse à l'esprit. Ceci peut répondre à votre question Okkala. Ils ne sont pas ici, soit parce qu'ils n'existent plus, comme je l'ai déjà supposé, soit parce qu'ils ont tellement évolué que les bovs que nous exploitons sur Teruma ne sont plus vraiment importants pour eux.

— J'ai beaucoup de mal à envisager cette seconde hypothèse ! s'exclama Okkala. Comment une espèce pourrait-elle à ce point se désintéresser de ses origines ?

— Vous préoccupez-vous du sort des protozoaires, que nous tuons par milliards chaque fois qu'on aseptise ou qu'on désinfecte quoi que ce soit ? Ils sont pourtant à l'origine de toutes les formes de vie et donc de la nôtre aussi.

— Quand même ! Quelle comparaison ! Les protozoaires, vous y allez fort Ikkarix ! Ils ne peuvent tout de même pas avoir évolué au point que les bovs de la Teruma ne soient pour eux que des protozoaires !

Ekklamisa appuya le propos de Ikkarix :

— Un million d'années, Okkala ! Un million d'années ! En tenant compte du fait que le progrès suit une courbe exponentielle et qu'ils en étaient déjà au niveau d'une civilisation technologique spatiale.

— C'est vertigineux ! J'en suis étourdie !

— Pour en revenir à ce que vous disiez à l'instant, reprit Ikkarix, c'est vrai que je vous ai entendue utiliser l'idée de puissants extraterumastres qui viendraient nous faire subir ce que nous infligeons aux animaux de la Teruma.

— Ah bon ! Je ne vous ai pas souvent vu aux réunions de l'asso, pourtant !

— Je le concède, mais je suis vos interventions sur internet avec assiduité, assura-t-il.

Un grand sourire ondulant sa crête, il ajouta :

— Je ne dis pas ça pour racheter mon âme afin que vous me pistonniez auprès des bovs qui ont envoyé le Visiteur.

Ils rirent un peu tous les trois.

— Quand comptez-vous faire la déclaration officielle ? s'enquit Okkala.

— D'un instant à l'autre, dit Ekklamisa, je ne peux pas retenir cette information très longtemps. Cela me serait reproché.

Okkala parut réfléchir :

— Il est presque une heure du matin. Pouvez-vous attendre jusqu'à demain midi ?

— Demain midi... oui. Ça peut se faire, mais pourquoi ?

— Je vous le demande comme un service personnel.

Étos va rejoindre Mahisa

Okkala sortit de chez Ikkarix vers une heure dix. Elle fit un saut chez elle et courut aussitôt au pénitencier de la ville pour demander à voir Ukkosal de toute urgence. Le gardien en faction lui fit savoir que les visites ne commençaient qu'à huit heures. Un billet ayant sur-le-champ convaincu ce fonctionnaire qu'elles pouvaient aussi commencer tout de suite, il appela quelqu'un au téléphone afin que l'on conduisît Okkala au parloir.

Ukkosal regarda Okkala de ses yeux rougis par le sommeil et l'accablement. Sa crête molle et ses écailles ternes témoignaient de son état d'extrême fatigue.

— Quoi ? fit-il en ouvrant à peine le bec.

— Je t'ai amené du papier et un stylo.

— ...our quoi faire ?

— Pour que tu écrives ce que je vais te dicter.

De chaque côté d'une cloison de verre, il y avait une petite tablette sur laquelle on pouvait s'accouder. Elle fit passer la feuille et le stylo dans l'étroite fente de la vitre qu'il y avait entre ces deux accoudoirs.

— ...me dicter ?

— Oui. Vas-y, écris...

Une main inférieure tenant le stylo, l'autre posée à plat sur le papier il attendit, les deux bras supérieurs croisés sur la poitrine. Okkala commença :

— Moi, Ukkosal, je déclare que j'ai tiré sur Ykkypol et sur Akkoronta sur le plateau de l'émission Antenne Enquête de Chaîne 2 pour la raison suivante.

Elle patienta jusqu'à ce qu'il eût fini d'écrire et poursuivit :

— Pour montrer aux bovs qui viendront de l'espace que certains umas ont de la compassion pour leurs semblables qui vivent sur notre monde la Teruma.

Au lieu d'écrire, Ukkosal la regarda le bec ouvert.

— Écris, je te dis, insista-t-elle. Fais-moi confiance.

— Tu veux me faire interner en psychiatrie pour m'éviter la prison. Hein ? C'est ça ?

— Écris. Je te jure que ce n'est pas ça. Je vais faire venir un huissier. Tout à l'heure. Tu lui remettras ce que tu as déclaré sur cette feuille que tu dateras et signeras. Tu n'iras pas en asile psychiatrique et tu sortiras bientôt de prison avec les honneurs.

— Si tu le dis... fit-il d'un air aussi las que résigné. C'est quoi déjà alors, ce que je dois ajouter ?

Elle le lui dicta une seconde fois.

— Les bovs qui viendront de l'espace... répéta-t-il. Tu es sûre que tout va bien ? Tu n'as pas reçu de choc sur la tête, récemment, là ?

Elle dut le convaincre d'écrire.

*

Cachottier n'avait ni mangé ni bu depuis trois jours. Comme sa malheureuse compagne, il était nourri et hydraté médicalement. On l'avait allongé sur le sol dans une pièce de la clinique vétérinaire Animal Confort. Il s'était laissé transporter sans la moindre réaction. Sa jambe gauche et son bras droit, toujours immobilisés dans des gaines rigides, ne semblaient plus le faire souffrir. La plupart du temps, il avait les yeux clos, mais quand ses paupières s'ouvraient ce n'était que pour montrer des yeux flous qui ne regardaient rien. Il gardait toujours son trésor bien serré dans sa main, les mêmes brins d'herbe tachés du sang de celle qu'il aimait. Cette dernière reposait sous de fortes doses de sédatif dans une pièce voisine. Ne supportant pas de voir ses yeux remplis de terreur dès que quelqu'un l'approchait, Akkaliza préférait la savoir endormie.

Le trésor de Cachottier avait séché entre ses doigts malgré la moiteur de sa paume. Un aide-soignant bien intentionné avait voulu ouvrir la main de l'animal pour voir ce qu'elle renfermait. Le bov avait alors émis une plainte en posant son poing serré sur ses lèvres et sur son front. Akkaliza avait dû intervenir :

— Non, s'il vous plaît ! Ne faites pas ça. Laissez-lui ce qu'il tient.

L'aide-soignant n'avait pas insisté. On l'avait prévenu que ces clients-là étaient un peu spéciaux, mais qu'il ne fallait pas les contrarier. Ils payaient. À ce sujet, Akkaliza venait d'apprendre, par Ikkillu qui avait parlé devant elle, que son père avait offert toutes ses parts de Manger Nature à la vétérinaire pour sauver la bov de Cachottier. Elle en était très émue, mais cela la gênait et la faisait même culpabiliser, car elle était certaine qu'Akkal avait pris cet engagement sur un coup de tête pour lui faire plaisir.

Kklibab, le chirurgien qui était le mieux placé pour se prononcer puisqu'il avait extrait les chevrotines dans la nuque de la bov, s'était entretenu avec des confrères. À l'issue de leur concertation, il était apparu un espoir de guérir la bête paralysée, mais l'intervention coûtait si cher qu'Akkal ne pouvait même pas payer une petite partie de la somme demandée. Eût-il vendu, plutôt que donné, ses actions, cela n'eût toujours pas suffi à le lui permettre. Akkaliza s'était faite à cette idée et aussi à celle qu'il faudrait bien se décider à laisser mourir le pauvre animal, car une telle existence était plus un fardeau qu'un cadeau et que le maintien de cette pseudo-vie coûterait chaque mois plus d'argent que son père n'en avait.

*

Une sonde naso-gastrique entrait dans le nez de Mahisa.

Immobile comme un objet, personne n'avait la plus petite idée de ce qu'elle vivait dans son esprit. Le sommeil artificiel l'empêchait de faire la différence entre ses rêves, ses souvenirs et la réalité.

Par moments, elle dérivait sur les paisibles flots d'un rêve. Ou elle courait dans la forêt en tenant Étos par la main. Ou elle faisait l'amour avec lui. Ou il lui caressait les joues, avec ses robustes doigts qui l'effleuraient avec douceur, la fixant profondément dans les yeux pour lui dire qu'il l'aimait.

Par moments, elle s'agitait intérieurement dans les serres d'un cauchemar qui l'emportait dans de terribles affres. Soit elle était allongée dans un lieu inconnu, sans pouvoir bouger un seul doigt, tandis que des foudres-tueuses se penchaient sur elles. Soit une chose qui tonne et qui tue la foudroyait dans la nuque. Une insupportable douleur explosait dans son dos ; elle savait qu'elle allait mourir. Alors elle utilisait ses dernières ressources pour aller voir Étos une dernière fois. Elle s'accrochait aux branches debout qui le retenaient prisonnier en cherchant son regard, mais déjà le sien se troublait et ses forces l'abandonnaient. Alors qu'elle s'effondrait dans l'herbe, près de l'amour de sa vie, entendre sa voix hurler son nom adoucissait son dernier soupir.

*

En ce moment, Étos serrait son trésor contre son cœur. On eût dit qu'il fixait le plafond en souriant, mais il ne le regardait pas. En revanche, il souriait bel et bien, car il pensait aux éclats de rire de Mahisa quand ils s'amusaient tous les deux à se faire des chatouilles. Parfois, des foudres-tueuses se penchaient vers lui. Il les remarquait, mais cela le laissait complètement indifférent. L'une d'entre elles lui avait enfoncé quelque chose dans le nez. Il l'avait arraché. Elle l'avait remis. Il l'avait de nouveau arraché. Elle l'avait encore une fois remis en place et d'autres foudres-tueuses lui avaient attaché les bras pour qu'il ne puisse plus atteindre sa tête. Alors, il s'était résigné à laisser cette chose dans sa narine. Ça faisait partie des comportements étranges de ces êtres. Gentille Foudre était passée le voir plusieurs fois. Elle lui avait parlé en sifflant. Il lui avait répondu pour lui faire plaisir parce qu'il était persuadé que c'était une bonne créature qui faisait ce qu'elle pouvait pour lui.

— Mahisa morte, lui avait-il dit. Étos, bientôt aussi. Étos va rejoindre Mahisa.

Elle avait sifflé.

— Étos est à Mahisa, avait-il ajouté. Longtemps déjà... Étos donné Étos à Mahisa. Étos partir territoire des morts pour rendre Étos à Mahisa. Étos, sans Mahisa, plus Étos.

Elle avait encore sifflé, comme d'habitude. Elle avait aussi fait vibrer son bec, comme elle le faisait parfois depuis quelque temps. Étos lui avait souri avec les lèvres puis il avait fermé les yeux pour être seul avec l'image mentale de Mahisa. Elle était partie. Il l'avait sentie triste. Cela lui avait fait un peu de peine, car il s'était attaché à elle. Mais, très vite, serrant fort son trésor dans sa main, il s'était remis à penser à Mahisa.

*

Akkaliza rempocha son téléphone. Elle venait de tenir sa tante informée des nouvelles concernant Cachottier et sa bov.

Il était onze heures dix, Akkal et sa fille étaient épuisés. Ils n'avaient que très peu dormi ces deux derniers jours. Aidée en cela par de nombreux appels de son frère et de sa mère, Akkaliza avait fini par se résoudre à rentrer chez elle avec son père.

Akkal conduisait dans un état second. Il pleuvait.

— Papa, dit Akkaliza, fait attention. Je vois bien que tu es fatigué.

— Ça va aller, ma fille ! assura-t-il en mettant les essuie-glaces.

— Tu ne devrais pas donner tes actions à Ikkillu, tu sais.

— Je m'y suis engagé, ma chérie.

— Mais, elle n'a pas vraiment assumé sa partie du contrat. On ne peut pas dire que la compagne de Cachottier soit vraiment vivante. C'est même pire que si elle était morte !

— ...

— Je ne dis pas cela contre toi. Tu as fait ce que tu as pu et je t'en suis très reconnaissante. Mais avoue que tu ne pensais pas à ça quand tu lui as fait cette proposition.

— Je lui ai dit : « Je vous offre toutes mes parts de Manger Nature, si vous gardez cette bête en vie » quelque chose comme ça.

Ils franchirent le portail de la clinique. Akkal s'engagea sur la route.

— Oui, ben... Elle n'est pas vraiment vivante. Alors, tu n'es pas obligé de vraiment les lui donner, tes actions. D'autant que je sais bien que nous allons devoir la laisser mourir, à terme. Ce n'est pas qu'une question d'argent. C'est aussi pour la libérer.

— Je suis tellement désolé, ma fille ! Je sais que tout cela est de ma faute. Tout a commencé quand j'ai tiré sur Cachottier.

— Tu ne te rendais pas compte de ce que tu faisais à ce moment-là. Et tu as fait ce que tu pouvais pour te rattraper. Tu sais, il m'a parlé, j'en suis sûre.

— ?...

— Cachottier. Il m'a parlé.

— Que t'a-t-il dit ?

— Je n'ai pas compris bien sûr. Mais, je suppose qu'il s'exprimait au sujet du grand malheur qui s'est abattu sur lui. Peut-être qu'il me parlait de celle qu'il aimait.

Le père et la fille s'efforcèrent par pudeur d'empêcher leurs becs de vibrer. Akkaliza fit mine de regarder sur le côté pour se dérober un peu à la vigilance paternelle. En observant l'eau qui coulait sur la vitre latérale, elle pensa à la singulière manière de pleurer des bovs.

*

Le père et sa fille sortirent de la voiture. Remarquant qu'elle n'avait pas bien garé son scooter sous l'auvent, Akkaliza alla le pousser sous le toit pour le mettre à l'abri de la pluie. Akkal entra donc le premier dans la maison. Il eut un sursaut en arrivant dans le salon. Les yeux vitreux d'une bov, paraissant le fixer par-delà la mort, lui glacèrent l'âme. Il crut qu'elle ressemblait à la compagne de Cachottier. Mais ce n'était qu'une tête empaillée posée sur la table. Il y en avait d'autres sur le sol un peu partout.

— Ah, papa ! fit Akkalo. Vous voilà !

Il était debout sur une chaise une autre tête de bov dans les mains.

— Que fais-tu mon fils ?

— Maman veut que j'enlève ces trucs. Elle dit que ça la déprime. J'espère que tu es d'accord...

— Oui, oui... elle a raison. Tu peux porter tout ça loin de là, à la déchetterie.

— Contente que tu sois de cet avis, déclara Akkali en arrivant du jardin. Je ne pouvais plus voir ces choses. Où est Akkaliza ?

— Là, ma'm ! lança l'intéressée en entrant. Oh ! Vous...

— Oui, ma chérie, nous nous en débarrassons ! confirma la mère.

— Quelle bonne idée !

Akkalo descendit de la chaise et posa la dernière tête sur le sol. Ils se touchèrent le bec affectueusement.

— En attendant la déchetterie, portez toutes ces horreurs ailleurs, demanda Akkali, dans le garage par exemple. Il est l'heure de manger et j'ai commandé chez le traiteur.

— Écoutons les informations ! Changeons-nous les idées ! dit Akkal en allumant la télévision.

Le journaliste habituel de Chaîne 1 n'était pas sur son plateau. Il affichait un air exceptionnellement grave qui attirait l'attention. De nombreux autres journalistes se pressaient devant une estrade sur laquelle un uma s'exprimait. En bas de l'écran, on pouvait lire : « Conférence de presse en direct de l'agence spatiale. Une civilisation extraterumastre se révèle à nous. »

Akkal monta le son :

« … iste donc une civilisation de bovs capable de fabriquer cette machine. Les spécialistes en cryptanalyse et décodage, les champions d'énigmes en tout genre qui travaillent sur les inscriptions et dessins de cette plaque n'ont pas pour l'heure réussi à la faire parler plus que ça. Mais les deux êtres que l'on voit, sans doute à l'échelle de la machine, sont eux on ne peut plus explicites. Il s'agit bien d'un peuple de bovs. »

Celui qui prononçait ces mots tendit un doigt derrière lui en direction d'une photographie de la mystérieuse plaque du Visiteur.

Se croyant victime d'une machination diabolique, Akkal changea plusieurs fois de chaîne. Mais toutes montraient les mêmes images, sous des angles légèrement différents, selon l'emplacement des caméras.

*

Le lendemain, la nouvelle avait fait le tour de la planète. On ne parlait que de ça. Toutes les chaînes de télévision, toutes les radios, tous les journaux, tous ceux qui diffusaient de l'information avaient leur mot à dire sur le sujet. Les jour-nalistes et chroniqueurs habituellement les plus enclins à tourner le véganisme à la dérision faisaient aujourd'hui du zèle en rétropédalage. À les entendre, on les eût tous crus les premiers à s'être battus pour la cause animale.

Le président de la République, le Premier ministre, le mi-nistre de la Justice, le directeur de Chaîne 2 et l'animateur Ukkaire avaient tous les trois reçu une copie de lettre signée d'un certain Ukkosal. Une annexe expliquait que l'original de-meurait chez un huissier qui pouvait témoigner sous serment de la date et de l'heure à laquelle elle lui avait été remise. Uk-kosal fut libéré moins de trois heures plus tard avec de vives excuses, presque serviles. Ce qu'il eut le plus de mal à comprendre, étant donné que, isolé de toutes sources d'information dans sa cellule, il n'était au courant de rien.

Okkala l'attendait à sa sortie de prison. Elle dut l'appeler à haute voix, car il était entouré d'un cordon de policiers à l'intérieur duquel se trouvaient aussi le Premier ministre et le ministre de la Justice, multipliant les expressions de leurs profonds regrets.

— Ukkosal ! Ukkosal ! hurla-t-elle.

L'anneau de policier se rompit pour le laisser passer. Sa figure ahurie se tourna vers Okkala.

— Désolé, dit-il, je suis attendu.

On le laissa passer en lui adressant force politesses et moult amabilités.

Okkala lui tendit ses deux mains gauches. Il les serra en proposant :

— Touchons-nous le bec, va ! Je sais que je te dois beaucoup.

Elle accepta et le conduisit jusqu'à sa voiture qui était à deux pas de là. Ils entrèrent dans le véhicule au moment où trois journalistes, sans doute prévenus par des fonctionnaires de la prison, leur fonçaient dessus, caméra en avant. Elle démarra précipitamment et prit de la vitesse.

— Je t'invite chez moi pour faire le point, dit-elle.

— Comment as-tu fait ça ?

— Quoi, précisément ?

— Ben, ça ! Tu le sais bien ! Les ministres qui me sortent de prison en se confondant en excuses. Tu ne vas pas me dire qu'il y a un rapport avec la lettre de fou furieux que tu m'as fait écrire ?

— Ben... si.

Elle ouvrit la boîte à gants pour lui donner un journal et lui expliqua tout.

*

Le Visiteur

Les coudes sur la table du salon, Ukkosal se tenait la tête avec les deux mains supérieures. Il regardait alternativement la télévision et le journal en le feuilletant de ses mains inférieures. On ne parlait encore que de ça sur toutes les chaînes. Okkala le laissait digérer cette information en préparant du café dans le coin-cuisine.

— Mais comment savais-tu avant tout le monde, toi, quand tu es venue me voir en prison ?

Elle le lui expliqua.

— Je ne te crois pas ! Tu me fais une blague ! Il y a un magnétoscope caché quelque part. Je ne regarde pas la télé en direct.

— Et j'ai fait imprimer un faux journal, c'est ça ?

— C'est ça, oui ! Exactement ! Tu avoues ?

— Oui, j'avoue ! Pour faire ma blague, j'ai ordonné qu'on te sorte de prison. J'ai exigé que les deux ministres viennent se confondre en excuses. J'ai aussi payé des figurants déguisés en policiers... tout ça quoi ! J'ai organisé toute cette mise en scène en moins d'un jour. Je suis É PUI SÉE !

— ...

— Pour la télé, je veux bien qu'on aille la voir chez toi, si tu veux. Et puis, regarde aussi sur internet avec ton téléphone.

C'est ce qu'il fit. Il lui fallut encore bien dix minutes pour accepter ce qui arrivait.

— Je dois rêver ! Je me pince la crête, articula-t-il en joignant le geste à la parole. Des bovs venus de l'espace ! On dirait un mauvais film de science-fiction.

— Ils ne sont pas venus. Une de leurs machines, seulement, est arrivée jusqu'à nous.

— Oui, mais, il existe des bovs dans l'espace, si tu préfères.

— Il y avait, en tout cas. Il y avait, il y a au moins un million d'années.

— Oui, mais n'empêche que c'est fou !

— Je suis d'accord. Tiens ! un peu de café, dit-elle en posant sa tasse sur la table.

Elle s'en servit une aussi et vint s'asseoir à côté de lui. Au moment où elle baissait le volume de la télévision pour lui parler plus aisément, il tendit un bras et s'écria :

— Regarde, regarde ! Là ! Remets le son, s'teup !

Elle reprit la télécommande et s'exécuta.

— C'est devant chez moi ! s'exclama-t-il.

— Tu es une vedette à présent. Le personnel de la prison, ou je ne sais qui, a dû faire commerce de ton adresse avec les journalistes.

Effaré, il vit un attroupement de reporters devant l'entrée de son appartement.

— Non, mais t'as vu ça !

— Tu es l'uma qui a prophétisé la civilisation des bovs, ne l'oublie pas. Tu vas être considéré comme un messager. C'était le seul moyen de te faire sortir de prison.

Il saisit la télécommande et changea de chaîne plusieurs fois. Plus d'une montrait des images de son palier :

« Nous sommes devant l'appartement d'Ukkosal. L'uma qui avait prédit l'existence des bovs extraterumastres... »

— Éteignons, s'il te plaît, demanda-t-il.

Elle le fit et lui déclara :

— À présent, je vais te conter les malheurs d'un certain Ca-chottier et de sa compagne. Ensuite, je t'expliquerai ce que tu pourras faire pour essayer de les sauver.

La forêt les avait absorbés

Ukkaire, l'animateur d'Antenne Enquête sur Chaîne 2, était ravi de recevoir une seconde fois Ukkosal sur son plateau.

— Bonsoir, Monsieur Ukkosal, dit-il. C'est un très grand plaisir et un immense honneur de vous revoir. Je ne vais pas vous faire l'affront de vous présenter aux téléspectateurs ; depuis deux jours, on ne parle que de vous dans tous les médias.

— Bonsoir, tout le monde !

— Madame Okkala, nous sommes également heureux de vous compter parmi les invités. Vous étiez là le jour où Monsieur Ukkosal s'est fait un devoir de porter un grand coup contre le spécisme. Ce qui est tout en son honneur. Monsieur Ukkosal désirait votre présence ce soir. Ce fut un plaisir de satisfaire sa demande.

— Bonsoir à tous !

— Bonsoir Monseigneur Ikkroya. Vous avez tenu à participer à l'émission. Vous voilà donc parmi nous. Nous vous en remercions.

— Bonsoir, monsieur Ukkaire.

— Seulement trois invités ce soir, donc, qui participeront à ce nouveau numéro d'Antenne Enquête. Pour leur poser des questions et entraîner les débats, nos deux chroniqueurs du moment : madame Akkistamé et monsieur Kkolosmot.

Les deux concernés épanouirent leur crête dans un sourire professionnel.

— Pour ma part, continua l'animateur, plutôt que de me contenter comme à l'accoutumée d'arbitrer le débat entre invités et chroniqueurs, je vais poser la première question moi-même. Et ce sera, vous l'aurez deviné, à monsieur Ukkosal que je vais l'adresser.

— Heum ?

— Monsieur Ukkosal, j'ai l'honneur d'être le premier professionnel de télévision, et même de tous les médias en général, à recueillir vos propos depuis que nous savons tous. J'ai donc une question très simple : que pouvez-vous nous apprendre de nouveau sur ces fameux extraterumastres civilisés qui ressemblent à des bovs ?

— Pourquoi dites-vous « qui ressemblent » ? Ça vous dérange que ce soit réellement des bovs, tout simplement ?

— Non. Ce n'est pas ce que j'ai voulu dire... je...

— Dans ce cas, ne vous privez pas de dire ce que vous voulez dire. Ça sera plus facile pour tout le monde.

La crête d'Okkala adressa à Ukkosal un sourire complice et discret par lequel elle l'encourageait à se faire plaisir.

— Oui, oui... que pouvez-vous nous apprendre de nouveau au sujet de ces bovs extraterumastres ?

— En fait, rien. Tout ce que je sais à leur sujet a été dit lors de la conférence de presse de l'agence spatiale.

— Comment se fait-il alors, si ce n'est pas indiscret, que vous ayez su tout cela avant tout le monde ?

— Si par « tout cela » vous entendez qu'il existait des bovs extraterumastres, la question ne se pose pas puisque je ne le savais pas. Si par « tout cela » vous entendez que nous traitons les bovs de notre monde avec la plus horrible des cruautés, c'est plutôt à moi de vous demander pourquoi vous avez toujours refusé de le savoir ; comme le trahissait votre attitude réservée à ce sujet la dernière fois que j'étais ici, sur votre plateau. Vous n'avez rien fait pour aider Okkala à informer les téléspectateurs. Au contraire, même !

Il y eut trois secondes de flottement à l'issue desquelles Ukkaire fit, d'un regard, signe à ses chroniqueurs qu'il avait besoin d'eux.

— J'ai une question pour madame Okkala, commença Kkasalamé.

— Je suis à vous, madame, répondit Okkala.

— Vous combattez le spécisme depuis longtemps, madame, et on ne peut que vous en féliciter. Ne peut-on pas dire, et ce sera ma question, que vous avez eu, dans une moindre mesure que monsieur Ukkosal, mais tout de même, une sorte de prescience de ces événements qui bouleversent aujourd'hui la planète ?

— Non. On ne peut pas le dire. D'abord, je tiens à rappeler que je suis loin d'être la seule à le combattre depuis long-temps. Ensuite, il n'a jamais été question d'autre chose que d'une conviction. Une vraie conviction. Pas une idée fausse-ment adoptée par opportunisme médiatique. Pas non plus une posture prise par crainte, comme c'est aujourd'hui votre cas.

— Crainte ? Mon cas ?

— Oui, celle d'être punie par ces bovs dont ont dit qu'ils doivent avoir au moins un million d'années d'avance sur nous. Non, je n'ai jamais eu quelque prescience que ce fût. J'ai seulement un jour réalisé que le spécisme existait et que ce n'est pas une chose que l'on peut admettre. Pas plus que le racisme, ou le sexisme. Nous avons affaire à une obscurité éthique qui est de l'ordre de l'habitude, de l'éducation. Ici et maintenant : un bov, ça se torture et ça se mange alors qu'un thac, ça se caresse. C'est tout. Aucune explication. Aujour-d'hui, fort heureusement, il est plutôt de bon ton de dénoncer le racisme ou le sexisme. Nombre de journalistes et de chro-niqueurs, comme vous de bon aloi, qui aiment caresser l'air du temps dans le sens du poil, ne s'en privent pas ; on ne prend aucun risque à défoncer des portes ouvertes par d'autres, ça ne fait pas mal aux épaules. En revanche, sur leur plateau de télé, il y a peu de temps encore, ces mêmes per-sonnes, au mieux, regardaient d'un air entendu et amusé ceux qui dénoncent le spécisme, au pire, ils se moquaient même ouvertement d'eux. Comme vous, ce sont des bouffons mo-dernes s'efforçant de complaire au roi Audimat. Depuis cette troublante révélation venue de l'espace, ils dénonceront le spécisme avec une conviction apparente qui donnera l'im-pression qu'ils ont toujours pensé ainsi, qu'ils étaient des pré-curseurs en la matière. Excellant dans l'art de ne servir à rien, ils souriront encore avec condescendance devant de nouveaux combats que mèneront certains.

— Vous êtes très sévère avec notre profession, fit timidement remarquer Kkolosmot.

— Oh ! Je ne mets pas tous les journalistes dans le même sac. J'en connais qui ont été pénalisés pour avoir été plus authentiques que carriéristes. Les pauvres ont, hélas, beaucoup moins d'audience que vous. Il s'agit d'un cercle vicieux inévitable. Plus vous dites des choses attendues, plus vous avez de l'audience. Plus vous avez de l'audience, plus vous êtes influent. Plus vous êtes influent, plus vous confortez votre public dans ce qu'il veut entendre et que vous êtes donc obligé de lui resservir. Votre carriérisme vous enferme dans cette boucle infernale sans fin.

— On peut aussi tout simplement se tromper. Je veux dire être authentique, comme vous dites, mais ne pas mesurer la valeur d'une idée nouvelle.

— C'est certain, oui ! Dans votre métier, il y a heureusement également ce genre de personnes, mais on les reconnaît aisément, car elles ne sont pas arrogantes, elles.

Monseigneur Ikkroya prit la parole :

— Monsieur Ukkosal et madame Okkala, je voudrais vous poser une question : vous, madame Okkala, vous avez parlé de crainte, de crainte d'être puni, précisément. Pensez-vous que certains d'entre nous, umas, avons quelque chose à craindre ?

— Dieu seul le sait ! s'exclama Ukkosal.

Le prélat ne sut comment réagir à cette réponse laconique.

— Et, vous madame Okkala ?

— Hé bien !... Sans doute que ces créatures bovines prendront exemple sur lui.

— Lui ? Qui, lui ?

— Celui qui est le seul à savoir, selon Ukkosal, Dieu.

— Ces bovs de l'espace prendront exemple sur Dieu, je ne vous suis pas.

— Je veux dire qu'ils reconnaîtront les leurs, comme Dieu reconnaîtra les siens.

Là encore, Monseigneur Ikkroya ne sut comment prendre cette réponse.

Ukkaire, qui avait de plus en plus hâte que l'émission se termine, essaya de créer une diversion pour détendre l'ambiance :

— Monsieur Ukkosal, nous avons bien entendu que, sans doute par humilité, vous dites n'avoir rien auguré au sujet des bovs de l'espace. Mais, pouvez-vous nous faire bénéficier malgré tout de votre intuition manifeste pour nous conseiller sur une conduite à tenir dans le futur ?

— Vous voulez sans doute dire un conseil pour avoir les bonnes grâces des bovs extraterumastres afin d'éviter leur châtiment.

— C'est dit d'une manière un peu... rude... mais...

— Mais c'est un peu ça, n'est-ce pas ? Vous faites bien de me poser la question. Je m'adresse aux téléspectateurs aussi, car leur aide sera d'une grande utilité.

— Ah, bon ? Nous vous écoutons avec intérêt.

— Je vais vous raconter quelque chose et vous comprendrez. Il s'agit de l'histoire vraie qui est arrivée à un bov et à sa compagne. Le mâle nous l'appellerons Cachottier, vous saurez bientôt pourquoi. Tous les deux sont très amoureux l'un de l'autre...

— Excusez-moi, vous nous parlez des bovs de l'espace, là ! Avez-vous donc des contacts avec eux ?

— Non. Je vous parle de bovs qui vivent chez nous. Aussi terumastres que vous et moi.

— Ah, mais ! Des bovs de chez nous ! Très amoureux l'un de l'autre ?

— Oui. Des bovs de chez nous, très amoureux l'un de l'autre ! Qu'est-ce qui vous choque ?

— Euh... rien, rien... je voulais juste que les téléspecta-teurs...

— Laissez-moi vous raconter leur histoire et vous les montrer sur des images que j'ai apportées. Ensuite, je vous dirai ce qu'on peut faire pour eux, car ils ont besoin d'aide.

Dans son récit, Ukkosal n'oublia qu'une chose, c'était de préciser qui avait tiré sur Cachottier et sur sa compagne. Il parla simplement de chasseurs.

*

Grâce au récit qu'Ukkosal fit des terribles aventures de Cachottier et de sa femelle, il y eut énormément de dons. Sincèrement touchés par l'histoire, ou désireux d'acheter la rédemption aux yeux des « bovs de l'espace », comme le public les appelait désormais, les umas donnèrent plus que nécessaire pour opérer Mahisa. Beaucoup plus en effet puisque les soins étaient subitement devenus gratuits. Tous les acteurs concernés, des chirurgiens aux propriétaires des installations et matériels, ne voulaient plus entendre parler d'argent.

La bov paralysée fut opérée avec succès. Le problème qui subsista fut de ne pas l'effrayer au moment de lui prodiguer les derniers soins à son réveil de l'anesthésie. On ne trouva pas d'autre solution que de lui administrer un anxiolytique à une dose suffisante pour qu'elle se tînt relativement tranquille. Elle retrouva le plein usage de son corps avant Cachottier.

Celui-ci devant attendre encore une trentaine de jours pour guérir de ses fractures, le plus urgent était qu'il se remît en premier lieu de son accablement mortifère. Or, pour cela, Akkaliza savait qu'il n'y avait qu'une solution. Il devait revoir sa compagne vivante, valide et claire d'esprit. Vivante, c'était déjà le cas. Valide aussi, quoique depuis moins longtemps. Claire d'esprit, comment faire, dès lors qu'il était impossible de l'approcher sans l'assommer avec un psychotrope ?

Akkaliza n'eut pas d'autre idée que de laisser Cachottier guérir dans sa cage en compagnie de sa compagne. Il suffisait de les endormir tous les deux durant l'opération de transfert.

*

Étos commençait à s'éveiller. Allongé sur le dos, son trésor bien serré contre sa joue droite, il souriait tendrement en pensant à Mahisa. Alors qu'on l'eût dit presque heureux, il se mit soudainement à pleurer chaudement. L'épouvantable souvenir de Mahisa qui s'écroulait brutalement devant lui, juste derrière les branches debout, venait de resurgir en lui. Il versa de grosses larmes en émettant des gémissements déchirants. Il se revoyait tendre son bras pour la toucher et il revoyait aussi les deux foudres-tueuses l'emporter loin de lui.

Le narcotique libérant graduellement son esprit, ses sens se réveillaient en même temps que lui. C'est ainsi qu'un suave effluve familier câlina les tréfonds de sa sensibilité. Il tourna la tête à droite pour suivre cette émanation magique. Alors, la stupeur agrandit ses yeux et une déflagration de bonheur ébranla son cœur. Mahisa ! Mahisa était là, allongée près de lui. Levant la tête, il vit qu'ils étaient tous les deux allongés sur une couche d'herbe dans la chose dont le tour était constitué de branches debout. L'odeur de Gentille Foudre vint aussi lui titiller les narines, mais il ne s'y intéressa pas plus que ça. Il posa sa main gauche sur la joue de Mahisa avec une précaution et une douceur telle, que ce contact n'eût même pas endommagé une aigrette de pissenlit. Peut-être avait-il peur que sa main ne traversât un rêve. Sans doute redoutait-il la confirmation que ce n'était là qu'une illusion produite par son cœur. Mais aussi doux que fût son geste, il sentit un contact et une tiédeur sur sa main. Tous deux prétendaient que ce n'était pas un mirage, mais une réalité, que Mahisa était bel et bien là, près de lui, et qu'il la touchait. Elle semblait dormir paisiblement. Alors fou de bonheur, il continua à lui caresser le visage en l'appelant tendrement.

*

Le bec d'Akkaliza vibra d'émotion quand elle vit Cachottier caresser la gueule de sa femelle avec tant de délicatesse. Les manifestations tactiles de tendresse étaient universelles ; les deux espèces avaient au moins ça en commun.

Touchée par ce que la bov avait enduré pour retrouver Cachottier, elle l'avait baptisée Fidélité.

Elle avait demandé à ce que les doses de somnifère fussent calculées de manière à ce que le mâle se réveillât le premier. Étant donné que Cachottier avait déjà l'habitude de la voir et qu'il n'avait plus peur d'elle, elle comptait sur lui pour rassurer sa compagne, pour la convaincre qu'elle n'était pas une uma dangereuse. C'était indispensable pour donner les derniers soins qui permissent une complète guérison en évitant un endormissement systématique.

*

Au fond des brumes de ce qu'elle prenait pour un songe, Mahisa entendait des mots merveilleux prononcés par une voix merveilleuse. Étos lui disait qu'il l'aimait et qu'il était fou de joie de la revoir :

— Mahisa ! Étos aime Mahisa ! Cœur d'Étos plein d'amour. Étos si heureux de revoir Mahisa que cœur d'Étos danse de joie. Étos est à Mahisa, toujours, toujours.

Habituée qu'elle était de rêver de lui toute éveillée, elle se complut à lui donner de tendres répliques qui franchirent à peine ses lèvres encore engourdies :

— Étos, Mahisa te veut ! Mahisa est à toi. Mahisa aime Étos plus fort que toutes les forces de toutes les forêts ! Mahisa a donné Mahisa à toi.

C'eût été un comble, mais Étos était sur le point de succomber de bonheur. Ce qui faillit aussi arriver à Mahisa dès qu'elle recouvra toute sa lucidité et qu'elle réalisa qu'elle ne rêvait pas. Dans les bras l'un de l'autre, les deux amants s'étourdirent dans une extatique félicité.

*

Selon toute vraisemblance grâce à Cachottier, Fidélité s'était laissé soigner. Il ne s'était agi que de remplacer régulièrement le pansement de sa nuque et de lui faire quelques injections d'antibiotiques. Akkaliza avait assumé ce travail avec le plaisir de gagner, chaque fois un peu plus, la confiance de l'animal, qui au début n'en menait pas large, malgré les bogrognements rassurants de son compagnon.

Les deux bovs avaient accepté de se nourrir, en faisant même preuve d'un bon appétit. Trente jours s'étaient écoulés depuis qu'ils étaient de nouveau réunis dans la cage. Fidélité était toujours en gestation. Ils garderaient tous les deux les traces de leurs traumatismes physiques et psychiques, mais ils semblaient en parfaite santé. Durant tout ce temps, ils n'avaient cessé de s'échanger des gestes de tendresse et s'étaient même accouplés plusieurs fois malgré les plâtres de Cachottier. Avec un peu plus qu'un pincement au cœur, à l'idée de ne bientôt plus les revoir, Akkaliza décida qu'il était temps de les libérer. Elle voulait leur rendre la liberté à proximité de l'endroit où Akkal avait tiré sur Cachottier. Afin d'éviter de les endormir une fois encore, elle n'avait pas trouvé d'autre solution que de les transporter jusqu'à cette destination dans la cage.

*

Ikkillu refusa énergiquement les cinquante et un pour cent des actions qu'Akkal s'était engagé à lui offrir ; on eût dit qu'il voulait lui donner la pire des maladies. De toute façon, Manger Nature, Ralchadomac et toutes les sociétés de production alimentaire à base de ressources animales, surtout dans le secteur de l'exploitation bovine, ne valaient plus rien.

Du jour au lendemain, une énorme demande de nourriture végétale apparaissait sur le marché. Okkala avait présenté Ukkuulaaé à son frère parce que celui-ci cherchait des associés pour être parmi les premiers à satisfaire ce nouveau besoin. La rencontre s'était bien passée. Ukkuulaaé et son compagnon étaient très enthousiastes et ils connaissaient beaucoup d'autres petits producteurs qui seraient ravis de se reconvertir.

Le Visiteur

Debout dans leur cage, Étos et Mahisa voyaient le paysage défiler. Étos se tenait de la main gauche à un barreau tandis que son bras libre serrait la taille de Mahisa.

Elle ne pouvait chasser une certaine appréhension de son esprit, mais l'attitude sereine de celui qu'elle aimait la rassurait. Gentille Foudre était près d'eux, dans le dos creux du monstre au quatre pattes rondes, de l'autre côté des branches debout. Étos avait confiance en elle ; il n'avait aucune idée de ce qui les attendait, mais il n'envisageait pas quelque chose de fâcheux.

Par moments, Mahisa reconnaissait quelques endroits du chemin qu'elle avait pris pour retrouver Étos.

Debout dans la benne de la camionnette à côté de la cage, Akkaliza se tenait des quatre mains aux barreaux. Son cœur était serré. Le moment était venu de libérer les deux bovs. Elle avait réussi à gagner leur confiance et même d'une certaine manière leur affection, elle en était certaine, car ils se laissaient caresser ; même Fidélité s'y était faite.

Son frère conduisait. Il avait lui-même proposé son aide, car il connaissait les lieux de chasse de son père, qui avait détruit et jeté son fusil, d'ailleurs. Assise près d'Akkalo, Okkala faisait également partie du voyage. Les deux bovs avaient eu le temps de s'habituer à la présence de ces deux-là, quoiqu'ils leur fissent beaucoup moins confiance qu'à Akkaliza.

Le quatre pattes rondes s'arrêta de courir. Mahisa et Étos reconnaissaient parfaitement les lieux.

— Gentille Foudre a ramené Mahisa et Étos dans leur forêt, dit Étos.

— Oui ! s'enthousiasma Mahisa.

Aucun des deux ne se doutait qu'on allait leur rendre la liberté. Ils entendirent deux claquements, le quatre pattes rondes trembla légèrement et les deux autres foudres-tueuses se montrèrent. Mahisa avait remarqué qu'elles étaient montées dans la tête du monstre qui court en faisant tourner ses pattes et qu'elles venaient d'en sortir. Elles s'éloignèrent un peu et parurent attendre quelque chose de la part de Gentille Foudre. Celle-ci se mit à manipuler quelque chose de mystérieux en sifflant. Mahisa sentit qu'Étos lui serrait la main. Tous deux furent très surpris de voir s'ouvrir la barrière de branches debout devant eux. Étos se retourna vers Gentille Foudre et la fixa une seconde dans les yeux. Quand il entendit son bec vibrer, il eut l'intuition que c'était peut-être sa manière à elle de manifester sa peine, qu'en quelque sorte, c'était ainsi qu'elle pleurait. Alors, il sortit en entraînant Mahisa par la main et s'approcha de Gentille Foudre pour lui donner une caresse sur la tête, juste à côté de la crête. C'était bien sûr la première fois qu'il faisait une telle chose. Mahisa en fut très impressionnée. Bien qu'il n'eût pas du tout fait cela dans ce but, il fut enchanté de plastronner un peu pour l'éblouir.

Il adressa ensuite un coup d'œil distrait aux deux autres foudres-tueuses, puis, après un dernier regard un peu humide à Gentille Foudre, il s'éloigna dans la forêt en reprenant Mahisa par la taille.

*

Akkaliza ne vit bientôt plus les deux bovs ; la forêt les avait absorbés. Son bec vibrait beaucoup. Akkalo et Okkala lui passèrent un bras sur les épaules pour la consoler.

— Avez-vous vu ? demanda-t-elle. Il m'a fait une caresse avant de partir.

Sa voix était tendue par l'émotion et entrecoupée par des vibrations de son bec.

— Tu es certainement la première uma du monde à te faire caresser par un bov, dit son frère.

— Il a manifesté sa reconnaissance envers toi. Tu ne le laisses assurément pas indifférent.

Dans la camionnette, sur le chemin du retour, Akkaliza pensa à haute voix :

— En tout cas, c'est grâce aux bovs de l'espace que tout se termine bien pour Cachottier et Fidélité.

— Certainement, certainement ! répondit Okkala. Mais, aussi grâce à d'autres personnes que je voudrais te présenter. Je vais les inviter pour les remercier et pour que vous fassiez connaissance.

Ils n'ont pas pu être pires que nous

Comme à l'accoutumée, les lentilles au miso d'Okkala étaient délicieuses. Ekklamisa, Ikkarix et Ukkosal n'avaient pas été avares d'éloges.

Akkaliza était ravie d'apprendre tant de choses au sujet de la mystérieuse machine qui avait effectué dans l'espace un voyage dépassant l'imagination en matière de temps et de distance.

— J'ai beau essayer de me concentrer, dit-elle, je n'arrive pas à me représenter de telles grandeurs. Un million d'années...

— À ce sujet, nous avons appris quelle était la provenance exacte du Visiteur, dit Ekklamisa. Avant cela nous ne faisions qu'une supposition.

Trois « Ha bon !... ? » accueillirent cette déclaration.

— L'engin viendrait donc de la troisième planète d'Ellios. Une étoile située à un peu plus de soixante-cinq années-lumière de nous. C'est une toute petite étoile comparativement à la nôtre.

Trois « Ha bon !... ? » s'en étonnèrent.

— Oui, elle fait seulement un peu moins d'un million et demi de kilomètres de diamètre.

— Ah, mais ! s'exclama Akkaliza. Il me semble que c'est déjà énorme. Quelle taille fait la nôtre alors ?

— Dénalbara a un diamètre de plus de soixante millions de kilomètres.

— Ainsi, les bovs qui ont créé le Visiteur vivent, je veux dire « vivaient », autour de cette minuscule étoile ! s'enthousiasma Ukkosal. Pouvez-vous voir cette troisième planète ? Comment est-elle ?

— Non, répondit Ekklamisa. Nos moyens astronomiques actuels ne nous permettent pas encore d'observer les planètes autour des autres étoiles. Nous savons seulement détecter leur présence indirectement. Entre autres, grâce aux faibles variations de luminosité qu'elles provoquent en passant devant leur étoile.

— Je comprends... Et comment avez-vous découvert avec certitude que cette machine venait bien des parages de cette étoile... comment déjà ?

— Ellios. Nous ne l'avons pas découvert, en vérité. Nous l'avons appris des concepteurs mêmes du Visiteur.

Trois « Ha bon !... ? » voulurent en savoir davantage.

— Oui, leur répondit Ikkarix. Le renseignement figurait sur la plaque. Des gars très balèzes ont fini par arriver à la lire. La position de cette étoile était indiquée relativement au centre de la galaxie et à quatorze pulsars.

Après avoir demandé et appris ce qu'étaient des pulsars, en passant au dessert, Akkaliza orienta les questionnements dans une autre direction :

— On ne peut certainement pas imaginer le niveau qu'ont dû atteindre les bovs d'Ellios en un million d'années, mais a-t-on une idée de celui qu'ils avaient au moment du lancement du Visiteur ?

— En fait, précisa Ekklamisa, nous avons réévalué la durée du voyage à, non plus un, mais deux millions d'années. Cela dit, avec de tels ordres de grandeur, ça ne change pas grand-chose.

— En effet ! approuva Ukkosal. Déjà, à partir de dix mille ans, je ne peux que me dire que c'est beaucoup de temps. J'ai le plus grand mal à faire une différence avec cent mille ou un million d'années... Mais alors ?

— Alors, ce qu'on peut dire, c'est que, il y a donc deux millions d'années, leur technologie, celle du Visiteur en tout cas, avait quelques dizaines d'années de retard sur la nôtre actuellement. Les ingénieurs qui étudient le matériel informatique de la machine en tirent ces conclusions.

Trois « Ha bon !... ? » en furent surpris.

— Étonnant ! fit Akkaliza. Je paierais cher pour connaître le niveau social, éthique et philosophique qu'ils avaient.

— Ça ! répondit Ikkarix, nous n'avons aucun moyen de le savoir.

Il regarda Ekklamisa pour ajouter :

— À part, qu'ils étaient peut-être encore un peu sexistes, comme l'a fait remarquer ma chef, en notant que sur la plaque le mâle lève mystérieusement une main, alors que la femelle est tout à fait passive ! Mais, ce n'est qu'une supposition. Vous allez pouvoir étudier ces dessins à loisir d'ailleurs...

Les deux employés de l'agence spatiale échangèrent un regard complice à la fin duquel Ikkarix se baissa pour saisir une petite sacoche qu'il avait calée contre un pied de sa chaise. Il en sortit trois plaques de métal doré qu'il posa sur la table.

— Nous avons apporté un cadeau pour chacun, dit-il. Ce sont de parfaites reproductions de celle qui est sur le Visiteur toujours dans la soute de la navette en orbite.

Trois « Ha bon ! » manifestèrent chaleureusement leur enthousiasme.

Après avoir répété merci de différentes manières, chacun examina la sienne, fit des commentaires et posa des questions.

— Je me demande comment vos types ont réussi à comprendre ces mystérieux symboles, dit Ukkosal.

— Nous aurions bien du mal à vous l'expliquer, avoua Ekklamisa. Ikkarix et moi n'y serions sans doute jamais parvenus.

— Ils sont nus, nota Akkaliza. Pensez-vous qu'ils vivaient ainsi ?

— Nous n'en avons aucune idée.

— La femelle n'a pas de sexe, observa Okkala. Et elle est seule à avoir les poils du crâne long.

— Oui. Et le mâle n'a aucun poil sur la gueule, dit Akkaliza en se massant la crête d'un air perplexe. Ce serait peut-être une race ainsi faite.

— C'est également ce que nous avons supposé, confia Ekk-lamisa.

— J'aimerais tant savoir s'ils partageaient leur monde avec d'autres créatures eux aussi, dit songeusement Akkaliza.

— C'est ce qui semble le plus probable, déclara Okkala. Je ne pense pas que la vie puisse engendrer spontanément une seule espèce où que ce soit.

— Dans ce cas, j'espère qu'ils ont traité les êtres qui leur tenaient compagnie sur leur monde avec plus d'umanité que nous.

— Tu veux dire plus de bovité, rectifia Okkala en riant. Hé-las ! Je suppose qu'à cet égard, ils n'ont pas pu être pires que nous.

Pour récompenser tant de courage

La nuit suivante, Étos entraîna Mahisa dans la clairière. Il la serra très fort, mais très tendrement contre lui et, yeux levés vers le ciel, il regarda avec respect scintiller les dieux de la forêt. Il pensa qu'ils avaient dû les voir, Mahisa et lui, tenir tête aux foudres-tueuses et qu'ils avaient certainement dû les aider un peu pour récompenser tant de courage.

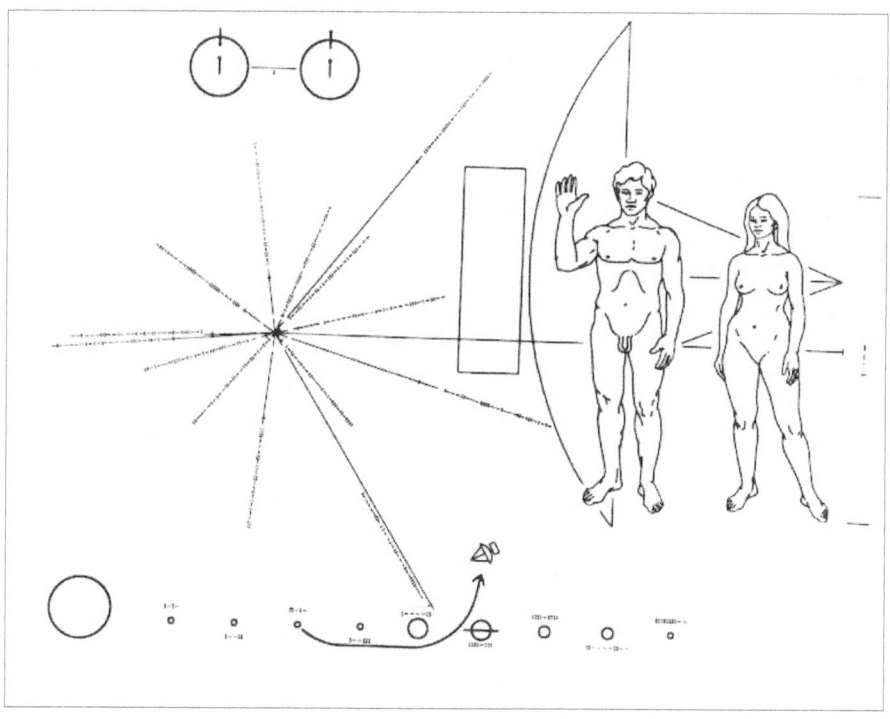

Postface à propos du Visiteur

C'est le 3 mars 1972 que la Nasa a lancé la sonde « Pioneer 10 » à l'aide d'une fusée Atlas-Centaur D. (elle sera suivie par sa jumelle « Pioneer 11 » lancée le 5 avril 1973.) Ces deux machines avaient à cœur de découvrir ce qui se passait au-delà de Mars, car cela n'avait jamais été fait auparavant.

Ainsi, Pioneer 10 fut la première sonde à dépasser l'orbite de Mars en 1972 puis à passer près de Jupiter en 1973. Il ne lui fallut pas moins de dix ans de plus pour arriver jusqu'à Neptune, puisqu'elle franchit son orbite en 1983. Elle continua son fantastique voyage en direction d'Aldébaran, une étoile bien plus grosse que le Soleil située à 65,23 années-lumière de la Terre. La vitesse relative par rapport au Soleil de Pioneer 10 est alors de 12,224 km par seconde, soit 44 006 km par heure, ou encore un million de kilomètres par jour. La distance est telle que même à cette vitesse ce voyage interstellaire demande 2 millions d'années.

Pioneer 10 était équipé d'une plaque métallique, de l'aluminium anodisé or, sur laquelle des motifs étaient gravés à l'attention d'éventuels êtres extraterrestres. Derrière un couple d'humains nus, la sonde elle-même était représentée afin de donner une échelle.

Un dessin et des symboles donnaient en plus des informations sur l'origine de la machine.

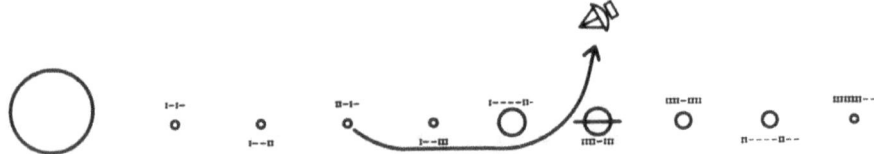

Ceci montre que la sonde vient de la troisième planète d'une étoile, en l'occurrence le Soleil. On notera que les corps célestes ne sont pas à l'échelle ; le Soleil devrait être considérablement plus grand.

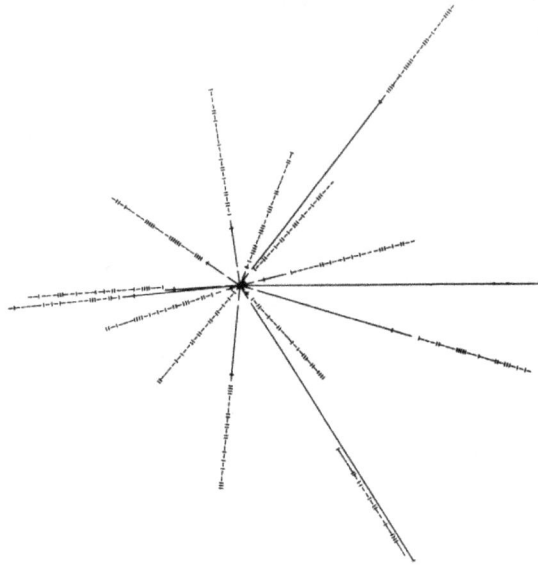

Ce dessin-là indique la position du Soleil par rapport au centre de la Voie lactée et relativement à quatorze pulsars.

Remerciements

Toute ma reconnaissance à :

Lotta BONDE
Nathalie FLEURET
Jacques GISPERT
Diwezha PICAUD
Bernard POTET
Paul Arthur THÉORÊT
Elen Brig KORIDWEN

Table des matières

http://ilsera.com/b/le-visiteur/

http://ilsera.com

www.ingramcontent.com/pod-product-compliance
Lightning Source LLC
Chambersburg PA
CBHW050340030726
47503CB00008B/2544